名家散文典藏

彩插版

巴金散文精选

巴金 著

长江出版传媒 长江文艺出版社

图书在版编目（ＣＩＰ）数据

巴金散文精选 / 巴金著. -- 武汉 : 长江文艺出版
社， 2017.12 (2018.9 重印)
（名家散文典藏：彩插版）
ISBN 978-7-5354-9887-8

Ⅰ. ①巴… Ⅱ. ①巴… Ⅲ. ①散文集－中国－现代
Ⅳ. ①I266

中国版本图书馆 CIP 数据核字(2017)第 191316 号

责任编辑：叶　露　　　　　　　　　责任校对：陈　琪
封面设计：龙　梅　　　　　　　　　责任印制：邱　莉　　胡丽平

出版：长江出版传媒　长江文艺出版社
地址：武汉市雄楚大街 268 号　　　　邮编：430070
发行：长江文艺出版社
电话：027—87679360
http://www.cjlap.com
印刷：湖北新华印务有限公司

开本：640 毫米×970 毫米　　　1/16　　印张：17.25　　插页：10 页
版次：2017 年 12 月第 1 版　　　2018 年 9 月第 2 次印刷
字数：216 千字

定价：32.00 元

目录

谈我的散文 / 001

◆ 第一辑　人间风雨 ◆

两个孩子 / 003

1934 年 10 月 10 日在上海 / 008

三等车中 / 012

过年 / 016

静寂的园子 / 020

大黄狗 / 023

鸟的天堂 / 025

我的故事 / 028

筑渝道上 / 033

桂林的微雨 / 037

从镰仓带回的照片 / 042

沙多—吉里 / 047

广州在轰炸中 / 051

◆ 第二辑　心绪波澜 ◆

我的心　/　055

我的梦　/　057

海的梦　/　061

繁星　/　063

爱尔克的灯光　/　065

死　/　069

梦　/　079

生　/　083

醉　/　088

乡心　/　093

忆　/　095

我的呼号　/　100

生命　/　104

◆ 第三辑　故事与故人 ◆

最初的回忆　/　109

家庭的环境　/　136

做大哥的人　/　153

怀念萧珊　/　160

悼鲁迅先生　/　171

怀念胡风　/　173

怀念从文　/　184

纪念雪峰　/　199

靳以逝世二十周年　/　204

怀念老舍同志　/　207

怀念曹禺　/　213

◆ 第四辑　随想录 ◆

中国人 ／ 219

文学的作用 ／ 223

小人、大人、长官 ／ 226

探索 ／ 229

"创作自由" ／ 234

写真话 ／ 238

"人言可畏" ／ 240

解剖自己 ／ 243

知识分子 ／ 247

人道主义 ／ 251

把心交给读者 ／ 254

谈我的散文

　　有人要我告诉他小说与散文的特点。也有人希望我能够说明散文究竟是什么东西。我不能满足他们的要求，因为我实在讲不出来。我并非故意在这里说假话，也不是过分谦虚。三十年来我一共出版了二十本散文集。我的第一本散文集《海行杂记》① 还是在我写第一部小说之前写成的。最近我仍然在写类似散文的东西。怎么我会讲不出"散文"的特点呢？其实说出来，理由也很简单：我写文章，因为有话要说。我向杂志投稿，也从没有一位编辑先考问我一遍，看我是否懂得文学。我说这一段话，并非跑野马，开玩笑。我只想说明一件事情：一个人必须先有话要说，才想到写文章；一个人要对人说话，他一定想把话说得动听，说得好，让人家相信他。每个人说话都有自己的方法和声调，写出来的文章也不会完全一样。人是活的，所以文章的形式或者体裁并不能够限制活人。我写文章的时候，并没有事先想到我这篇文章应当有什么样的特点，我想的只是我要在文章里说些什么话，而且怎样把那些话说得明白。

　　我刚才说过我出版了二十本散文集。其实这二十本都是薄薄的小书，而且里面什么文章都有。有特写，有随笔，有游记，有书信，有感想，有回忆，有通讯报道……总之，只要不是诗歌，又没有完整的故事，也不曾写出什么人物，更不是专门发议论讲道理，却又不太枯燥，而且还有一点点感情，像这样的文章我都叫做"散文"。也许有人认为这样叫法似乎把散文的范围搞得太大了。其实我倒觉得把它缩

---

　　① 我后来还写过不少这一类的旅行记。这种平铺直叙、毫无修饰的文章并非可以传世的佳作，但是它们保存了某个时间、某些地方或者某些人中间的一点点真实生活。倘使有人拿它们当"资料"看，也许不会上大当。

小了。照欧洲人的说法，除了韵文就是散文，连长篇小说也包括在内。我前不久买到一部德国作家霍普特曼的四卷本《散文集》，里面收的全是长短篇小说。而且拿我个人的经验来说，有时候也不大容易给一篇文章戴上合适的帽子，派定它为"小说"或者"散文"。例如我的《短篇小说选集》里面有一篇《废园外》，不过一千两三百字。写作者走过一个废园，想起几天前敌机轰炸昆明、炸死园内一个深闺少女的事情。我写完它的时候，我把它当作"散文"。后来我却把它收在《短篇小说选集》里，我还在《序》上说："拿情调来说，它接近短篇小说了。"（其实怎样"接近"，我自己也说不出来。不过我也读过好些篇欧美或者日本作家写的这一类没有故事的短篇小说。日本森鸥外的《沉默之塔》[鲁迅译]就比《废园外》更不像小说。）但是我后来编辑《文集》，又把《废园外》放进《散文集》里面。又如我一九五二年从朝鲜回来写了一篇叫做《坚强战士》的文章。我写的是"真人真事"，可是我把它当作小说发表了。后来《志愿军英雄传》编辑部的一位同志把这篇文章拿去找获得"坚强战士"称号的张渭良同志仔细研究了一番。张渭良同志提了一些意见。我根据他的意见把我那篇文章改得更符合事实。文章后来收在《志愿军英雄传》内，徐迟同志去年编《特写选》又把它选进去了。①

---

① 一位读者读过收在《特写选》中的《坚强战士》，向我提出了两个问题：

（一）您是怎样访问这个战士的？您访问了他几次？您长期在朝鲜战场生活，对您写这个人物很有帮助吗？

（二）您是不是能谈谈您的写作经过呢？听说您写这篇文章，改写了几次，才写成现在这样，那么请您告诉我您是怎样改的，好吗？……

我的回答如下：

第一，您问我访问了张渭良同志几次。其实，到现在我还没有见过张渭良同志一面。我一九五二年第一次到朝鲜，在志愿军某部的一个连队里听见人谈起张渭良同志的英雄事迹，我受到感动。我想为这个坚强的人写一篇通讯报道。张渭良同志当时在国内治病，我又没法见到他的兄弟张渭兴。我只好向每个见过张渭良同志或者知道他的故事的人打听，要求他们把所知道的尽量告诉我。我得到了不少位同志的帮助。他们虽然谈得不多，但是把大家谈的集在一起，我也有了一个简单的轮廓。一位姓朱的年轻同志谈得多些，他见过张渭良同志，这个坚强的小说变成了特写。固然称《坚强战士》为"特写"也很适当，但是我如果仍然叫它做"短篇小说"，也不能说是错误。苏联作家波列伏依的好多"特写"就可以称为短篇小说。还有，我的短篇小说《我的眼泪》，要是把它编进《散文集》，也许更恰当，因为它更像散文。

我这些话无非说明文章的体裁和形式都是次要的东西。主要的还是内容。有人认为必须先弄清楚了"散文"的特点才可以动笔写"散

接上页注释：
人在病床上对他谈过话。另一位同志给我一本志愿军某部印的介绍本军功臣事迹的小册子。上面有一篇介绍"坚强战士"的短文，那时张渭良同志已经获得"坚强战士"的称号了。曾思明同志写的这篇短文对我很有帮助。

我在朝鲜住了七个月，一九五二年十月回国，《文艺月报》在上海创刊，要我写一篇小说。我就写了《坚强战士》。关于张渭良同志的材料我搜集得不多，必须求助于想象，因此我不得不增加一些材料里没有的东西。我称我的作品为小说，便有了放手去写的勇气。但是我仍然不敢凭空想象。我只好利用我在朝鲜战地七个月的生活经验。我对三八线一带的情形还知道一点。动笔以后，小说的写作进行得很慢。英雄在受苦，作者也在受苦。空气沉重，我的文思也迟钝。我在写作的时候好像跟着人物一同生活。那个时候我也曾仰卧在地板上用两只肘拐和一条右腿爬行。我的小孩因此也知道了"坚强战士"的故事，还用铅笔画过一幅志愿军叔叔爬回阵地的幼稚的图画。

小说发表了，好几位同志都说："写得不好；冗长、沉闷。"还有一位不认识的同志来信责备我不该写得使人读起来感到痛苦，他说了真话。我写的时候自己心里也很痛苦，当然写不出叫人感到舒服的文章。但是我得承认我的小说的确有不少缺点，我应当不断地修改它。我只要找到一点新的材料，就不会忘记用它来充实我的小说。事实上我已经修改过两次了。

第二，前年解放军总政治部新闻处编辑《志愿军英雄传》，决定把我的《坚强战士》收在里面。但是总政表扬功臣，必须完全根据事实。所以新闻处派人访问张渭良同志，拿我的小说去找他核对。张渭良同志根据事实对我的小说提出好多条具体的意见，说明当时真实的情形怎样，我的哪一些描写与事实不合。新闻处把张渭良同志的意见转给我，我根据这些宝贵的材料把小说中某些地方完全重写，这样把《坚强战士》改写成了一篇"特写"。我的文章并不精彩，也不动人。动人的是张渭良同志的坚强的性格和他对祖国、对人民的深厚的爱（这都是在志愿军里培养起来的）。他的英雄事迹教育了我，我也希望有人从我的"特写"中得到益处。……

1957 年 8 月 30 日

文"。我就不同意这种说法。我从前在私塾里念书的时候，我的确学过作文。老师出题目要我写文章。我或者想了一天写不出来，或者写出来不大通顺，老师就叫我到他面前，告诉我文章应当怎样写，第一段写什么，第二段写什么……最后又怎样结束。我当时并不明白，过了几年倒恍然大悟了。老师是在教我在题目上做文章。说来说去无非在题目的上下前后打转。这就叫做"作文"。那些时候不是我要写文章，是老师要我写，不写或者写不出就要挨骂甚至要给老师打手心。当时我的确写过不少这样的文章，里面一半是"什么论""什么说"，如《颍考叔纯孝论》《师说》之类，另一半就是今天所谓的"散文"，如《郊游》《儿时回忆》《读书乐》等等。就拿《读书乐》来说罢。我那时背诵古书很感痛苦。老实说，即使背得烂熟，我也讲不清楚那些辞句的意义。我怎么写得出"读书的乐趣"呢？但是作文不交卷，我就走不出书房，要是惹得老师不高兴，说不定还要挨几下板子。我只好照老师的意思写，先说人需要读书，又说读书的乐趣，再讲春、夏、秋、冬四时读书之乐。最后来一个短短的结束。我总算把《读书乐》交卷了。老师在文章旁边打了好几个圈，最后又批了八个字："水静沙明，一清到底。"我还记得文章中有"围炉可以御寒，《汉书》可以下酒"的话，这是写冬天读书的乐趣。老师又给我加上两句"不必红袖添香……"等等。其实一个十二三岁的少年，看见酒就害怕，哪里有读《汉书》下酒的雅兴？更不懂什么叫"红袖添香"了。文章里的句子不是从别处抄来，就是引用典故拼凑成的，跟"书"的内容并无多大关系。这真是为作文而作文，越写越糊涂了。不久我无意间得到一卷《说岳传》的残文，看到"何元庆大骂张用"一句，就接着看下去，居然全懂，因为书是用口语写的。我看完这本破书，就到处求人借《说岳传》全本来看，看到不想吃饭睡觉，这才懂得所谓"读书乐"。但这种情况跟我在《读书乐》中所写的却又是两样了。

我不仅学过怎样写"散文"，而且我从小就读过不少的"散文"。我刚才还说过老师告诉我文章应当怎样写，如何从第一段讲到结束。其实这样的事情是很少有的。这是在老师特别高兴、有极大的耐心开导学生的时候。老师平日讲得少，而且讲得简单。他唯一的办法是叫学生多读书，多背书。我背得较熟的几部书中间有一部《古文观止》。这是两百多篇散文的选集：从周代到明代，有"传"，有"记"，有"序"，有"书"，有"表"，有"铭"，有"赋"，有"论"，还有"祭文"。里面有一部分我背得出却讲不清楚；有一部分我不但懂而且喜欢，像《桃花源记》《祭十二郎文》《赤壁赋》《报刘一丈书》等等。读多了，读熟了，常常可以顺口背出来，也就能慢慢地体会到它们的好处，也就能慢慢地摸到文章的调子。但在当时也只能说是似懂非懂。可是我有两百多篇文章储蓄在脑子里面了。虽然我对其中任何一篇都没有好好地研究过，但是这么多的具体的东西至少可以使我明白所谓"文章"究竟是怎么一回事，可以使我明白文章并非神秘不可思议，它也是有条有理，顺着我们的思路连下来的。这就是说，它不是颠三倒四的胡说，不像我们常常念着玩的颠倒诗："一出门来脚咬狗，捡个狗来打石头……"这样一来，我就觉得写文章比从前容易些了，只要我的确有话说。倘使我连先生出的题目都不懂，或者我实在无话可说，那又当别论。还有一点，我不说大家也想得到：我写的那些作文全是坏文章，因为老师爱出大题目，而我又只懂得那么一点点东西，连知识也说不上，哪里还有资格谈古论今！后来弄得老师也没有办法，只好批"清顺"二字敷衍了事。

但是我仍然得感谢我那两位强迫我硬背《古文观止》的私塾老师。这两百多篇"古文"可以说是我真正的启蒙先生。我后来写了二十本散文，跟这个"启蒙先生"很有关系。自然我后来还读过别的文章，可是并没有机会把它们一一背熟，记在心里了。不过读得多，即使记不住，也有好处。我们有很好的"散文"的传统，好的散文岂止两百篇！十倍百倍也不止！

"五四"以后，从鲁迅先生起又接连出现了不少写新的散文的能手，像朱自清先生、叶圣陶先生、夏丏尊先生，我都受过他们的影响。任何一篇好文章都是容易上口的。哪怕你没有时间读熟，凡是能打动人心的地方，就容易让人记住。我并没有想到要记住它们，它们自己会时时到我的脑子里来游历。有时它们还会帮助我联想到别的事情。我常常说，多读别人的文章，自己的脑子就痒了，自己的手也痒了。

读作品常常给我启发。譬如我前面提过的那篇日本作家森鸥外的小说《沉默之塔》，我正是读了它才忽然想起写《长生塔》（童话）的。然而《长生塔》跟《沉默之塔》中间的关系就只有一个"塔"字。我一九三四年十二月在日本横滨写这篇童话骂蒋介石，而森鸥外却把他那篇反对文化压迫的"议论"小说当作一九一一年版尼采著作日文译本（《查拉图斯特拉》）的代序。我有好些篇散文和小说都是读了别人的文章受到"启发"以后才拿起笔写的。我在前面说的"影响"就是指这个。前辈们的长处我学得很少。例如我读过的韩（愈）、柳（宗元）、欧（欧阳修）、苏（东坡）的古文，或者鲁迅、朱自清、夏丏尊、叶圣陶诸先生的散文，都有一个极显著的特点：文字精练，不拖沓，不啰嗦，没有多余的字。而我的文章却像一个多嘴的年轻人，一开口就不肯停，一定要把什么都讲出来才痛快。我从前写文章是这样，现在还是如此。其实我自己是喜欢短文章的。我常常想把文章写得短些，更短些。我觉得越短越好，越有力。然而拿起笔我就无法控制自己。可见我还不能够驾驭文字；可见我还不知道节制。这是我的毛病。

自然我也写过一些短的东西，像收在一九四一年出版的《龙·虎·狗》里面的一部分散文。其中如《日》《月》《星》三篇不过两百多字、三百多字和四百多字。但它们也只是一时的感想而已。这几百字中仍然有多余的字，更谈不到精练。而且像这样短的散文我也写得并不多。

我自己刚才说过，教我写"散文"的"启蒙老师"是中国的作品。但是我并没有学到中国散文的特点，可能有人在我的文章里嗅不出多少中国的味道。然而我说句老实话，外国的"散文"不论是essay（散文）或者sketch（随笔），我都读得很少。在成都学英文，念过半本美国作家华盛顿·欧文的《随笔集》，后来隔了好多年才读到英国作家吉星的《四季随笔》和日本作家厨川白村的essay等等，也不过数得出的几本。这些都是长篇大论的东西，而且都是从从容容地在明窗净几的条件下写出来的，对于只要面前有一尺见方的木板就可以执笔的我不会有多大的影响。倘使有人因为我的散文不中不西，一定要找外国的影响，那么我想提醒他：我读过很多欧美的小说和革命家的自传，我从它们那里学到一些遣辞造句的方法。我十几岁的时候没有机会学中文的修辞学，却念过大半本英文修辞学，也学到一点点东西，例如散文里不应有押韵的句子，我一直在注意。有一个时期我的文字欧化得厉害，我翻译过几本外国书，没有把外国文变成很好的中国话，倒学会了用中国字写外国文。幸好我有个不断地修改自己文章的习惯，我的文章才会有进步。最近我编辑自己的《文集》，我还在过去的作品中找到不少欧化的句子。我自然要把它们修改或者删去。但是有几个欧化的小说题目（例如《爱的摧残》《爱的十字架》等）却没法改动，就只好让它们留下来了。我过去做翻译工作多少吃了一点"死抠字眼"的亏，有时明知不对，想译得活一点，又害怕有人查对字典来纠正错误，为了偷懒、省事起见，只好完全照外国人遣辞造句的方法使用中国文。在翻译上用惯了，自然会影响写作。这就是我的另一个毛病的由来了。

我的两篇关于中国人民志愿军的小说和几篇在朝鲜写的通讯报道，译为英文印成小书以后，有位英国读者来信说，这种热情的文章英国人不喜欢。还有人反映英国读者不习惯第一人称的文章，说是讲"我"讲得太多。这种说法也打中了我的要害。第一，我的文字毫无含蓄，很少有一句话里包含许多意思，让读者茶余饭后仔细思索、慢慢回味。第二，我喜欢用作者讲话的口气写文章，不论是散文或者短篇小说，里面常常有一个"我"字。虽然我还没有学到托尔斯泰代替马写文章，也没有学到契诃夫和夏目漱石代替狗和猫写文章，我的作品中的"我"总是一个"人"（只有一回"我"是一个"鬼"）。但是这个"我"并不就是作者自己，小说里面的"我"，有时甚至是作者憎恶的人，例如《奴隶的心》里面的"我"。而且我还可以说，这些文章里并没有"自我吹嘘"或者"自我扩张"的臭味。我只是通过"我"写别人，写别人的事情。其实用第一人称写的小说世界上岂止千千万万！每个作家有他自己的嗜好。我喜欢第一人称的文章，因为写起来，读起来都觉得亲切。自然也有人不喜欢这种文章，也有些作家一辈子不让"我"在他的作品中出现。但是我仍然要说，我也并非"生而知之"的，连用"我"的口气写文章也有"老师"。我在这方面的"启蒙老师"是两本小说，而这两本小说偏偏是两位英国小说家写的。① 这两部书便是狄更斯的《大卫·科柏菲尔》和司蒂芬孙的《宝岛》。我十几岁学英文的时候念熟了它们，而且《宝岛》这本书还是一个英国教员教我念完的。那个时候我特别喜欢这两本小说。《大卫·科柏菲尔》从"我"的出生写起，写了这个主人公几十年的生活，但是更多地写了那几十年中间英国的社会和各种各样的人。《宝岛》是一部所谓的冒险小说，它从"我"在父亲开的客栈里碰见"船长"讲起，一直讲到主人公经历了种种奇奇怪怪的事情，取得宝藏回来为止，书中有文有武，有"一只脚"，有"独眼"，非常热闹。它们不像有些作品开头就是大段的写景，然后才慢慢地介绍出一两个人物，教读者念了十几页还不容易进到书中去。它们却像熟人一样，一开头就把读者带进书中，以后越入越深，教人放不下书。所以它们对于十几岁的年轻人会有那样大的影响。我并不是在这里推荐那两部作品，我只是分析我的文章的各种成分，说明我的文章的各种来源。

我在前面刚刚说过我的文章里面的"我"不一定就是作者自己。然而绝大部分散文里面的"我"却是作者自己，不过这个"我"并不专讲自己的事情。另外一些散文里面的"我"就不是作者自己，写的事情也全是虚构的了。但是我自己有一种看法：我的任何一篇散文里面都有我自己。这个"我"是不出场的，然而他无处不在。这不是说我如何了不起。绝不！这只是说明作者在文章里面诚恳地、负责地对读者讲话，讲作者自己要说的话。我并不是拿起笔就可以写出文章；也不是只要编辑同志来信索稿，我的文思马上潮涌而来。我必须有话要说，有感情要吐露，才能够顺利地下笔。我有时给逼得没办法，坐在书桌前苦思半天，写了又涂、涂了又写，终于留不下一句。《死魂灵》的作者果戈理曾经劝人"每天坐在书桌前写两个钟头"。他说，要是写不出来，你就拿起笔不断地写："我今天什么也写不出来。"但是他在写《死魂灵》的时候，有一次在旅行中，走进一个酒馆，他忽然想写文章，叫人搬来一张小桌子，就坐在角落里，一口气写完了整整一章小说，连座位也没有离

---

① 那几位英国读者可能忘记了他们的祖先。但是我没法说狄更斯和司蒂芬孙不是英国人。其实用第一人称写小说的英国作家并不少。

过。其实我也有过"一挥而就"的时候。我在二十几岁写文章写得快，写得多，也不留底稿；我拿起笔，文思就来，好像是文章在逼我，不是我在写文章一样。我并无才能，但是我有感情，有爱憎。我的文章里毛病多，但是我写得认真，也写得痛快。……

我拉拉杂杂地讲了这许多，也到了结束的时候了。我不想有系统地仔细分析我的全部散文。我没有理由让它们耗费读者的宝贵时间。在这里我不过讲了我的一些缺点和我所走过的弯路。倘使它们能给今天的年轻读者一点点鼓舞和启发，我就十分满足了。我愿意看到数不尽的年轻作者用他们有力的笔写出反映今天伟大的现实的散文，我愿意读到数不尽的健康的、充满朝气的、不断地鼓舞读者前进的文章！

1958 年 4 月

第一辑　人间风雨

两个孩子

春天，今年花开得早，公园里桃花开满了半个山坡，从池边望过去，全是灿烂的花朵，就像一片红霞。在这个池边我和英度过了三个早晨和三个黄昏。

英在东城一所女子中学读书，我的学校在西城。她的家离我的学校近，可是我不能够到她家去。每天早晨天刚刚亮我就动身到公园去，在公园门口等她。池边的长椅是我们聚会的地方。在那里我们安静地过了两个钟头。没有人打扰我们，只有清脆的鸟声从对岸开满了花朵的树上送过来。我们的年纪很轻，都有着单纯的头脑和单纯的心。在这些时候我们畅快地谈着一些不能实现的孩子的幻想。我们忘记了公园外面的世界，其实我们的世界本来也是很狭小的。

我们又快乐，又悲痛。这两个不知世故的孩子遇合在一起是一件很平常的事情。

我们本来不应当流泪，本来不应当想到一些伤心的事情，因为我们还只是两个不知世故的孩子。然而奇怪的遭遇把我们的第一个美梦打破了。我们很早就懂得了悲哀。

我是一个遗腹子，我一生没有见过父亲的面容。我在故乡里生活了十五年，伴着有目疾的母亲，和一个妹子。于是某国①的铁蹄踏进

---

① 某国：日本。

了我的家乡。在一次大破坏、大混乱以后，我逃出了十五年来住惯了的美丽的小城，跟着一伙难民进了关。然而在路上遇到了一次飞机的追击和掷弹，我便失掉了母亲和妹子的踪迹。我已经陷落在绝望的境地里面了，忽然遇见了父亲的一位好友。靠着他的帮助我才能够在这个城市里生活下来，继续度过这两年的学校生活。

英生长在这个城市里，是一个十六岁的女孩。她自小就过得很幸福，一直到六七年前，她先后死了父母。于是她落在伯父的掌心里。那个留着小胡子的小官僚看中了她的一份家产。他是一个残酷无情的人。他对待英完全没有亲人的感情。他虐待她，监视她。他整天打主意想办法，要吞没她的家产。伯母也是一样的人，她是她丈夫的很好的助手。

在这情形下面，我和英认识了。这是偶然的事。英的一个女友是我一个同学的爱人。有一次我的同学约了我，那个女友约了英四个人一块儿去逛西郊那个大花园。从那时候起，我才知道世界上还有这么一个女孩子。同时我也闯进她的世界里去了。

英并不漂亮。她的面貌很平常。她有一张圆圆脸，但是并不十分圆。鼻子不高，眼睛不大，嘴唇小。然而从她的整个面貌看来，她有一种孩子气，尤其是她笑的时候，两颊现出了浅浅的酒窝，嘴唇微微动着，像一个逗人爱的小女孩。

我爱看她的笑脸，我爱听她的鸟叫般的声音。于是我们做了朋友。她说她也喜欢我，喜欢我爱淌眼泪。不用说，她是在跟我开玩笑。因为爱哭的是她，并不是我。

她的确是一个爱哭的女孩。事情一旦不如意，她马上把眉头一皱，就淌下眼泪来。她告诉我在家里看了伯父伯母的带着吃人神气的脸，听了那些藏得有刀剑的话，她只好一个人关起门来躺在床上哭。在家里她找不到一个好心待她的人。

她的身体不算健康，喝了一口冷水也会使她病倒几天。她说这是哭坏了的，她说自从她的父母死后，她在家里不曾有过一天高兴的日子。直到她遇见我，和我来往几次以后，她才有了笑容。

我也是这样。我见着她，我才感觉到生活的乐趣，好像在阴暗的天空中忽然出现了一颗星。这颗星虽然小，但是在阴暗里她却显得十分明亮。

我不懂爱情，她也一样。类似的不幸的遭遇把我们拉在一起。于是我们相爱了。她说她爱我，因为我能够了解她，安慰她；我爱她，因为她是和我一样地有着单纯的心和单纯的头脑的孩子。她是我生活里的唯一的安慰。

起初我们常常见面，那些时候我们就是这样地消磨光阴；我们在公园里比较清静的地方，无论草地上，长椅上，半山里，坐下来，在一起谈着种种的事情，谈着悲痛的过去，谈着寂寞的现在，谈着做梦似的将来，彼此倾诉着，话永远说不完，仿佛积了十多年的话在肚里，要在这些时候吐个干净。有时候我们也和那一对相爱的朋友在一起划船，看电影，或者做别的可以使人暂时高兴的事情。那一对朋友年纪比我们大，懂得的事情也比我们多，他们的环境比我们好。他们似乎并没有什么不如意的事情。他们的世界和我们的究竟差了许多。

我和英在一起日子过得容易多了。虽然我有时也想起在异国铁蹄下面的故乡，也想起我的失了踪迹的母亲和妹子，不能熄灭的火焰慢慢地从心底升上来，使我寂寞得几乎没有勇气生活下去。但是，她的安慰却给我扫除了这一切。她使我忘掉寂寞，忘掉渴望。她用关心的注视和真挚的同情鼓励了我，她自己并不曾对我说过一句鼓励的话。我们不懂爱情，我们只知道把我们两个寂寞孩子的心系在一起，让我们在这个黑暗的环境里挣扎下去，两个人手拉手地走那漫漫的长途。于是我们相爱了。

那还是去年秋天的事，如今春天来了。

春天给人带来了勇气和快乐。看见那些枯树发芽开花，看见河水解冻，让鱼虾自由自在地浮上水面，我心里非常快活。这时候我想到将来，我想到我们的前途，我不再像从前那样的悲观、绝望了。英也是这样。在公园的池边我们接连地度过了三个美丽的早晨和三个美丽的黄昏。

然而这种渺小的幸福也会遭到妒忌。打击来了。英的脸庞渐渐地在褪色。她好几天不曾真心笑过。于是我们见面的机会渐渐地减少了。

我要知道这是什么缘故，我屡次追问她，她终于把真相讲了出来：她的伯父、伯母知道了我们的关系，对她很不满意。他们阻止她和我来往。这个消息使我愤怒。我起初找不到他们禁止她和我见面的理由，后来我才知道他们不愿意把她嫁给外人，他们想吞没她那一份家产。

我劝过她许多次，在口里说，在信上也说，要她拿出勇气来反抗他们，不要听从他们的话，甚至要她跟他们断绝关系。她只是含糊地答应着。她并不是一个刚强的女孩。她在他们的掌握里过了六七年以后，如今不能够自拔出来了。她不敢反抗他们。她太软弱了。

她偷偷地逃出来和我见面，常常是在早晨上课的时间以前，或者下午放学以后，免得她家里的人疑心她。我们这样地常常见面，可是谈话的时间却减少了。她不能够在外面耽搁久一点，否则回家就要受到严厉的责问。她能够这样地忍受下去，她把痛苦吞在肚里，忍在心里。我却不能够。我失掉忍耐心了。

我不断地向她解说反抗的好处。我又说明屈服会产生怎样悲惨的结果。这都没有用。六七年的训练把她的勇气完全摧毁了。终于有一天我哀求地对她说：

"英，你为什么不跟他们闹翻？你这样下去是不行的，你毁了你自己，你也毁了我。"

她却流下眼泪，她请我原谅她，她要我把她忘掉。她说她只希望能够早死。十六岁女孩的口里居然说出了这样的话！我差不多要哭了。

眼泪也不能消除我的憎恨。我同情她，但是我更恨她的伯父、伯母。我安慰她，我更向她反复解说：她应当反抗他们；她不该牺牲她的幸福来满足他们的野心。我更热烈地说，这种用家长身分来压迫年轻人的行为应该受到惩罚，那么就让她拿反抗来惩罚他们罢。

她似乎相信了这些话，她似乎下了决心要照我所说的做去，然而下一次我们见面时她又告诉我她不能够这样做。她请我原谅她，她要我重视六七年来的生活在一个女孩的精神上留下的影响。

希望似乎破灭了。但是我还不相信。我看见她坐在我的身边，我想不到我会把她永远失去。

桃花开始谢了。粉红色的花瓣铺满了半个山坡。然而在对岸的池边再没有了英的踪迹。

我一个人坐在长椅上，手里捏着英的一封信：

> 请原谅我。我不能够再和你见面了。我实在是一个没有用的女孩，我只能够听人摆布。你不要来找我，他们不会让你见我……

我不信她的话。我到学校里去找过她，据说她好些日子不曾来上课了。我到她的女友那里去，那位姑娘也不知道她的消息。

我也曾到她的家去过。我知道她一定在家里。但是那里的人不肯接待我。我吵闹也没有用处，正如她所说他们不会让我见她。

她在我的眼前消灭了。我再也找不到她。我眼看着一个年轻的生命这样横遭摧残，却毫无办法。

她除了这封信，就不曾给我留下任何的纪念品，而且连这封信也是残缺的。她并不曾写完它，我不知道那许多黑点代表的是些什么。

我一个人坐在池边的长椅上，手里拿着她写给我的唯一的信。我望着对岸半山的落红，想起我们从前在这里谈过的那些孩子的幻想，我还在等待她回到我的身边来。

1934 年秋在上海

1934年10月10日在上海①

　　大都市的月亮没有光辉。宽广的马路两旁玻璃橱窗里射出来辉煌的灯光，高楼大厦上的霓虹灯射出来刺目的红绿颜色。

　　人走在人行道上看不见月色。他满眼都是电车、汽车、黄包车。大都市的确很热闹。

　　但是渐渐的大都市有些疲倦了。各种车子也少起来。法租界的大马路也显得清静了。

　　两个喝醉了的外国水手从一家白俄开的跳舞场里出来，嘴里含糊地说着放肆的话。跳舞场门口有着红、绿、蓝、黄四色的霓虹灯，里面奏着爵士音乐。

　　"米昔！米昔！"马路上有三个黄包车夫拖着空车向着外国水手跑过去，口里乱嚷着。那两个醉得脸通红的白皮肤的人正走下人行道，就给他们围住了。

　　他们并不跳上车。年纪轻一点的水手忽然飞起一只脚踢在一个车夫的屁股上，用很清楚的中国话骂着："狗！"

　　于是车子全散开，让这两个人带笑地走了。

　　中年的黄包车夫拖了空车慢慢地跨过街心，因为这一踢他的屁股上那个地方还在痛。羞辱和痛苦压住他的心。他抬起头望着天空，口

---

　　① 原题为《193×年·双十节·上海》。

里祷告似的喃喃说：

"天啊，为什么我的鼻子不高起来？我的眼睛不落下去？我的头发不黄，眼珠不绿，皮肤不白呢？"

天是不会开口的，它看见任何不公平的事情也不会开口。

中年车夫只得埋下头，继续往前面走了。

"外国人究竟肯花钱啊！"他又这样地想道，因为他从外国客人那里拿到过较多的车钱。然而他马上想起了另一件事情：两天以前他拉着一个外国客人到处跑了两个钟头，只得到四角钱和两记重重的耳光，连鼻血也给打出来了。

"他们肯花钱啊！"这一次他再想到这个就有些发恼。他那时生时灭的对于不公平事情的愤恨又渐渐地在他的胸膛里燃烧起来了。

他慢慢地拖了空车走着，忽然他的左膀给一只有力的手抓住了。同时他的耳边响起了一句清楚的中国话："走，快走！"

他连忙掉头一看，一个高大的人站在他的身边，高鼻子，黄头发，绿眼珠，白皮肤，从那深陷的眼睛里射出来一股轻蔑的眼光，这眼光代替嘴说出了一个字："狗！"

中年车夫没有反抗，也没有迟疑，马上放下车子让那个人坐上去，于是拉起车往前跑了。

那个白皮肤的人在车上不停地用皮鞋踢踏板，口里哼着下流的西洋小调，一面给车夫指路，一面催车夫跑得再快些。然而车夫已经用尽力气了。

在马路旁边一个巷子里车子停了下来。白皮肤的人轻蔑地掷了一个双角在地上，并不看车夫一眼。

石阶上有几家小店，都挂着酒吧间的洋招牌，但都上了铺板。有一家的门半开，从里面送出来男女的笑声，白皮肤的人刚跨进去就给一个有着小孩面孔的红衣姑娘接住了。

车夫放下车子，就坐在踏板上休息。他想到自己那个被卖掉的女儿，三年来他没有得到她任何的消息。

那家小店的门依旧半开，车夫看见了里面的景象。几个黄皮肤的小姑娘坐在高大的白皮肤的人的怀里，她们的小脸上露出来不自然的媚笑。

车夫心痛了好一会儿，终于疲倦地站起来，拉起车子走了。在路上他抬起头望着天空祷告似的喃喃说：

"天啊，为什么我的鼻子不高起来？我的眼睛不落下去？我的头发不黄？眼珠不绿，皮肤不白呢？"

在那个为白皮肤的人开设的下等酒吧间里面，一个中国小姑娘在膀子上生满了毛的外国水手的怀中哭了。

中国女子的哭常常是有泪无声的。她今年才十四岁呢，然而父母却把她的不曾发育完全的身体卖到这里来，给那些可以做她父亲的人蹂躏了。

她的身体十分娇小，坐在那个高大的外国水手的怀里简直像一只小猫，怪不得他叫她做可爱的小猫了。

年轻女孩向来多幻想，但是现实生活把她的幻想一个一个地打破了。她常常像痴呆一般地坐在高大的白皮肤的人的怀里，让他们玩弄。有时候她却又不能不记起她的父母，她离开他们的时候，母亲正在生病，父亲靠拉车度日。这是三年前的事情了，她以后就跟他们断绝了音信。在这个世界上她就成了孤孤单单的一个人。

那个水手色情地抓住她的娇小的身子在抚弄。他快活地想："在地中海旁边我们的国家里也不曾见过这样可爱的东西呀！是这样的一种滋味！那些黄皮肤的野蛮人，吃饭不用刀叉，喝茶不放糖，说话就像吵闹，把人当做马来骑，像猪一般活在污秽里，身躯短小，形容委顿，为了一块钱就会卖掉朋友，卖掉父亲！想不到在他们里面居然有着这样的宝贝！上海的确好过非洲殖民地，也好过号称小巴黎的西贡啊！"

小姑娘给文明人的毛手抚弄着。她抬起泪眼望天，但是天却给屋顶遮住了。她望着新近油漆过的天花板，祷告似的在心里念着：

"天啊，为什么我的鼻子不高起来？我的眼睛不落下去？我的头发不黄，眼珠不绿，皮肤不白呢？为什么我就不能够变做一个像他那样的人呢？为什么我就不早死呢？"

她不能够念下去了，那一张沉重的大嘴压下来，喷了她一脸的酒气，闷得她透不过气来。

对面一条马路的转角，一个高等跳舞场开在那里，五六个高等华人拥了两三位名媛走出来，坐上两部汽车开走了。

"做一个中国人是多么幸福啊！父母给我们留下那么多的财产，社会给我们留下那么多的苦力！……"

那个白净脸的年轻绅士，棉纱大王的儿子在汽车里满意地想道。

1934 年 10 月在上海

三等车中

坐火车似乎不是一件愉快的事情，三等车更不是舒适的地方，但是这两年来我的一部分的时间就在三等车里面花掉了。仿佛有人说过羡慕我的生活一类的话，这些情形他们是不会知道的。

说要走，说了两个星期了。一些朋友在路上遇见我就会问："怎么还在上海？"我除了"明天走"这句短短的答语外，就找不到第二句。的确我每天都是准备着"明天走"的。但是出乎我的意料之外，这"明天"却挨到两个多星期以后了。

在一个黄昏里到北站送了卫夫妇上车回来，我同梅走着到中国旅行社去的马路。我们两个人都不熟习上海的街道，当时我并没有决定这个晚上就走，也没有决定就到中国旅行社去买车票，我们不过在那些比较平坦的马路上散步，谈谈那些许多时候以来折磨我们年轻的心的问题。

天色逐渐阴暗起来，我们却不觉得；灯亮了，我们也不觉得。在我们的眼前隐约地现出那光明美丽的未来的远景。我们到了四川路的中国旅行社，我说："进去问问票子罢。"我们就进去了。

"哪天走？"

"今天晚上。"

我没有踌躇地回答。出了门，我才想起：今天晚上就要走了。这个时候我突然感到把时间浪费在火车上、轮船中是一件怎样不幸的事情。

行李是临时收拾的，也花不了许多时间。周夫妇送我到车站时，不过十点多钟，可是火车要到十二点钟才开出。我是一个漂流惯了的人，本来用不着人送我到车站，但是周夫人说："一个人走，冷清清的，没有人送，很可怜。"我也不能够拒绝他们。

在月台上我们找到了梅，他在那里等我，现在谁也不会觉得寂寞了。周提着我的藤包，我们上了车。

车厢里客人很少，有许多空座位。我从藤包里取出了薄被在长凳上摊开来，心里想一定可以畅快地睡一夜了。

平常朋友们在一起大家总有许多话谈，这时候我们对坐着，我却觉得说话是一件不容易的事情。我们让时间在沉默中过去，于是周夫妇下车了，于是梅也下车了。接着火车的轮子动起来，我的旅程又开始了。

车厢里的人突然加多了，我只好把薄被卷起来，睡觉的事成了渺茫的梦，这个晚上我就在人堆里糊里糊涂地混了一夜。对面一位乘客整夜开着窗，风就对着我吹，煤灰堆满了我的脸，使我的眼睛睁不开来。但也终于过去了。

第二天八点钟以前火车到了南京。天落着雨，早晨的空气很冷。但是我不得不跟着众人下车，冒着雨走到江边的轮渡上，拥挤在前舱里一张帆布篷下面。

小火轮一开，风就大起来，雨点全打在我的身上，我只得掉转身子，但是裤子却给打湿了。这狼狈的情形如果给朋友们看见，一定会引起他们发笑。

到了浦口，进了月台，我找不着火车，站在月台上只觉得身子冷。过了好些时候，终于看见火车来了。月台上突然热闹起来。在一阵拥挤之后，我进了三等车厢，在那里找到一个好座位，就高兴地坐下来，把藤包放在头上的架子上面。我的薄被又在长椅上摊开了。

火车在细雨蒙蒙中离开了浦口，时候是十一点钟。我没有留我的脚迹在南京，我是有遗憾的。在南京我有好几个朋友，我本来应该去看看他们，本来应该分出一些时间和他们在一起度过，但是雨把我阻

止了。尤其使我挂念的是那个害肺病的朋友①和他的夫人。他最近还
写信给我说:"你的心灵的纯洁,生活的洒脱,只要在我得到一刻沉
静的时候,我便追怀着你:我是渐埋渐深的成了一个泥人了。我常常
希望着因为我有痼疾而早结束了我的生命。"去年我在北平承他款待
了一个多星期,和他在一张床上度过了那些夜晚,听了他多少次的咳
声和梦呓,我留下在颐和园买来的一对石球在那间公寓的小屋里就走
了。我带走的他的印象到现在还没有褪色,依旧是去年那样地鲜明:
心灵的纯洁,只有他可以受这个评语。但是没有人了解他。他如今在
艰苦的生活的斗争里、社会的轻视的眼光下一天一天地衰弱下去了。
我每次读着他那些混合着血和泪的散文,我的整个心灵都被扰乱了。
我常常在心里狂叫着:他是不能够死的,他应该活下去,强健起来,
去享受生活里的幸福。但是谁能够使这愿望实现呢?

　　我的思想像车轮那样地转动着。雨却渐渐地小了。到了一个站,
雨完全住了。天气依旧不好。我的心上的重压也没有减轻。但是火车
又向前开行了,就像一只怒吼的饥饿的猛兽。

　　车里的客人并不多,好些座位都空着,一个人可以占据一张椅子。
车是新的,而且洗刷得很干净,有百叶窗。我对面一个老客人不时地
发出了惊讶的赞叹。

　　后来天气变好了,太阳从云里露出脸来。车窗外有树木,有田野,
有山,但是我时时刻刻都记着我是往北方走了。

　　人一往北方走,就会觉得自己是一刻一刻地变老了,尤其是对于
离开广东不久的我。见惯了南国的乡村,吃惯了南国的食物,呼吸惯
了南国的空气以后,这感觉是特别锐敏的。南国的碧绿的榕树,在这
里是看不见的了。这里的一切景物都给罩上了古老的、沉重的暗影,
我找不到一点南方的轻快、活泼的颜色。

　　津浦路沿途的车站是值得注意的。每个大站都有它自己的独特的
样式,虽然同是西洋风味的旧建筑物,但没有两个是相同的,有的车
站竟使人联想到教堂。

---

　　①　指散文作家缪崇群。

车上的生活很沉闷，很单调。乘客多的时候还可以看到一些不寻常的事情。去年那一次的旅行里我就看见了不少。譬如，一个老妇因为没有车票就被赶出车厢，在扶梯边的走廊上蹲着，让夜晚的冷风吹打。又如，一个土匪上车来捉一个替人送款的忠厚的农民，农民几乎被他拖下车去，却给一个车警来打救了，土匪就在火车驶行的当儿跳了下去。

这一次我什么都看不见，也听不到什么值得注意的谈话。到了站，乘客上下，或者向小贩买食物，这是很平常的事情。两角钱一只烧鸡，一角钱几个梨子，这是最受人欢迎的食物。时间过得很慢，但是也很平淡地过去了。夜晚我幸运地睡了一个好觉，第二天早晨醒来，火车已经过了济南。

窗外北方的平原是可爱的，虽然树木少，虽然只有一点光秃的山，但也可以给人引起另一种感觉。沉着，朴实，没有一点夸张，没有一点掩饰，北方的景物就像北方的人，他们沉默地挑起生活的担子，坚忍地跟困难斗争，一直到死不发出一声叫唤。

在山东境内某一个车站旁边，人们搭了草棚开"追悼大会"。会已经开过了，剩下来对联、供桌和遗像。据说追悼的是前次劫车中被害的车警。原来两个多星期以前，津浦车曾经在这附近给土匪抢过一次。

下午五点多钟火车到了天津东站。我在上海中国旅行社买票时，曾为了"东站"和"总站"的问题把卖票员麻烦了好一阵，那里只有到天津东站的车票，我当时却以为火车先到"东站"后到"总站"，现在才知道是我自己弄错了。

1933 年 9 月在天津

过年

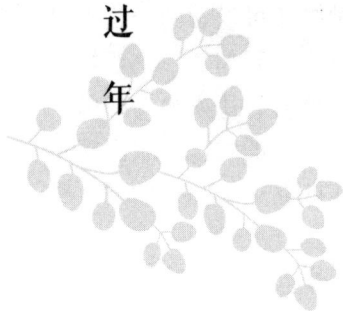

　　书桌放在窗前，每天我坐在这里，望着时光悄悄地走过去。看着，看着，又到了年终的时候。我的心海里涌起了波涛。

　　一年一年这样地过去，人渐渐地老起来，离坟墓越来越近。这是事实，然而使我如此感动的原因却不是这个。我是在悔恨我自己又把这一年大好的光阴白白地浪费了。不过我并不因此而有什么感伤。悔恨和感伤是不同的。

　　过去的年华像一座一座的山横在我后面。假使我回过头去，转身往后面走，翻越过一座山又一座山，我就会看见我的童年。事实上我有时候也作过这样的旅行。于是我在一座山的脚下站住了。

　　在我这个房间里不是常有小孩来玩么？六岁的，四岁的，三岁的。他们今天忘了昨天的事，甚至下午就忘了午前的事情。一分钟哭，过一分钟又笑。他们的世界是何等的简单！我最近也曾略略地研究过他们的心理，虽然不能说很了解，但是像一个狂信者那样地做着自己想做的事情：这种态度我倒有些明白。有一个时候我也曾经是这样的孩子！

　　旧历大年初二，母亲出去拜客了。我穿着臃肿的黄缎子棉袍和花缎棉鞋，一个人躲在花园后面一个小天井里燃放着老鼠之类的花炮，不知道怎样竟将自己的棉鞋烧起来了。我当时不知道自己脱鞋，却只顾哭着叫人，等到老妈子来时，右脚上已经烧烂了一块，以后又误于

我们在公园里比较清静的地方，无论在草地上，长椅上，半山里，坐下来，在一起谈着种种的事情，谈着悲痛的过去，谈着寂寞的现在，谈着做梦似的将来……

——《两个孩子》

庸医，于是躺在床上呻吟了两三个月。我后来身体不健康，跟这件事情多少有点关系。

但是不管这个，我当时仍然过得很幸福，脚一好我也就把那件事情忘掉了。我一天关在书房里念那些不懂的书，一有机会就溜出来玩，到年底听说要放年假，心里的快活简直是无法形容的。孩子们喜欢新年，因为新年里热闹，而且可以毫无顾忌地痛快玩个十多天。

在那些时候我做过种种黄金似的好梦；但是我决不曾想到世界上会有这种种的事情，像我现在所看见的。那时我也曾有过能够早早长大的愿望。但是长大到了现在，孩童时代的幻梦都跟着年光流去了，只剩下这一颗满是创伤的心。而且当时我所爱过、恨过的人大半都早已安睡在寂寞的坟墓里面了。我是踏着尸骸走过长途，越过万重山而达到现在这个地方的。

黄金的童年啊！如果真像一般人那样感叹地这么想着，那真是"往事不堪回首"了！

所以四十几年前逝世的俄国诗人拉特松①有过一首叫做《床边》的诗：

> 孩子，在温暖、柔软的小床中，
> 你在梦中发出了这样的低语：
> "啊，上帝啊，我什么时候才会长大呢？
> 啊，只要人能够生长得更快一点啊！
> 那些讨厌的功课，我不要再学了，
> 那些讨厌的琴调我不要再练了；
> 我要常常去找朋友们玩呢，
> 我要常常到花园里去散步呢！"
> 我正埋着头做事，便带了忧郁的微笑，
> 默默地倾听着你的话语……
> 睡吧！我的宝贝，趁你还在父亲的保护下不曾知道世间种种

---

① 谢·雅·拉特松（С. Я. НасдоН，1862—1887）俄罗斯诗人。

烦恼的时候……

　　睡吧，我的小鸟儿！那严酷的时光

　　无情地快快飞去了，并不肯等着谁……

　　生活常常是一副重担。

　　光荣的童斗就像一个假日，会去得很快……

　　要是我能和你掉换一下，那是多么快活：

　　我只愿能像你那样快乐，歌唱，

　　我只愿能像你那样高兴地笑，

　　吵闹地玩，无忧无虑地四处观看！

　　这不是在译诗，这只能算是直译俄文的意思。我奇怪拉特松怎么会写出这样的诗！他一共不过活了二十五岁，即使这诗是临死的那年写的，也嫌早了一点。二十五岁的人无论如何不应该说这样的话。他死得早，大概因为他的心被这种忧郁蚕食了。

　　我跟他不同。我虽然有"一颗满是创伤的心"，但是我仍愿带着这颗心去走险途。我并不愿意年光倒流重返到儿时去，纵使这儿时真如一般人所说，是梦一般的美丽。孩子是生活在这个世界里而看不见这个世界的人。但这个世界存在而且支配着他的事实，却是铁铸一般地无可改变的。

　　做一个盲人好呢？还是做一个因为有眼睛而痛苦的人？我当然选取后者。而且我还想为这种痛苦做一点点事情。

　　在这一点上我倒应该给拉特松一个公道。因为先前忘记说下去，在中途便停止了。拉特松也写过像《那些心里还存在着对于黎明的将来的愿望的人，醒来吧!》（多么长的一个题目！）一类的诗，有着"和夜的黑暗斗争，好让阳光重新普照大地"的句子。并且据说拉特松有一个时期也很为青年们所欢迎，他的诗集也销过二三十版，因为他表现了当时青年的热望——爱被虐待受侮辱的同胞，为崇高的理想，为自由、平等、博爱而奋斗。但可惜的是那些诗我还不曾有机会读过。他的诗我只读了四首。

　　算到现在为止，我已经比拉特松多活了好几年了。我对于同时代的青年的热望，又做过什么事情呢？我们这时代的青年的热望不也就是——爱那被虐待受侮辱的同胞，为自由、平等、博爱而奋斗吗？

固然我写过几本小说之类的东西（我只说类似小说，因为也许有些正统派的小说家从艺术的观点来看，说它们并不是小说），但那是多么微弱的呼声啊！所以在回顾快要过去的一九三四年的时候，我又不觉为这一年光阴的浪费而感到痛悔了。

做孩子的时候，每到元旦，总要给父亲逼着在红纸条上写几个恭楷字，作为元旦试笔。如今父亲已经在坟墓里做了十几年的好梦，再也没有人来逼我写这一类的东西了。想到这里我似乎应当有一点点感伤。但是我并没有。也许我这颗心给生活的洪炉炼成了钢铁了。

1934 年 12 月在横滨

静寂的园子

没有听见房东家的狗的声音。现在园子里非常静。那棵不知名的五瓣的白色小花仍然寂寞地开着。阳光照在松枝和盆中的花树上，给那些绿叶涂上金黄色。天是晴朗的，我不用抬起眼睛就知道头上是晴空万里。

忽然我听见洋铁瓦沟上有铃子响声，抬起头，看见两只松鼠正从瓦上溜下来，这两只小生物在松枝上互相追逐取乐。它们的绒线球似的大尾巴，它们的可爱的小黑眼睛，它们颈项上的小铃子吸引了我的注意。我索性不转睛地望着窗外。但是它们跑了两三转，又从藤萝架回到屋瓦上，一瞬间就消失了，依旧把这个静寂的园子留给我。

我刚刚埋下头，又听见小鸟的叫声。我再看，桂树枝上立着一只青灰色的白头小鸟，昂起头得意地歌唱。屋顶的电灯线上，还有一对麻雀在吱吱喳喳地讲话。

我不了解这样的语言。但是我在鸟声里听出了一种安闲的快乐。它们要告诉我的一定是它们的喜悦的感情。可惜我不能回答它们。我把手一挥，它们就飞走了。我的话不能使它们留住，它们留给我一个园子的静寂。不过我知道它们过一阵又会回来的。

现在我觉得我是这个园子里唯一的生物了。我坐在书桌前俯下头写字，没有一点声音来打扰我。我正可以把整个心放在纸上。但是我渐渐地烦躁起来。这静寂像一只手慢慢地挨近我的咽喉。我感到呼吸不畅快了。这是不自然的静寂。这是一种灾祸的预兆，就像暴雨到来前那种沉闷静止的空气一样。

我似乎在等待什么东西。我有一种不安定的感觉，我不能够静下心来。我一定是在等待什么东西。我在等待空袭警报；或者我在等待房东家的狗吠声，这就是说，预行警报已经解除，不会有空袭警报响起来，我用不着准备听见凄厉的汽笛声（空袭警报）就锁门出去。近半月来晴天有警报差不多成了常例。

可是我的等待并没有结果。小鸟回来后又走了；松鼠们也来过一次，但又追逐地跑上屋顶，我不知道它们消失在什么地方。从我看不见的正面楼房屋顶上送过来一阵咶咶的乌鸦叫。这些小生物不知道人间的事情，它们不会带给我什么信息。

我写到上面的一段，空袭警报就响了。我的等待果然没有落空。这时我觉得空气在动了。我听见巷外大街上汽车的叫声。我又听见飞机的发动机声，这大概是民航机飞出去躲警报。有时我们的驱逐机也会在这种时候排队飞出，等着攻击敌机。我不能再写了，便拿了一本书锁上园门，匆匆地走到外面去。

在城门口经过一阵可怕的拥挤后，我终于到了郊外。在那里耽搁了两个多钟头，和几个朋友在一起，还在草地上吃了他们带出去的午餐。警报解除后，我回来，打开锁，推开园门，迎面扑来的仍然是一个园子的静寂。

我回到房间，回到书桌前面，打开玻璃窗，在继续执笔前还看看窗外。树上，地上，满个园子都是阳光。墙角一丛观音竹微微地在飘动它们的尖叶。一只大苍蝇带着嗡嗡声从开着的窗飞进房来，在我的头上盘旋。一两只乌鸦在我看不见的地方叫。一只黄色小蝴蝶在白色小花间飞舞。忽然一阵奇怪的声音在对面屋瓦上响起来，又是那两只松鼠从高墙沿着洋铁滴水管溜下来。它们跑到那个支持松树的木架上，又跑到架子脚边有假山的水池的石栏杆下，在那里追逐了一回，又沿着木架跑上松枝，隐在松叶后面了。松叶动起来，桂树的小枝也动了，一只绿色小鸟刚刚歇在那上面。

狗的声音还是听不见。我向右侧着身子去看那条没有阳光的窄小过道。房东家的小门紧紧地闭着。这些时候那里就没有一点声音。大概这家人大清早就到城外躲警报去了，现在还不曾回来。他们回来恐怕在太阳落坡的时候。那条肥壮的黄狗一定也跟着他们"疏散"了，否则会有狗抓门的声音送进我的耳里来。

我又坐在窗前写了这许多字。还是只有乌鸦和小鸟的叫声陪伴我。苍蝇的嗡嗡声早已寂灭了。现在在屋角又响起了老鼠啃东西的声音。都是响一回又静一回的，在这个受着轰炸威胁的城市里我感到了寂寞。

然而像一把刀要划破万里晴空似的，嘹亮的机声突然响起来。这是我们自己的飞机。声音多么雄壮，它扫除了这个园子的静寂。我要放下笔到庭院中去看天空，看那些背负着金色阳光在蓝空里闪耀的灰色大蜻蜓。那是多么美丽的景象。

1940 年 10 月 11 日在昆明

大黄狗

　　早晨园子外面意外地响起一阵狗叫。大概是邻家那条黑白花的狗的叫声。我想起了这里的大黄狗。我好几天没有看见它了。

　　往常，敌机还不曾飞到这个城市来投炸弹的时候，清早我起身不久，就会听见房东家通园子的小门咿呀地一响，一条大黄狗带着快乐的叫声从窄小的过道奔进园子来。它并不挨近园中花草，也不去寻找食物。它的第一个工作便是到掩着的园门口大声叫唤，一面用嘴和脚去推动园门，想把门拨开。然而门是扣上了的，它忙了一阵，还是没有办法。有时候它居然把扣子摇脱了，但是房东家的小孩马上走来把扣子扣上。所以它始终打不开那两扇红漆的木门。不过它从门缝也可以嗅到外面的空气，瞥见外面世界的景象。

　　它每天总要在门口徘徊好些时候，有两三次它还带着求助似的吼声用力抓那木门。但是门始终关着，没有人来给它帮忙。它又望着门狂吠一会儿，然后绝望地转身往园内跑。它经过我的房门，跑到后面园子里去。后面的园子比较大，那里还有房东为他们一家人建筑的防空室。可是它在那个地方只跑了两转，房东家的小孩就走来把它唤了进去。于是小门一闭，园子里又寂然了。

　　在上月三十日的大轰炸以后，一连几天园子里都没有狗的脚迹。我上午照例在房里读书写字等警报。有时我把疲倦的头从桌上抬起，就想起了大黄狗抓园门的事情。听不见那样的声音，我觉得寂寞。

　　昨天早晨，我刚刚在书桌前坐下，就听见房东家小门打开的声音。我想，大黄狗该出来罢。它果然箭也似的飞奔出来了。

　　虽然离开了几天，它还是没有忘记它的日课。它进园来第一件事就是抓门。自然这不会有结果。不过这一次它的渴望似乎更大了。它不住地拼命推门，它好像抱了不把门推倒不停止的决心似的。可是它刚刚把扣子摇脱，房东家的小孩就立刻跑来扣上，而且等它刚转身往后园里跑去，那个小孩便将它赶进过道，赶进小门，使它的影子消失在咿呀的闭门声里。

　　我想到那条得不着自由的狗的失望，心里非常不舒服。我又记起它好几次带着和善的表情望着我叫的事。两个月来它从没有用过凶恶的眼光看我。它或许是把我当作朋友来向我求助也未可知。可惜我不懂它的语言，不能够给它帮忙。我明白自由是一个生物所不可缺少的东西，不说人，便是狗也知道爱自由。然而我却不能够帮助一条狗得到自由。

　　写完以上的话，我又因为空袭警报跑到郊外。今天看到了可怖的轰炸。下午五点钟回到城里，在灾区走了一转，触目尽是断瓦颓垣。一个朋友告诉我，他在一间倒下的房屋前面看见一条狗的尸首，连肚肠都露在外面。

　　晚间我回到园子里，迎着我的只有冷冷的月光和蟋蟀的悲鸣。我站在松树下水池旁边，想起了那条爱自由的大黄狗。我不知道它是否也会得到这样的结果。我还记得它的面貌，尤其是在它和善地望着我的时候，它就像一位长发、长眉、长须的老人。

　　　　　　　　　　　　　　　　1940 年 10 月 13 日在昆明

我们在陈的小学校里吃了晚饭。热气已经退了。太阳落下了山坡，只留下一段灿烂的红霞在天边，在山头，在树梢。

"我们划船去!"陈提议说。我们正站在学校门前池子旁边看山景。

"好。"别的朋友高兴地接口说。

我们走过一段石子路，很快地就到了河边。那里有一个茅草搭的水阁。穿过水阁，在河边两棵大树下我们找到了几只小船。

我们陆续跳在一只船上。一个朋友解开绳子，拿起竹竿一拨，船缓缓地动了，向河中间流去。

三个朋友划着船，我和叶坐在船中望四周的景致。

远远地一座塔耸立在山坡上，许多绿树拥抱着它。在这附近很少有那样的塔，那里就是朋友叶的家乡。

河面很宽，白茫茫的水上没有波浪。船平静地在水面流动。三只桨有规律地在水里拨动。

在一个地方河面变窄了。一簇簇的绿叶伸到水面来。树叶绿得可爱。这是许多棵茂盛的榕树，但是我看不出树干在什么地方。

我说许多棵榕树的时候，我的错误马上就给朋友们纠正了，一个朋友说那里只有一棵榕树，另一个朋友说那里的榕树是两棵。我见过不少的大榕树，但是像这样大的榕树我却是第一次看见。

我们的船渐渐地逼近榕树了。我有了机会看见它的真面目：是一棵大树，有着数不清的桠枝，枝上又生根，有许多根一直垂到地上，进了泥土里。一部分树枝垂到水面，从远处看，就像一棵大树躺在水上一样。

现在正是枝叶繁茂的时节（树上已经结了小小的果子，而且有许多落下来了）。这棵榕树好像在把它的全部生命力展览给我们看。那么多的绿叶，一簇堆在另一簇上面，不留一点缝隙。翠绿的颜色明亮地在我们的眼前闪耀，似乎每一片树叶上都有一个新的生命在颤动，这美丽的南国的树！

船在树下泊了片刻，岸上很湿，我们没有上去。朋友说这里是"鸟的天堂"，有许多只鸟在这棵树上做窝，农民不许人捉它们。我仿佛听见几只鸟扑翅的声音，但是等到我的眼睛注意地看那里时，我却看不见一只鸟的影子。只有无数的树根立在地上，像许多根木桩。地是湿的，大概涨潮时河水常常冲上岸去。"鸟的天堂"里没有一只鸟，我这样想道。船开了。一个朋友拨着船，缓缓地流到河中间去。

在河边田畔的小径里有几棵荔枝树。绿叶丛中垂着累累的红色果子。我们的船就往那里流去。一个朋友拿起桨把船拨进一条小沟。在小径旁边，船停住了，我们都跳上了岸。

两个朋友很快地爬到树上去，从树上抛下几枝带叶的荔枝，我同陈和叶三个人站在树下接。等到他们下地以后，我们大家一面吃荔枝，一面走回船上去。

第二天我们划着船到叶的家乡去，就是那个有山有塔的地方。从陈的小学校出发，我们又经过那个"鸟的天堂"。

这一次是在早晨，阳光照在水面上，也照在树梢。一切都显得非常明亮。我们的船也在树下泊了片刻。

起初四周非常清静。后来忽然起了一声鸟叫。朋友陈把手一拍，我们便看见一只大鸟飞起来，接着又看见第二只，第三只。我们继续拍掌。很快地这个树林变得很热闹了。到处都是鸟声，到处都是鸟影。大的，小的，花的，黑的，有的站在枝上叫，有的飞起来，有的在扑翅膀。

我注意地看。我的眼睛真是应接不暇，看清楚这只，又看漏了那只，看见了那只，第三只又飞走了。一只画眉飞了出来，给我们的拍掌声一惊，又飞进树林，站在一根小枝上兴奋地唱着，它的歌声真好听。

　　"走罢。"叶催我道。

　　小船向着高塔下面的乡村流去的时候，我还回过头去看留在后面的茂盛的榕树。我有一点留恋的心情。昨天我的眼睛骗了我。"鸟的天堂"的确是鸟的天堂啊！

1933 年 6 月在广州

我的故事

　　我在大太阳下面跑了半天的路，登了五十级楼梯，到了一个地方①，刚刚揩了额上的汗珠坐下，你的信就映入我的眼帘。我拆开信封，你那陌生而古怪的笔迹刺着我的眼睛。我看了几个字，把信笺放回到信封里；我又去拆第二封信。……我把别的几封信都匆忙地读了，同你的信一起放在衣袋里。我和这个地方的人说了几句话，便又匆匆地走下五十级楼梯，跑到街心去了。刚好前面停着一辆无轨电车，我一口气跑了过去。车子正要开动，我连忙跳了上去。车厢里人很少，我占着宽敞的座位。过了一会儿，我的心的跳动渐渐地恢复了常态，我可以把思想集中在一件事情上面了，我便取出你的信来，仔细地但很费力地读了一遍，我不曾遗漏一个字，甚至写在你的名字下面的日期。那么一个悲痛的日子②！我不会把它忘掉。在你的名字上面写着的"一个小孩子"五个字，使我深深地感动。

　　电车到了一个站头，我下了车。我半跑半走地到了另一个地方，又登上几十级楼梯，在一个窄小的编辑室③里坐下来，我开始校对一

---

　　①　一个地方：指当时的文化生活出版社，在上海福州路 436 号三楼。

　　②　指 9 月 18 日。

　　③　编辑室：指当时在北四川路的良友图书公司的编辑室。

篇我的稿子，就是那个悲痛的日子的文章①。关于那个日子我应该写一篇有力的东西。但是文句从我的笔下流到纸上，却变成多么软弱的句子了。生在这个时代，连我们的手和我们的舌头都似乎被什么东西钳住了似的，然而我们却尽管昂着头得意地走在街上说我们是自由的人！我校完那篇短文，我望着镶在它四周的宽黑边，一阵暗云在我的眼前飞过，我的心变得沉重起来。甚至那油墨印出的字迹也在对着我哭泣了。我不能够忍耐。我反抗地把校样折起发回给排字工人，我反抗地做出笑脸，对朋友们说了好几句话。于是有人来通知说，一个从乡下来的朋友在下面等着见我。我便走了下去。

四年的分别使我几乎不认识那个年轻友人了。四年前我和他有过一次谈话的机会。后来他托一位朋友转给我一只剥制过的小鳄鱼。那个热带动物至今还爬在我的书架上。它的尾巴被一个朋友的小孩折断了一节，但是它的口还凶恶地大大张开。我每次望着它那个好像要把我吞下去的大嘴，就想起了南国灿烂的阳光、明亮的河流、常春的树木，尤其是那些展示了生命之丰富与美丽的大树。我的寒冷的房间因此渐渐地暖起来。这温暖也曾帮助我写成一些文章。我感谢那个朋友，但是我却没有机会向他表示谢忱。这一天我见到他。我们到附近一个咖啡店②里去谈了一个多钟头。他是从炎热的南洋来的，在那边他每天都喝咖啡，可是现在他说他不大喝它了。我从前看见他的时候，他似乎是一个健谈的人，如今他却不大开口了。每一次我闭了嘴看他，他的眼光停在我的脸上，他脸上的肌肉微微地动着，嘴也微微地动着，他似乎有许多不寻常的话要说出来。但是他只说了三四句寻常的话又沉默了。我很了解他：他不愿意回到守旧的乡村，想在都市里找到一个职业，只求能够简单地生活下去，为社会做一点有益的事情，为自己求得更多的学识。他这样一个大学毕业生找职业，要求并不高，但是这个社会上到处都是墙壁，没有一道门为他开过半扇。我后来问过

---

① 文章：指《文季月刊》（良友公司发行）1936 年 9 月号的卷头语。

② 咖啡店：指街角的"安乐园"。当时有人找我或靳以谈话，我们常常约他或她在那里见面。

一个朋友，得到的回答是："大学毕业生，不敢碰。"别人以为"小事情不敢请大学生屈就"，而大事情却又被有势力的人"捷足先登"了。这是一个普遍的悲剧。在我们这个国家里要个别地找到个人的出路，似乎很艰难。我怀着痛苦的心情勉强做出笑容，对这位朋友说了不少安慰和鼓励的话。他好像渐渐地兴奋起来了。但是从咖啡店出来，我和他在街口握手告别的时候，我仔细地回想到刚才对他说的那些话，我又有一种痛苦不安的感觉。我的那些话对他能够有什么帮助呢？我不是白白地浪费了他的光阴么？

　　我回到编辑室，看见写字桌上有一封从北方来的信，也是一个不认识的朋友写的，我拆开信，取出那几张作为信笺的稿纸，我忽然胆怯起来，我不敢看它们，我就把它们揣在怀里。过了一阵一个电话打来，要我再到我先前离开的那个地方去，有人在那里等我。我匆忙地走到无轨电车的站头。无轨电车又把我带到先前来过的地方。我又登了五十级楼梯走到三层楼上。在这里我和不曾约定而无意间碰在一起的几个朋友，谈了将近一个多钟头的闲话。我又应该回到一点多钟前离开的那个地方去。因为那边还有朋友等着我一道吃饭，现在是吃饭的时候了。我从这里邀了一个朋友和我同去。

　　我们到了一家广东饭馆①，另一个朋友②交了一封信给我。一位患着肺病而不得不在南京一个机关里当小职员的友人③用快信告诉我，他的太太死了。一个影子在我的眼前掠过。我恍惚地看见了死的面影。我的心变得沉重了。我和这位友人两年多不通信了，和他的太太分别还是四年前的事。我记得很清楚：在北平的一个秋天的傍晚，那位脸颊红红的年轻太太，从她的母家小心翼翼地抱了新缝的铺盖到公寓里来，那情景还非常鲜明地现在我的眼前。这一对病弱的夫妇给了我不少的友情的温暖。我更不能忘记他们送我到车站的情景，那一天我们谈了许多话，但以后这些都成了春梦。我离开了他们，飘游了不少的

---

①　广东饭馆：指北四川路虬江路口的"新雅"。

②　另一个朋友：指靳以。

③　友人：指缪崇群。

地方，回到上海住了将近一年以后，在这个上海的秋天的傍晚，却意外地得到他的信，知道他的太太"在上月二十五日傍晚已经死去了，她想挣扎却再也不能挣扎地向生活永诀了"。那位朋友接着还说："她临死的时候还说：她死，我将是世界上一个最飘泊的人，我飘泊到什么地方去，又为什么要飘泊，她就没有给我接说，连我也不知道！"

我反复地读着信，我几乎当着几个朋友的面流下眼泪来，但是我终于用绝大的努力忍住了。我甚至开始大声说笑话。我似乎完全忘记了朋友的事情。然而在我的眼前还不时晃动着那两片红红的脸颊，和那一张苍白色的瘦削的脸。

我们在饭馆里坐了一个多钟头，安静地走出来，看见街上飞驰的兵车和惊慌的行人，才知道一个重大的"事件"突然发生了。一些市街在"友邦"军队①的警戒下断绝了交通。我看见了不少的枪刺，绕了不少的圈子，并且靠了一个黄包车夫的帮助，才回到了家。我怀着激动的心情，给他写了回信②。我还继续写我的长篇小说③。这些时候外面静得如在一座古城，只有一些兵车的声音来打破这窒息人的沉寂。我一直写到深夜四点多钟。

朋友，你看，对于你那两页信笺我所能答复的就只是这最后的两行。（你说："我很愿意知道你现在的情形，告诉我一些关于你的故事吧。那么我们中间会了解的。"）我只能够简略地告诉你一点点我的生活情形。你看我是一个多么软弱无力的人，而且我过的又是多么平凡的生活啊！

你说："我永远忘不了从你那里得来的勇气。"你说："你给了我生活的勇气。你给了我战斗的力量。"朋友，你把我过分地看重了。倘使你真的有那勇气，真的有那力量，那么应该说是社会把你磨练出来的。你这个"陌生的十几岁的女孩"，你想不到现在是你给了我勇

---

① "友邦"军队：指日本海军陆战队。
② 回信：见《答一个北方青年朋友》。
③ 长篇小说：指《春》，当时在《文季月刊》上连载。

气，使我写出上面那些事情的。那么让我来感谢你吧。①

1936 年 9 月

---

①　在删去了那封短信《我的路》（1936 年 10 月写）的开头，我还写过这样的话："的确我不应该用这么软弱的信来回答一个充满热情和勇气的孩子。我那封信的结尾本来应该照下面的样子写的：

你说："我永远忘不了从你那里得来的勇气。"你说："你给了我生活的勇气。你给了我战斗的力量。"朋友，你把我过分地看重了。倘使你真的有那勇气，真的有那力量，那么应该说是社会把你磨练出来的。你这个"陌生的十几岁的女孩"，倒是你说了正确的话："去年一二九学生运动的高潮把我鼓舞起来，使我坚决地走上民族解放斗争的路途！在这半年的战斗中，我得着不少的活知识与宝贵的经验。我抛弃了个人主义的孤立状态而走向集体的生活当中。我爱群众，我生活在他们中间。是的，我要把个人的幸福建筑在劳苦大众的幸福上。我要把我的生命和青春献给他们。"你看，现在是你给了我勇气使我写出上面那些事情的。那么让我来感谢你吧。"

但是我遗漏了那一段极其重要的话。今天我反复地读它，我倒为这个重要的遗漏而感到苦恼了。（下略）

别贵阳

听说是早晨六点钟开车，我不等天亮便醒了，用手电筒照着看表，不过四点多钟，"公寓"里还是一片黑，一片静。我想再睡一会儿，闭上眼睛，脑子里却好像起了骚动似的，思想起落不停，我觉得烦躁，便睁开眼从床上坐起。天开始泛白色，房里的桌椅在阴暗中渐渐地露了出来。等我穿好衣服，用昨夜留下的冷水洗了脸漱过口，茶房才用含糊的瞌睡声来叩门。

我应当感谢这个年轻的茶房，他为我至少牺牲了一小时的睡眠，他把我的两只皮箱提下楼，又为我打开"公寓"的大门，还跑到街上去叫来一部黄包车。

天已经大亮，麻雀吱吱喳喳地在檐前叫个不停，清晨的凉风送我上车。我望了望河边的几株绿杨，桥头停着好几辆去花溪的马车。只有箱子似的车身，马不知歇在哪里，倘使不离开贵阳，我今天会坐这样的车到花溪去。但是现在我失掉机会了。啊，不能这样说，我看表，只差十分钟就到六点；黄包车还要走一大段路。又有上坡路，说不定我到车站时，邮车已经开走了。我很着急，可是车夫拖着人和箱子走不动，也没有办法。

我后来下了车让车夫单拉行李，车子终于到了邮车站。我并没有来迟，好几部汽车都停在站上。开重庆的汽车到七点钟才开出车站。这次我安稳地坐在司机台上，两手抱着皮包，眼光透过玻璃窗直望前面的景物。

街旁的店铺依次向后退去，尘沙在空中飞腾，汽车跑着、吼着，沿着灰白色的公路，离开了阳光笼罩的贵阳城。车很兴奋，我也很兴奋。

筑渝道上

汽车疯狂似的跑着。它抛撇了街市，抛撇了人群。它跑进了山中，在那里它显得更激动了。

公路像一条带子，沿着山坡过去，或者就搭在坡上，叫车子左弯右拐，有时绕过山，有时又翻过山。我只见一座一座的山躲到我后面去，却不晓得走过了若干路程。

山全是绿色，树枝上刚长满新叶，盛开的桃李把它们的红白花朵，点缀在另一些常春的绿树中间。一泓溪水，一片山田，黄黄的一大片菜花，和碧绿的一大块麦田。小鸟在枝头高叫，喜鹊从路上飞过。两三个乡下人迎面走来，停在路边，望着车子微笑。七八匹驮马插着旗子摇着项铃慢吞吞地走着，它们听见了车声便慌张地让路。

这一切抓住了我的心。我真想跳下车去扑倒在香味浓郁的菜花中间，我真想像罗曼·罗兰的英雄克利斯多夫那样叫道：

"为什么你是这样地美？……我抓住你了！你是我的！"

一片土，一棵树，一块田……它们使我的眼睛舒畅，使我的呼吸畅快，使我的心灵舒展。我爱这春回大地的景象，我爱一切从土里来的东西，因为我是从土里来，也要回到地里去。

生命，无处不是生命。在现代化的城市里生命常常被窒息；在这群山中，在这田野上，生命是多么丰富，多么美！

正午我们在坝水镇吃中饭，阳光当顶，天气相当热。午前我们的车子经过乌江，那是一段从石山中间凿出来的危险路，车子紧紧地傍着悬崖走，一旦失脚，便会落在无底的江中。铁桥是新近造成的，高高地架在江上，连接了两座大山。车子过了桥，便往对面的山上爬去，我转脸一望，已经绕过一个大圈子了。下午，太阳快落坡的时候，我们到了被称为"黔北锁钥"的娄山关，车子再往前走，从山上转着急弯盘旋下去，路也是相当危险的。司机精神贯注地转动车盘。我朝下望，公路在两座绿色的高山中间一弯一拐，恰像一条山涧流向我的眼光达不到的地方。车子一颠一簸地往下滚动的时候，我注意司机的脸部表情，那种严肃和紧张是看得出来的。但是我放心了，仿佛眼前就是平坦的大路。

我们到达桐梓的时候，太阳刚落下山去。月亮已经挂在天空了。又是一个温暖的月夜。

晚上在桐梓的街上散步。只有几条街，相当整齐；还有电灯，这倒是我没有料到的。

我和另一位乘车者这一夜就住在邮车站附近一个人家，离城有一公里远，我们踏着月色走回那边去。坐了一天车子以后，走在宽阔的马路上，我觉得非常爽快。

第二天早晨天不亮，我就起来了，可是在车站上还耽搁了好一阵子。天色阴暗，我们头顶上便是大片灰暗的云，好像随时都会落雨似的。

车子经过花秋坪，这里又是一个危险地方，不过我在车上什么也看不见。车到山顶，四周全是云雾，我看见一块写着"花秋坪全景眺望台"的牌子。从那里望下去，我应该看见许多东西，但是一片雾海把它们全遮住了。车就在云雾中走，前后都好像没有路似的。然而转一个弯，过一个坡，路自然地现出来了。下了山，抬头一望，山头云雾弥漫，我不觉疑惑地想起来：我真的是从那座山上下来的么？路在什么地方呢？今天换了一个司机，是广东人，也是一个熟手，和昨天的湖北司机一样，而且他更镇定，更沉静，开车更有把握。我用不着担心。

押车的还是昨天的旧人，他坐在邮袋上。每到一个邮局或者代办所，车停住，他就得爬下来办事情。昨天在遵义搬了那么多沉重的袋子下来，也够他辛苦了。今天的工作倒轻松了些。

车子过綦江，并没有停多久，但我们也下去站了一会儿。坐得太久了，也是一件苦事。然而前面还有八十几公里的路。

在一品场停车受检查，海关人员和宪兵都爬上车来，检查相当仔细，我的两只箱子都打开了。在前面另一个地方还要经过一次检查手续。每一次检查都告诉我们：重庆城就近在目前了。

五点半钟，车子到达海棠溪，在公路车站前我瞥见了一个朋友的影子，他追上来在车窗外向我招手，我还来不及回答他，车子就把我载到江边叠满石子的滩上。

我下了车，望着那个向我跑过来的朋友的影子，我放心地吐了一口气：现在我终于到了重庆了。

　　　　　　　　　　　　　　　　1942 年 3 月 30 日在重庆
　　　　　选自散文集《旅途杂记》，万叶书店 1946 年 4 月初版。

桂林的微雨

绵绵的细雨成天落着。昨晚以为天就会放晴，今天在枕上又听见了叫人厌烦的一滴一滴的雨声。心里想：这样一滴一滴地滴着，要滴到什么时候为止呢？起来看天，天永远板着脸，在那上面看不见笑的痕迹。我不再存什么希望了。让它落罢，这样一想，心倒沉静下来，窗外有人讲话。我无意间听见一个本地口音说：

"这种天气谓之好天气。"接着是哈哈的笑声。低的气压似乎被这笑声冲破了。我觉得心境略为畅快。

我初来这里正遇着这样的"好天气"。我觉得烦躁，我感到窒闷。那单调的滴不断似的雨声仿佛打在我的心上，我深夜梦回时不禁奇怪地想：难道我的心是坚厚冷硬的石板，为什么我的心上也响起那同样的声音？

我走在街上，雨水把我的头发打湿，粘成一片。眼前似乎罩了一层雾。我的脚踩进泥水中了。我是在两个半月以前，还是在今天？……我要去找那个书店，看那三张善良的年轻面孔。我以为我就要走到了。

但是，啊，街道忽然缩短了，凭空添了一大片空地。我看不见那个走熟了的书店的影子。于是一道亮光在脑中掠过，另一个景象在眼前出现了。我觉得自己被包围在火焰中。一股一股的焦臭迎面扑来，我的眼睛被烟熏得快要流出眼泪。没有落雨，但是马路给浸湿了。人在跑，手里提着、捧着东西。大堆的书凌乱地堆在路中间。一个女人又焦急又气愤地对两个伸着手的人说："人家房子都快烧光了，你们还忙着要钱！"她红着脸把手伸进怀里去掏钱。我在这个女人的脸上见到熟人的面容了。我一定在什么地方见过她。不，我应该说是见过这张面孔，这样的表情我在我走过的每一个中国的地方都目击过。这里有悲愤，有痛苦，有焦虑，但是还有一种坚忍的力量……

　　我再往前走，我仿佛还走在和平的街上。但是一瞬间景象完全改变了。我不得不停止脚步。再没有和平。有的是火焰，窒息呼吸、蒙蔽视线的火焰。墙坍下来，门楼带着火摇摇欲坠；木头和砖瓦堆在新造成的废墟上，像寒夜原野中的篝火似的燃烧着。是这样大的篝火。烧残的书页散落在地上。我要去的那个书店完全做了燃料，我找不到一点遗迹了。

　　"走，走！"警察在驱逐那些旁观的人。黑色的警帽下闪露着多么深的苦恼和愤怒。……我忽然醒过来了。

　　我又从一个月以前的日子回到今天来了。雨丝打湿了我的头发。眼镜片上聚着三五滴雨点。我一双鞋底穿了洞的皮鞋在泥泞的道路上擦来磨去。刚刚亮起来的街灯和快要灭尽的白日光线给我指路。迎面走过来两三个撑伞的行人。我经过商务印书馆，整洁的门面完好如旧。我走过中华书局，我看不见非常的景象。但是过了新知书店再往前走……怎么我要去的那个书店不见了？还有我去过的一位朋友的家也不知道连屋瓦都搬到了何处去！剩下的是一片荒凉。几面残剩的危墙应当是那些悲惨的故事的目击者。它们将告诉我一些什么呢？

　　我站在一堵烧焦了的灰黑的墙壁下，我仰起头去望上面。长的、蛛丝一般的雨打湿了我的头发。墙壁冷酷地立在那里。雨丝洗不去火烧的痕迹。雨落得太迟了！墙壁也许是一个哑子，它在受了那样的残害以后还不肯叫出：复仇！

　　我觉得土地在我的脚下开始摇动了。墙壁在我的眼前倾塌下来。不。没有声音，墙壁车轮似的打了一个转，雨水一下子全干了。墙头发生了火。火毕剥毕剥地燃着。……我又回到一个月以前的日子了。

　　夜色突然覆盖了整个城市。但是蓝空却有一段红的天。红色的火光舐着天幕。火光升起来，落下去，又升起来。这时风势已经减弱了。但是凉风吹过，门楼、屋梁、墙头忽然发出巨响，山崩似的向着新的废墟倒下来。火仍在燃烧，火星差不多要飞到我的棉袍上面。我们穿过一条尚在焚烧的巷子，发出热气的墙壁和还在燃烧的瓦砾使我的额上冒汗了。瓦砾堵塞了平时的道路，我们是踏着火焰走过去的。一个朋友要去探望他那个淹没在火海中的故居，可是那里连作为界限的墙壁也不存在了。他立在一片还在冒烟的瓦砾前搔着头在记忆中找寻帮助。他很快地认出了地点，俯下身子想在砖石堆中挖出一两件他所喜欢的东西。我帮忙他找寻那只画眉的尸骸，却看见已经失了形的打字机的遗体。他自己在另一处找到了鸟笼的烧焦的碎片，他珍惜地用两根手指提起它，说："你看，不是在这里吗？"我这时仿佛听见了那只可怜的鸟的最后哀鸣。

"你们找东西的明天来。现在火还没有熄，不好翻。"对面的房屋还是完好的。它能够巍然单独存在于废墟的中间，大概因为它有高的风火墙罢。在门前坐着一个人。上面的话就是从他的口中发出来的。

"我们来找自己的东西。"朋友回答了一句。

"没有人敢来拿东西的，我们在这里给你们看守。有人挑水去了。你看这边那边都还有火。你们明天来罢！"那个守夜的人说。

这个响亮的声音打破了我的梦。我回顾四周，没有朋友，没有守夜的人。现在不是在夜间，我也不要找人和物件。我不要到这里来。但是回忆把我不知不觉地引到这里来了。

我走过环湖路，雨较大了。冰凉的雨点打在我的脸上。脚总是踩在水荡里。雨水已经浸入鞋底，把袜子打湿了。但是鞋底还常常被泥水粘住，好几次要把身体忽然失去平衡的我拖倒在地上。我听见旁边一个年轻人说："这样的天气真讨厌！"

"讨厌？这算是好天气呢！在这种天气是不会有警报的。"另一个人高声回答。

我已经走过洋桥，更往南走了。我忽然觉得身子轻松，路很快地在我的脚下退去。天晚了。我看见夜幕张开来。雨立刻停止。代替的是火。火又来了。时间一下便跳了回去。

　　马路上积着水，堆着碎砖，躺着断木，横着电线。整条整条街都只剩下摇晃的墙壁和燃烧的门楼。没有人家。没有从窗户映出的灯光。没有和平的市声。桂林成了一个大的火葬场。耸立的颓垣便是无数的火柱。已经燃烧了五六个钟点了。一家旅馆，我到那里去过两次，那是许多朋友的临时的住家，我看见火在巍峨的门楼上舔着舔着，终于烧断了它，让砖石和焦木带着千万点火星向着我们这面坍下来。是发雷的响声，接着又是许多石块落地的声音。火星向四处放射，像花炮一样。但是在废墟上黑暗的墙角里一个男人尖声叫喊："救命！"

　　许多人奔过去，人们乱嚷："拿电筒来，拿电筒来！"

　　电筒！我一怔：我手里不是捏着电筒吗？我正要跑过去。但是——我的眼前只有寂寞的废墟，而且被罩在夜幕下面了。我用电筒去照，廉价的小灯泡突然灭了。我才记起来火已经熄了将近一个月了。

　　"好天气？哼。真正闷死人！我宁肯要晴天，即使飞机来炸，我们也不怕。凭它飞机怎么狠，它能够把我们四万万五千万人炸光吗？"

　　还是先前那个年轻人，怎么我跟了他们到这里来了？怎么他到现在还谈着那同样的话题？我觉得奇怪。这个人究竟是什么人呢？我想看他一眼。我随手举起电筒，按着电钮。然而没有亮。我才记起我的电筒不亮了。我无法看清楚那个人的脸。我想大概不是做梦罢，也就不再去注意他了。

　　电筒不亮，就打消了我再往前走的心思。其实这句话也不对。我有点害怕我会再落到一个月以前的日子里去，让那些永不能忘记的景象再度将我的心熬煎。

　　回到家里，我看见一个月以前自己写在一张破纸上的潦草的字迹：

　　"什么时候才是我们的复仇的日子呢？什么时候应该我们站出来对那些人说：'下来，你们都下来！停止这卑怯的谋杀行为，像一个人那样和我们面对面地肉搏'呢？什么时候轮到我们升到天空去将那些刽子手全打下来呢？

　　"血不能白流，痛苦应该有补偿，牺牲不会是徒然，那样的日子一定会到来！……"

　　我相信自己的话。

　　　　　　　　　　　　　1939 年 1 月下旬在桂林

从镰仓带回的照片

接连下了几天的雨。傍晚，天空中出现了淡淡的红霞，连柔毛一样的雨丝也终于绝迹了。我满心希望见到明天早晨的太阳，还和朋友约好明天上午到虎跑去喝茶。晚上我打开关了几天的玻璃窗门，坐在写字桌前看书。忽然有什么小东西凉凉地贴在我的左手背上。我吃惊地抬头一看，原来手背上和垫在桌面的玻璃板上密密麻麻聚了不少的小雨点。……

雨越下越大，不到一个钟点，窗前廊上居然有了荷荷的流水声。这么一来，我连书也看不进去了。窗门关上后，屋子里又很闷热。我便拉开写字桌的抽屉取折扇。扇子取出来了，可是我并没有用它。我在翻看同时拿出来的一叠照片。

照片全是今年四月在日本镰仓拍的，每一张上面都有我，不用说也有别人。我翻看它们，只是为了消除我心里的烦躁：我受不了好像永远下不完的雨。这些照片使我想起了两个月前在镰仓过的那些日子，它们还给我保留着春天的明媚的阳光；只有一张是在雨天里拍的，陌生人在这有花有树的照片上看不到柔毛一样的雨丝，可是我明明记得当时的情景。

和光旅馆客厅外面的廊子在我的眼里显得格外亲切。廊下绿草如茵的庭院里有过我不少的脚迹。我多么喜欢我们在镰仓度过的四个清晨。我趿着木屐，踏着草叶上的露珠，走下弯曲的石级路，一直走到那所小小的茶屋，有时在一棵发香的矮树前停留一阵，或者坐在干净、清凉的大石上享受暖和的阳光。我们在这个风景如画的庭院中接待过许多朋友；敞亮的饭厅里常常充满了欢乐的笑声和融洽的谈话；我们坐在客厅里一张当中可以生火的小方桌的四周，和朋友们进行过多少次恳切的交谈（在那些时候我们作了整个旅馆的临时主人）。这里的一草一木、一窗一柱、一桌一椅都是那种比酒更浓、比花更美的友情的忠实见证。

我们在镰仓也曾遇到雨天。雨时大时小，从早下到晚。可是雨并不妨碍友情。有多少人打着雨伞来访问我们，我们也冒着雨走过不通汽车的泥泞小路，到朋友家做客。年轻的小说家有吉佐和子就是在这个雨天来访问我们的。她在我们的小客厅里整整坐了五个钟头，我只参加了最后两个小时的谈话。照片大概是在午饭后回到客厅之前在廊上摄的。有吉佐和子姑娘靠着一根廊柱，前刘海下面丰满的椭圆脸上还带着她常见的微笑。在东京我们不止一次、两次见到她的笑容。可是坐在镰仓和光旅馆客厅里小方桌旁边沙发上，她却微微埋着头、严肃地谈她自己的事情。美国人邀请她去"留学"，她住了一个时期，深深地懂得了种族歧视的意义，回到日本，马上学习中文，下决心要到中国访问，认识新中国。我见到报纸上的预告，她的一个长篇就要在日报上连载了（有人说不止一个）。据说她还在计划写一部关于原子弹受害者的长篇小说。我知道她写过短篇，替广岛的受害者叫屈诉冤，在谈话中便提到广岛的惨剧。我一句话唤起了她许多痛苦的回忆。她的头一句答语就是："去年在广岛还有一百几十个原子病人死亡。"

去年！这是原子弹爆炸以后十五年了。在客厅里宾主五人中，除了正在讲话的客人外，只有冰心大姐到过广岛。她在广岛看见一所极其漂亮的大建筑物，说是美国人办的原子病研究所，可是从未听说哪一个病人在那里得过一点点帮助。

"是啊，美国人在广岛修了许多漂亮房子，想掩盖那个罪恶，可是广岛人不会忘记它。他们设立这种原子病研究所，不是来治病救人，只是为了研究病人的痛苦，拿病人来作实验，看原子弹的破坏力究竟有多大！"有吉佐和子姑娘依旧声音平平地、细细地讲下去，有时微微抬起头，左手始终放在右手上面，就像我现在在照片上看见的那样。微笑早已消失了，但是她好像把痛苦和愤怒全埋在心里，不让自己露一点激动的表情。不管这些，她的话通过翻译的口却成为愤怒的控诉了。翻译同志早搬来一把椅子，放在小方桌的一个角上，他坐在那里，常常提高声音，挥动拿铅笔的右手来表示他的感情。

"在广岛流传着种种的故事。据说，饮茶可以治疗原子病，又说喝酒能使原子病断根，所以有些人家连大带小拼命地饮茶喝酒。可是会有什么结果呢？我的一个短篇就是这样开头的：有人到广岛去探亲访友，看见主人发狂似的拼命叫孩子喝酒饮茶，觉得奇怪，主人便讲起原子病的情况来。"

声音仍然是平平的、细细的。然而脸色有了改变了，两道弯弯的细眉微微聚起，看得出一种极力忍住的忧郁的表情。她默默地望着自己胸前叠在一起的两只手，等翻译同志闭上嘴摊开笔记本的时候，便把身子略略俯向前面，又说下去：

"我认识一位广岛姑娘，她生得非常漂亮。原子弹投下来的时候，她才七岁，今年二十三岁了。可是她不得不成天躺在床上。她站起来，走几步路，就会摔倒。稍微用一用思想，也会马上昏过去。她对我说，尽管她活得多么痛苦，可是她要活下去……"

虽然还是平平的、细细的声音，但已经带了一点控诉的调子了。廊子外面庭院中雨下大了，穿过那几扇玻璃门，我望见连绵不断的雨丝、雨线。单调的雨声跟她用细细的声音讲出来的故事连在一起，折磨着我的心。我不由自主地咬紧了下嘴唇。然而她又往下讲了：

"我还认识一对年轻夫妻。妻子也是个原子病人，结婚以后夫妇感情很好，却非常害怕生孩子，因为据说原子病人专门生畸形的怪物。后来妻子终于怀了孕。这个事实使她痛苦。她的丈夫拉着她的手，一方面安慰她，一方面又压不住自己的激动，他含着眼泪说：'你不要怕。你生罢，不管你生下来的是三只手或者一只脚，甚至没有鼻子没有嘴，我都一样地心疼它。我一定要让它活下去。我要抱着它走遍全世界，让所有的人知道谁在我们这里丢了原子弹，犯下这样的罪行。'……"

雨一直下个不停，洗净了的绿叶带着水微微打战。有吉佐和子姑娘的声音也开始颤抖了。这样的故事使她不能不动感情。在她的叙述里我仿佛听到那个未来的不幸的父亲颤抖的声音。多么强烈的爱憎！对于原子弹使用者犯下的滔天罪行，这不是极有力的控诉么？翻译同志激动得厉害，他替那个勇敢的丈夫和未来的父亲讲话的时候，他站起来，动着两只手用力比画，好像要把那些话一字不漏地印在我们几个人的心上。

我感谢有吉佐和子姑娘，也感谢和我一路从中国来的翻译同志。这两个小时里面讲过的许多话使我知道了一些我应当知道的事。但是那些语音好像并不曾落到我们脚下的地毯上而消失，也没有让微风带到庭院中给雨打散。它们全挤在小小的客厅里，挤得满满的。连翻译同志年轻有力的声音也不能冲散它们。我越来越感到压迫，似乎它们一下子全压到我的心上来了。我闷得快要透不过气来。我不但把下嘴唇咬得更紧，我还把右手紧紧地捏成一个拳头。我真想站起来，跑出客厅，冲到雨里，奔到街上，高高举起拳头，高声大叫："制止使用原子弹的罪行！"

不用说，我仍然坐在沙发上，一面望着廊外下不完的雨，一面静静地倾听有吉佐和子姑娘的谈话，一直到雨由大变小，空中又出现了柔毛似的雨丝，一直到客人站起来很有礼貌地向我们告辞，我才离开了沙发。送走了客人，我也出去访友。可是一路上我仿佛听见这样的叫声："制止使用原子弹的罪行！"不仅有我自己的声音，还有许多、许多人的声音。的确，许多、许多人已经高高地举起拳头大声叫过了。还会有更多、更多的人站出来"制止使用原子弹的罪行"。这样的罪行一定会给人制止！我们跟有吉佐和子姑娘握手的时候，我在她年轻、美丽的脸上也看出来这样的信心。

以后我就不曾见到这位年轻的小说家了。再过一个多星期，我们离开了日本，每个人带回来不少的照片，而且还有比什么都珍贵的友情。……

一张雨天的照片使我想起了许多事情。其实这些事我一直不曾忘记。前两天我还对人讲过我在镰仓客厅里听来的故事。今后我得向更多的人讲到它们。

我差一点忘记了我在别处听到的一件事：有人在广岛市原子弹爆炸的中心看见一个纪念碑，说是广岛市市民建立的，碑文只有这么一句："我们绝不再犯这种错误。"他认为应当在碑上刻出一个人的名字："哈利·杜鲁门"。我这是道听途说，不知广岛市究竟有没有这样一个纪念碑。倘使真有的话，的确应当把碑文改写了。受了损害的人民究竟有什么值得刻在碑上的"错误"呢？要是真的让广岛人民来改写碑文，他们一定会大书特书："不准再犯这样的罪"或者"制止这种罪行"！

有吉佐和子姑娘会赞成我这个意见罢。那么下次见面的时候，她就会告诉我关于碑文的事情。我相信我一定能再见到她，不仅是在她所很想了解的新中国一次两次地见到她，而且在世界人民反对美帝国主义的原子弹罪行的正义斗争中不断地见到她。不用说，她那部揭露使用原子弹罪行的长篇小说早已完成，而且起了很大的作用了。……

我的烦躁完全消除了。尽管廊上的雨还是那样吵个不停，不让我打开窗放进一丝凉意，可是我满心愉快地想到了久雨初晴后美丽的蓝空。难道真有永远下不完的雨么？就让你再猖狂地下一个整夜、两个整夜罢。我一定会迎接到我所期待的晴空万里的早晨。

我郑重地将照片放回在抽屉里，然后打开了折扇，拿着它从容地扇起来。

1961 年 6 月 15 日

沙多—吉里

在法国我比较熟悉的地方是沙多—吉里，我住得最久的地方也是沙多—吉里，一年零一两个月。五十年来我做过不少沙多—吉里的梦，在事繁心乱的时候，我常常想起在那个小小古城里度过的十分宁静的日子。我的第一部小说是在这里写成的，是从这里的邮局寄出去的。我头上的第一根白发也是在这里发现的，是由这里的理发师给我拔下来的。我还记得那位理发师对我说："怎么就有了白头发，您还是这么年轻呢！"我在小说里说他是老年的理发师，其实他不过是中年人，当时我年轻，因此把年长于我的人都看得老一些。那个时候我住在拉封丹中学里，中学的看门人古然夫人和她的做花匠的丈夫对我非常好，他们是一对老人。在学校里我收到外面的来信较多，那些信都是古然夫人亲手交给我的。我和两个同学在沙多—吉里度过第二个暑假，那一段时间里，我们就在传达室里用餐，古然夫人给我们做饭，并且照料我们。这三四个星期，学校里就只有我们和他们夫妇，别的人都休假去了。总学监还在城里，但也只是每隔七八天到学校里走走看看。在我的脑子里许多熟人的面貌都早已模糊了。只有古然夫妇的慈祥的面颜长留在我的记忆中。我总觉得我有一张他们老夫妇的合影，可是找了几次都没有找到，后来才明白这只是我的愿望和幻想。

我留在沙多—吉里最后那些日子里，每天在古然夫人家（也就是传达室内）吃过晚饭，我们三个中国人便走出校门，到河边田畔，边走边谈，常常散步到夜幕落下、星星闪光的时候。我们走回校门，好心的老太太早已等在那里，听到她那一声亲热的"晚安"，我仿佛到了家一样。一九六一年我回忆沙城生活的时候曾经写过这样的话："她那慈母似的声音伴着我写完《灭亡》，现在又在这清凉如水的静夜伴着我写这篇回忆。愿她和她那位经常穿着围裙劳动的丈夫在公墓里得到安息。"

在我靠边挨斗的那一段时期中，我的思想也常常在古城的公墓里徘徊。到处遭受白眼之后，我的心需要找一个免斗的安静所在，居然找到了一座异国的墓园，这正好说明我当时的穷途末路。沙多—吉里的公墓我是熟悉的，我为它写过一个短篇《墓园》。对于长时间挨斗的人，墓园就是天堂。我不是说死，我指的是静。在精神折磨最厉害的时候，我也有过短暂的悲观绝望的时刻，仿佛茫茫天地间就只有一张老太太的脸对我微笑。

但是这些都过去了。经过十年的考验，我活了下来，我还能够拿笔，我还能够飞行十七个小时。我居然第二次来到沙多—吉里，我居然重新走进拉封丹中学的大门。我走进五十年前的大饭厅的时候，我还在想我是不是在做梦。

饭厅的外形完全没有改变，只是设备更新了。我进了每天经过多少次的厨房，我过去住在大饭厅的楼上。厨房里焕然一新，从前的那张长桌和那把切面包的刀不见了。有一次在假日，我用那把刀切别的东西，割伤了左手的小指头，到今天刀痕还留在我的手指上。经过厨房我上了楼，临窗的甬道还是那个样子。只是我住过的房间改小了。当时住在紧隔壁的就是那位学哲学的朋友，他现在是华中师范学院的教授，他听说我到了法国，却想不到我"会去拉封丹中学大饭厅楼上我们同住过的宿舍"。两个房间都是空空的，好像刚刚经过粉刷或者修整。我手边还有着一张五十一年前的旧照；我的书桌上有成堆的书。我在房门外立了片刻，仿佛又回到那些宁静的日子。我看见自己坐在书桌前埋着头在练习簿上写字，或者放下笔站起来同朋友闲谈。我又走下楼，走到后院，到枝叶繁茂的苦栗树下，过去我起得早，喜欢在这里散步，常常看见那个在厨房劳动的胖姑娘从校长办公室里推开百

河面很宽，白茫茫的水上没有波浪。船平静地在水面流动。——《鸟的天堂》

叶窗，伸出头来微笑。我又从后院走进有玻璃门的过道，从前在假日我常常拿本书在过道里边走边读，几次碰到留小胡子的总学监，他对我的这种习惯感到惊奇。然后我又走到学生宿舍楼上的房间，另一个中国同学曾经在这里住过，也是我当时常到的地方。

这一天和下一天都是假日，看不见一个学生。这样倒好，免得惊动别人。说实话，我自己也想不到会有沙多—吉里之行。我没有主动地提出这个要求，虽然我满心希望能够在这个宁静的古城哪怕待上二三十分钟，可是我没有理由让同行的人跟随我寻找过去的脚迹。殷勤好客的主人中有人熟悉我的过去，读过我的文章，知道我怀念玛伦河上的小城，便在日程上作了安排，这样我就到沙多—吉里来了。连远在武汉的"哲学家"也感到"事出意外"，我的高兴是可想而知的。

一九二八年十月中旬，我离开巴黎去马赛上船的前夕，最后一次到沙多—吉里去，只是为了拿着身份证到警察局去签字，以便在中国公使馆办回国的签证。这是早已忘记、临时发现、非办不可的事。我买了来回的火车票，来去匆匆，非常狼狈，心情十分不好。这一次坐小车沿着高速公路开进沙多—吉里，在学校的院子里停下来。年纪不太大的女校长冒着细雨在门口迎接我们，还有一位身材高大的副市长和一位老同学，他已经是诗人和作家了。

学校有大的变化，而我不用介绍和解释，便了解一切。我觉得对这里我仍然熟悉。一棵苦栗树，两扇百叶窗，都是我的老朋友。但是在我身边谈笑的那些新朋友不是显得更友好、更亲切么？我从来没有像这样把过去和现在混在一起，将回忆和现实糅在一起，而陶醉在无穷尽的友谊之中！我甚至忘记了时间的短暂。副市长从学校把我接到市政厅，打着伞送我进去。那是我过去没有到过的地方，在那里市长安·罗西先生为我们代表团举行了招待会，用热情、友谊的语言欢迎我们。我和他碰了杯，和在座的法国朋友碰了杯，从市长和副市长的手里分别接过了沙多—吉里的市徽和沙城出生的伟大诗人拉封丹的像章，对我来说，再没有更珍贵的礼物了。过去我想念沙城的时候，我就翻看我回国写的那几个短篇（《洛伯尔先生》《狮子》《老年》和《墓园》）。今后我看见这两样礼物，就好像重到沙城。何况我手边还有老同学阿·巴尔博赠送的他的三卷作品。

　　这一次我又是满载而归，我得到了广泛的友谊。在市长的招待会上表示感谢的时候，我讲起了古然夫人慈母般的声音带给我的温暖。但是从市政厅出来，我们就离开了沙多—吉里。就只有短短的几十分钟！我没有打听到古然夫妇安葬在哪里，也没有能在他们的墓前献一束鲜花。回到北京我才想起我多年的心愿没有实现。不过我并不感到遗憾。这次重访法国的旅行使我懂得一件事情：友谊是永恒的，并没有结束的时候。即使我的骨头化为灰烬，我追求友谊的心也将在人间燃烧。古然夫人的墓在我的心里，墓上的鲜花何曾间断过。重来沙多—吉里也只是为了扩大友谊。我没有登古堡，过桥头，可是在心上我重复了五十一二年前多次的周末旅行。回到上海，回到离开四十天的家，整理带回来的图书、画册和照片，我感觉到心里充实。我几次走到窗前，望着皓月当空的蓝天，我怀念所有的法国的友人……

　　回到上海我又想起住在武汉的"哲学家"，他来信问我："不知玛伦河桥头卖花小铺是否仍在？你还去买了一束鲜花？"他比我先到沙多—吉里，对那个宁静、美丽的古城有同样深的感情。他还记得桥头的花店，我们在校长夫人和小姐的生日就到那里买花束送去。花店里有一个名叫曼丽的金发小姑娘，遇见我们她总要含笑地招呼一声。倘使她还健在，也是七十光景的老太太了。那天下着小雨，我在车上看桥头，花店还在，却不是从前那个样子。我没有下车停留。后来我才想：要是能够留一两天问清楚每个熟人的情况，那有多好。其实，凭我这一点印象，真能够打听清楚我想知道的一切吗？五十年并不短……而且中间发生了世界大战。连拉封丹中学的外国学生登记名册也不全了，我只找到一个熟悉的人："巴恩波"，我找不到"哲学家"的大名，也找不到我自己的名字：——Li Yao Tang（李尧棠）。

七月十二日

　　本篇最初发表于香港《大公报·大公园》(1979年7月25日、26日)，后收入《随想录》，香港三联书店1979年12月初版。

广州在轰炸中

　　朋友，你来信问起这个城市的情形和我的近况，你不知道这里的人在轰炸中怎样过日子，所以你劝我立刻躲避到所谓安全地带去。你以为这里已经成了死城，或者变作了地狱，你还误把我看作死守危城的壮士。其实都不是，我在这里和无数的普通的人一样，过着很平凡的生活。朋友，你应该知道在这里还有数十万和平的居民。

　　这里也许和你们那里不同。在这里没有勇敢，也没有怯懦。这里的居民不爱死，但也不怕死；他们把"死"看得很平常。它来拜访，就让它进来。它走了，左邻右舍也不因此惊扰。一个人死了，别的人仍旧照常工作。一幢屋毁了，别的房屋里还是有人居住。骑楼下的赤血刚刚洗净，那个地方立刻又印上熙攘的行人的脚迹。一个人倒下，一个人流血，在这里成了自然的事。甚至断头折臂也不是悲惨的命运。倒下去的被人埋葬，活着的更加努力从事工作。事情是做不完的，没有人愿意放弃自己的责任；但是倘使轮到自己闭上眼睛，他也不会觉得有什么遗憾。

　　一个人看见"死"太多，他对"死"便不感到惊奇；一个人有"死"的机会太多，他就不怕"死"。他用不着去思索"死"，他会把他的全部精力用来对付"生"的事情。他做事更努力，更负责。这便是我在广州得到的一个教训。

　　住在这里每个人都有被炸死的机会，没有谁能够做一个铜头铁臂的人，炸弹的威力不是肉体所能抵挡的。然而甚至五百磅炸弹的乱投也不能使人胆寒。每天敌机飞进市空投弹的时候，许多工作依旧照常地进行。"死"的逼近使人更宝贵"生"，更宝贵活着所能处理的光阴。人明白自己随时都会死去，他更不肯浪费时间，他要在这有限的余生里做好一些事情。我说"死"的威胁使人成为更积极，这是不错的。它还会使人与人之间的关系更加密切，因此增加了这里居民的团结；它把数十万人的心变成一颗心，鼓舞他们向着同一个伟大的目标前进。

我并不是在这里阐明我的什么理论，我只叙述事实。我可以随便举出一些例子，譬如最近两次的大轰炸中，我就看见在这里居民中间，人我的界限怎样迅速地消灭；许多人自动地将自己的家屋用具献出作为一些老弱同胞的避难处，壮丁们也甘冒危险去挖掘炸毁的房屋，救出受伤的同胞；献金的热诚并不曾因接连不断的空袭警报而减少一分。在灯火管制中也还有大队的群众立在每个献金台下狂呼口号，或者静听台上男女青年高唱救亡歌曲。一切都照着预定计划进行，敌机的威胁也不能使它们改变。倘使一颗炸弹在献金台前落下，自然会有成千的死伤。但是献金的任务必须完成，不能因为吝惜牺牲就让它失败。所以"八·一三"那天早晨敌机已经进了市空，而通常被视作危险地带的永汉分局和第一公园两处献金台上的负责人员还是照常工作不肯撤退。所以到今天献金台能够良好地完成了它们的任务。在这里的人看来，这都是很平常、很自然的事。

我在这里还是一个陌生者，但是我已经看见了不少的事情。以后我会向你详细叙述它们。至于这里的居民，我不说他们勇敢，我想称赞他们"结实"；对于这种"结实"的人，敌机的威胁是完全无用的，没有一种暴力能够使他们屈服。

生活在这样的人中间我会获得不少有益的教训，请你不必为我耽心。

8 月 15 日在广州

第二辑　心绪波澜

我
的
心

近来不知道什么缘故，这颗心痛得更厉害了。

我要向我的母亲说："妈妈，请你把我这颗心收回去罢，我不要它了。记得你当初把这颗心交给我的时候，你对我说过：'你的爸爸一辈子拿了它待人，爱人，他和平安宁地过了一生。他临死把这颗心交给我，要我将来在你长成的时候交给你，他说："承受这颗心的人将永远正直，幸福，而且和平安宁地度过他的一生。"现在你长成了，那么你就承受了这颗心，带着我的祝福。到广大的世界中去罢。'这几年来我怀着这颗心走遍了世界，走遍了人心的沙漠，所得到的只是痛苦，痛苦的创痕。正直在哪里？幸福在哪里？和平在哪里？这一切可怕的景象，哪一天才会看不见？这一切可怕的声音，哪一天才会听不到？这样的悲剧，哪一天才不会再演？一切都像箭一般地射到我的心上。我的心上已经布满了痛苦的创痕。因此我的心痛得更厉害了。

"我不要这颗心了。有了它，我不能够闭目为盲；有了它，我不能够塞耳为聋；有了它，我不能吞炭为哑；有了它，我不能够在人群的痛苦中找寻我的幸福；有了它，我不能够和平地生活在这个世界；有了它，我再也不能够生活下去了。妈妈，请你饶了我罢，这颗心我实在不要，不能够要了。

"我夜夜在哭，因为我的心实在痛得忍受不住了。它看不得人间的惨剧，听不得人间的哀号，受不得人间的凌辱。它每一次跟着我游历了人心的沙漠，带了遍体的伤痕归来，我就用我的眼泪洗净了它的血迹。然而它的伤痕刚刚好一点，新的创痕又来了。有一次似乎它也向我要求了：'你放我走罢，我实在不愿意活了。请你放了我，让我把自己炸毁，世间再没有比看见别人的痛苦而不能帮助的事更痛苦的了。你既然爱我，为何又要苦苦地留着我？留着我来受这种刺心刻骨的痛苦？'我要放走它，我决心让它走。然而它却被你的祝福拴在我的胸膛内了。

"我多时以来就下决心放弃一切。让人们去竞争，去残杀；让人们来虐待我，凌辱我。我只愿有一时的安息。可是我的心不肯这样，他要使我看，听，说：看我所怕看的，听我所怕听的，说人所不愿听的。于是我又向它要求道：'心啊，你去罢，不要苦苦地恋着我了。有了你，无论如何我不能够活在这样的世界上了。请你为了我的幸福的缘故，撇开我罢。'它没有回答。因为它如今知道，既然它已被你的祝福系在我的胸膛上，那么也只能由你的诅咒而分开。妈妈，请你诅咒我罢，请你允许我放走这颗心去罢，让它去毁灭罢，因为它不能活在这样的世界上，而有了它，我也不能够活在这个世界上了。

"我有了这颗心以来，我追求光明，追求人间的爱，追求我理想中的英雄。到而今我的爱被人出卖，我的幻想完全破灭，剩下来的依然是黑暗和孤独。受惯了人们的凌辱，看惯了人间的惨剧。现在，一切都受够了。可是这一切总不能毁坏我的心，弄掉我的心，因为没有得到母亲的诅咒，这颗心是不会离开我的。所以为了你的孩子的幸福的缘故，请你诅咒我罢，请你收回这颗心罢。

"在这样大的血泪的海中，一个人一颗心算得什么？能做什么？妈妈，请你诅咒我罢，请你收回这颗心罢。我不要它了。"

可是我的母亲已经死了多年了。

1929 年春在上海

我的梦

我不喜欢夜。我的夜里永远没有月亮，没有星，有的就是寂寞。然而不知道从什么时候起我有了一个朋友。

我的心上常常起了轻微的敲声。我知道那个朋友来了，他轻轻地推开了心的门，进到我的心里面，他就昂然坐了下来。和平常一样我就只看见他的黑影子。

"你放下笔!"他命令说。

我顺从地放下了笔。

"你今天又写了几千字了!"他嘲笑地说。

我默默地看我手边的原稿纸，一共有十几张，全是今天写的。

"这有什么用处？谁要读你的文章?"他继续说下去。"几千字，几万字，几十万字，几百万字，你不过浪费了你自己的生命。你本来可以用你这年轻的生命做别的有用的事情，你却白白地把它糟蹋了!"

我沉默着。

"你整天整夜地乱涂着，你的文章在吸吮你自己的血，吸吮排字工人的血，吸吮那些年轻读者的血。你真是在做梦啊! 你以为你的文章可以感动成千成万的新的灵魂吗？你这个蠢人! 他们需要的全不是这一类的东西。

"你不记得一个青年写过信给你，说他爱你他又恨你吗？他爱你因为你使他看见了一线的光明；他恨你，因为你使他看见更多的黑暗，他要走去接触光明，却被更多的黑暗绊住了脚。你单单指了光明给他看，你却让他永远在黑暗的深渊里挣扎。你带给他的只有苦恼。你这个骗子，你真该诅咒啊。

"你不记得一个青年写信给你，说他愿意跟你去死吗？你拿了什么给他呢？家庭束缚他，教育麻醉他，社会宰割他。你把他唤醒了。你让他瞥见了一个幸福的幻景，但你又把它拿走了。那个幻景引诱着他的心。他不能够再闭上眼睛躺下去，他愿意跟着你去追求那个幸福的幻景，一直到死。然而你却撇弃他不管了！你，你这懦夫，你真该诅咒啊！

"你不记得许多许多的青年曾经怀着痛苦的心求助于你吗？他们是年轻的，纯洁的，天真的。他们到你这里来，是因为周围的血快淹没了他们，周围的黑暗快窒息了他们。他们像遭难的船要把你这里当做一个避风的港口。然而你拿了什么给他们呢？你说：'你们应该忍耐！永远忍耐。'本来在同样的环境里面丹东曾经对法国青年说过：'大胆，大胆，永远大胆！'你却拿忍耐封锁了你的港口，把那些破船全赶走了，让它们漂流在无边的海洋上，受狂风暴雨的吹打。你，你这残酷的人，你真该诅咒啊！

"你说你那些文章使人家看见了光明，看见了爱，看见了自由，看见了幸福，甚至看见了一个值得献身的目标。然而你自己呢？当一些人正为着光明、爱、自由、幸福，为着那个目标奋斗、受苦以至于死亡的时候，你却躲在你自己写成的书堆里，让原稿纸消耗你的生命，吸吮你的青年的血。你抛弃了光明，抛弃了爱，抛弃了自由，抛弃了幸福，甚至抛弃了那个目标。你永远把你的行为和你的思想隔开，你永远任你的感情和你的理智冲突，你永远拿矛盾的网掩盖你的身子！你，你这个伪善者，你真该诅咒啊！

"文章和话语有什么用处？自从有人类社会一直到现在，所说过的话，所写过的文章倘若都能够遗留下来，堆在一起也可以淹没了世界。然而到现在人类还被囚在一个圈子里面互相残杀。流血、争斗、黑暗、压迫依旧包围着这个世界，似乎永远就没有终结。文章粉饰了太平，文章掩盖了罪恶，文章麻醉了人心。那些呼声至今还是响亮的，它们响得那么高，就压倒了你的轻微的呼号。你不久就会过去了，然而那些青年的灵魂是要活下去的。你说你唤醒了他们，你却又抛弃他们走开了，让他们留在黑暗的圈子里面梦想那些光明、爱、自由、幸福的幻景。你完全忘记了他们，让各种打击破碎了他们的肢体。你，你这个制造书本的人，你真该诅咒啊！

"我恨你，我诅咒你，我愿意我永远不再看见你！我愿意我能够毁掉你那些原稿纸！我愿意我能够毁掉所有你写的书！我愿意我能够毁掉你的身子！"

那个朋友站起来，向门口走去。他气愤地关上我的心的门。他走了，留下我一个人在寂寞里。在我的手边无力地躺着那十几页原稿纸。

我记起一件事情，这是那个朋友忘记了说的。半年前一个十五岁的孩子写信给我，说："有人告诉我说，你将来会自杀，我希望你能够明白自杀是一件愚蠢的举动。"同时另一个女孩子却带着同情来信说："我怜悯你，因为我知道你的心实在太苦了。"

这些天真的、幼稚的、纯白的心越过了那许多栏栅到我的身边来了。他们大量地拿安慰来萦绕我的梦魂。我不是一个忘恩的人，我也知道感激的意义。但是我不禁绝望地问："我果然需要人来怜悯么？"

"我究竟做过了什么举动会使人相信我要自杀呢？难道我是一个至死不悟的人么？"

欺骗的，懦弱的，残酷的，伪善的，说教的，值得怜悯的，至死不悟的……这些形容词渐渐地一齐逼过来，压在我的心上，把心的门给我堵塞了。

我不能够再打开心的门，看见我自己的心。我不能够回答我自己的问话。

但是我并没有哭，因为我知道眼泪是愚蠢的。

我抛下笔，我把原稿纸全掷到地上。我说，以后不再写文章了。于是我默默地取了一本书，翻开来，看见上面有这样的一些字：

"我驱走了一切的回忆；我把它们全埋在一座坟墓里面。十年来我埋葬了它们，十年来我努力忘记了一切。……悲哀死了，爱也死了，雪落下来，用它的白色的大氅覆盖了过去的一切。我呢，我还活着，我还很好。”①

我希望我能够懂得这些字的意义。

1933 年冬在北平

---

① 引自俄国民粹派女革命家薇娜·妃格念尔的《回忆录》。

我整整有一年没有看见海了，从广东回来，还是去年七月里的事。

最近我给一个女孩子写信说："可惜你从来没有见过海。海是那么大，那么深，它包藏了那么多的没有人知道过的秘密，它可以教给你许多东西，尤其是在它起浪的时候。"信似乎写到这里为止。其实我应该接着写下去：那山一般地涌起来的、一下就像要把轮船打翻似的巨浪曾经使我明白过许多事情。我做过"海的梦"①。现在离开这个"海的梦"里的国家时，我却在海的面前沉默了。我等着第二次的"海的梦"。

在这只离开"海的梦"里的国土的船上，我又看见了伟大的海。白天海是平静的，只有温暖的阳光在海面上流动；晚上起了风，海就怒吼起来，那时我孤寂地站在栏杆前望着下面的海。

"为什么要走呢？"不知道从什么地方来了这句问话，其实不用看便明白是自己对自己说话啊！

是的，虽然我也有种种的理由，可以坦白地对别人说出来，但是对自己却找不出话来说了。我不能够欺骗自己，对自己连一点阴影也得扫去！这一下可真窘了。

留恋、惭愧和悔恨的感情折磨着我。为什么要这样栖栖遑遑地东

---

① 1932 年春天我写过一本叫做《海的梦》的中篇小说。

奔西跑呢？为什么不同朋友们一起在一个固定的地方做一些事情呢？大家劝我不要走，我却毅然地走了。我是一个怎样的不可了解的人啊。

　　这时候我无意地想起了一百年前一个叫做阿莫利①的人在一封信上说过的话：

　　　　我离开科隆，并不告诉人我到什么地方去，其实连我自己也不知道。……我只愿意离开一切的人，甚至你我也想避开……

　　　　我秘密地躲到了海得尔堡。在那里我探索了我的心；在那里我察看了我的伤痕。难道我的泪已经快要尽了，我的伤也开始治愈了吗？

　　　　有时为了逃避这个快乐的大学城的喧嚣和欢乐，我便把自己埋在山中或者奈卡谷里，避开动的大自然却跟静的大自然接近。然而甚至在那些地方，在一切静的表面下，我依旧找到了生机，活力，精力。这都是那个就要到来的春天的先驱。新芽长出来了，地球开始披上了新绿的衣衫，一切都苏醒了起来；在我四周无处不看见生命在畅发的景象。然而我却只求一件事情——死。……

　　啊，这是什么话？我大大地吃惊了。我能够做一个像他那样的怯懦的人吗？

　　不，我还有勇气，我还有活力，而且我还有信仰。我求的只是生命！生命！

　　带着这样坚决的自信，我掉头往四面看。周围是一片黑暗。但是不久一线微光开始在天边出现了。

1934 年 11 月在日本横滨

---

　　①　法国小说家大仲马的长篇小说《阿莫利》（Amaury）的男主人公。

繁　星

　　和朋友梁一起从木下走到了逗子车站。不过八点多钟，但在我却仿佛是深夜了。宽广的马路在黑暗中伸出去，似乎通到了无尽处。前面是高大的黑影，是树林，是山，也许还是疲倦的眼睛里的幻影。天覆盖下来，好像就把我们两个包在星星的网里面。

　　"好一天的星啊！"我不觉感动地这样说。我好久没有见过这样的繁星了，而且夜又是这么柔和，这么静寂。我们走了这许久，却只遇见两个行人，连一辆汽车也不曾看见。

　　这时候正在起劲地谈着贝多芬、谈着尼采、谈着悲剧与音乐、谈着梦与醉的梁也停止了他那滔滔不绝的谈话，仰着头去看天空了。

　　我们默默地望着繁星，一面轻轻地下着脚步，仿佛两个人都屏了呼吸在倾听星星的私语。

　　"这时候仿佛就在中国。"我不觉自语似的说了。

　　"中国哪里会有这样安静的地方？"梁用了异样的语调回答我的话，仿佛我的话引起了他的创痛似的。我知道在中国他留下的痛苦的记忆太多了。对于他也许那远迢迢的地中海畔的法兰西，或者这太平洋上的花之岛国都会有更多的自由空气罢。

　　我和他在许多观点上都站在反对的地位，见面时也常常抬杠。但是我们依旧是朋友，遇在一起时依旧要谈话。这一次在他的话里我看出了另一种意思，也许和他心里所要表示的完全不同。可是这句话却引起了我的共鸣了。

　　到今天还大谈恋爱自由似乎有点陈旧了。但是现在还有为情而死的青年，也有人为了爱情不圆满而懊恼终生。甚至在今天的中国还充满了绝情卫道的圣人。梁似乎要冲破这个藩篱，可是结果他被放逐似的逃到这个岛国来了。他也许有一些错误，我可不明白，因为各人有各人的说法。而且他那种恋爱观在我看来就陈旧得可笑，虽然也有人以为这还是很新的。但是他有勇气的事情却是不能否认的。不过这勇气可惜被误用了。

　　恋爱这种事在今天很可以暂时束之高阁了。即使它和吃饭是一样的重要。但是如今饿死也已经是很平常的事了。我说这种话并不是替卫道的圣人们张目，我以为跟卫道比起来，倒还是讲恋爱好些。但是在中国难道就只有这两条路吗？

　　说一切存在的东西都合理，不让人来触动它们，这就是卫道；不承认这个的人算是抗道。那么这条路还是很宽广的罢。说宽广也许不是。抗道的路也许是崎岖难行的。但既有路，就会有人走，而且实际上已经有人在走了。

　　梁为了要呼吸比较自由的空气，到这个樱花的岛国来了。在他的观点上说，他的确得到了那样的东西，在松林中的安静生活里他们夫妇在幸福中沉醉了。我在他那所精致的小屋里亲眼看见了这一切。我若还说他过的是放逐的生活，他一定不承认。他也许有理。

　　但是我呢？我为什么要来到这个地方？我所要求的自由这里不是也没有吗？离开了崎岖的道路到一个陌生的地方来求暂时的安静，在一些无用的书本里消磨光阴：我这样的生活不就是放逐的生活吗？

　　普照大地的繁星看见了这一切，明白了这一切。它们是永远不会坠落的。

　　望着这样的繁星我不觉发出了一声痛苦的叹息。

1935 年 1 月在横滨

爱尔克的灯光

　　傍晚，我靠着逐渐黯淡的最后的阳光的指引，走过十八年前的故居。这条街、这个建筑物开始在我的眼前隐藏起来，像在躲避一个久别的旧友。但是它们的改变了的面貌于我还是十分亲切。我认识它们，就像认识我自己。还是那样宽的街，宽的房屋。巍峨的门墙代替了太平缸和石狮子，那一对常常做我们坐骑的背脊光滑的雄狮也不知逃进了哪座荒山。然而大门开着，照壁上"长宜子孙"四个字却是原样地嵌在那里，似乎连颜色也不曾被风雨剥蚀。我望着那同样的照壁，我被一种奇异的感情抓住了，我仿佛要在这里看出过去的十九个年头，不，我仿佛要在这里寻找十八年以前的遥远的旧梦。

　　守门的卫兵用怀疑的眼光看我。他不了解我的心情。他不会认识十八年前的年轻人。他却用眼光驱逐一个人的许多亲密的回忆。

　　黑暗来了。我的眼睛失掉了一切。于是大门内亮起了灯光。灯光并不曾照亮什么，反而增加了我心上的黑暗。我只得失望地走了。我向着来时的路回去。已经走了四五步，我忽然掉转头，再看那个建筑物。依旧是阴暗中一线微光。我好像看见一个盛满希望的水碗一下子就落在地上打碎了一般，我痛苦地在心里叫起来。在这条被夜幕覆盖着的近代城市的静寂的街中，我仿佛看见了哈立希岛上的灯光。那应该是姐姐爱尔克点的灯罢。她用这灯光来给她的航海的兄弟照路，每夜每夜灯光亮在她的窗前，她一直到死都在等待那个出远门的兄弟回来。最后她带着失望进入坟墓。

街道仍然是清静的。忽然一个熟习的声音在我耳边轻轻地唱起了这个欧洲的古传说。在这里不会有人歌咏这样的故事。应该是书本在我心上留下的影响。但是这个时候我想起了自己的事情。

十八年前在一个春天的早晨，我离开这个城市、这条街的时候，我也曾有一个姐姐，也曾答应过有一天回来看她，跟她谈一些外面的事情。我相信自己的诺言。那时我的姐姐还是一个出阁才只一个多月的新嫁娘，都说她有一个性情温良的丈夫，因此也会有长久的幸福的岁月。

然而人的安排终于被"偶然"毁坏了。这应该是一个"意外"。但是这"意外"却毫无怜悯地打击了年轻的心。我离家不过一年半光景，就接到了姐姐的死讯。我的哥哥用了颤抖的哭诉的笔叙说一个善良女性的悲惨的结局，还说起她死后受到的冷落的待遇。从此那个作过她丈夫的所谓温良的人改变了，他往一条丧失人性的路走去。他想往上爬，结果却不停地向下面落，终于到了用鸦片烟延续生命的地步。对于姐姐，她生前我没有好好地爱过她，死后也不曾做过一样纪念她的事。她寂寞地活着，寂寞地死去。死带走了她的一切，这就是在我们那个地方的旧式女子的命运。

我在外面一直跑了十八年。我从没有向人谈过我的姐姐。只有偶尔在梦里我看见了爱尔克的灯光。一年前在上海我常常睁起眼睛做梦。我望着远远的在窗前发亮的灯，我面前横着一片大海，灯光在呼唤我，我恨不得腋下生出翅膀，即刻飞到那边去。沉重的梦压住我的心灵，我好像在跟许多无形的魔手挣扎。我望着那灯光，路是那么远，我又没有翅膀。我只有一个渴望：飞！飞！那些熬煎着心的日子！那些可怕的梦魇！

但是我终于出来了。我越过那堆积着像山一样的十八年的长岁月，回到了生我养我而且让我刻印了无数儿时回忆的地方。我走了很多的路。

十九年，似乎一切全变了，又似乎都没有改变。死了许多人，毁了许多家。许多可爱的生命葬入黄土。接着又有许多新的人继续扮演不必要的悲剧。浪费，浪费，还是那许多不必要的浪费——生命，精力，感情，财富，甚至欢笑和眼泪。我去的时候是这样，回来时看见的还是一样的情形。关在这个小圈子里，我禁不住几次问我自己：难道这十八年全是白费？难道在这许多年中间所改变的就只是装束和名词？我痛苦地搓自己的手，不敢给一个回答。

在这个我永不能忘记的城市里，我度过了五十个傍晚。我花费了自己不少的眼泪和欢笑，也消耗了别人不少的眼泪和欢笑。我匆匆地来，也将匆匆地去。用留恋的眼光看我出生的房屋，这应该是最后的一次了。我的心似乎想在那里寻觅什么。但是我所要的东西绝不会在那里找到。我不会像我的一个姑母或者嫂嫂，设法进到那所已经易了几个主人的公馆，对着园中的花树垂泪，慨叹着一个家族的盛衰。摘吃自己栽种的树上的苦果，这是一个人的本分。我没有跟着那些人走一条路，我当然在这里找不到自己的脚迹。几次走过这个地方，我所看见的还只是那四个字："长宜子孙"。

"长宜子孙"这四个字的年龄比我的不知大了多少。这也该是我祖父留下的东西罢。最近在家里我还读到他的遗嘱。他用空空两手造就了一份家业。到临死还周到地为儿孙安排了舒适的生活。他叮嘱后人保留着他修建的房屋和他辛苦地搜集起来的书画。但是儿孙们回答他的还是同样的字："分和卖。"我很奇怪，为什么这样聪明的老人还不明白一个浅显的道理：财富并不"长宜子孙"，倘使不给他们一个生活技能，不向他们指示一条生活道路？"家"这个小圈子只能摧毁年轻心灵的发育成长，倘使不同时让他们睁起眼睛去看广大世界；财富只能毁灭崇高的理想和善良的气质，要是它只消耗在个人的利益上面。

"长宜子孙"，我恨不能削去这四个字[①]！许多可爱的年轻生命被摧残了，许多有为的年轻心灵被囚禁了。许多人在这个小圈子里面憔悴地挨着日子。这就是"家"！"甜蜜的家"！这不是我应该来的地方。

---

① 1956 年 12 月我终于走进了这个"公馆"。"长宜子孙"四个字果然跟着"照壁"一起消灭了。——1959 年注

爱尔克的灯光不会把我引到这里来的。

于是在一个春天的早晨，依旧是十八年前的那些人把我送到门口，这里面少了几个，也多了几个。还是和那次一样，看不见我姐姐的影子，那次是我没有等待她，这次是我找不到她的坟墓。一个叔父和一个堂兄弟到车站送我，十八年前他们也送过我一段路程。

我高兴地来，痛苦地去。汽车离站时我心里的确充满了留恋。但是清晨的微风，路上的尘土，马达的叫吼，车轮的滚动，和广大田野里一片盛开的菜籽花，这一切驱散了我的离愁。我不顾同行者的劝告，把头伸到车窗外面，去呼吸广大天幕下的新鲜空气。我很高兴，自己又一次离开了狭小的家，走向广大的世界中去！

忽然在前面田野里一片绿的蚕豆和黄的菜花中间，我仿佛又看见了一线光，一个亮，这还是我常常看见的灯光。这不会是爱尔克的灯里照出来的，我那个可怜的姐姐已经死去了。这一定是我的心灵的灯，它永远给我指示我应该走的路。

1941 年 3 月在重庆

死

像斯芬克司①的谜那样，永远摆在我眼前的是一个字——死。

想了解这个字的意义，感觉到这个字的重量，并不是最近才有的事。我如从忙碌的生活中逃出来，躲在自己的房间里，静静地思索片刻，像一个旁观者似的回溯我的过去，我便发现在一九二八年我的日记的片断中，有两段关于死的话。一段的大意是：忽然想到死，觉得死逼近了，但自己却不甘心这样年轻地就死去。自己用了最大的努力跟死挣扎，后来终于把死战胜了。另一段的大意是：今天一个人在树林中散步，忽然瞥见了死，心中非常安静，觉得死也不过如此。……我那时为什么要写这样的话？当时的心情经过八九年岁月的磨洗，已经成了模糊的一片。我记得的是那时过着秋水似的平静的生活，地方是法国玛伦河畔的一个小城镇。在那里我不会看见惊心动魄的惨剧。我所指的"死"多半是幻象。

幻象有时也许比我所看见的情景更真切。我自小就见过一些人死。有的是慢慢地死去，有的死得快。但给我留下的却是同样的不曾被人回答的疑问：死究竟是什么？我常常好奇地想着我要来探求这个秘密。然而结果我仍是一无所得。没有一个死去的人能够回来告诉我死究竟

---

① 希腊神话：斯芬克司是狮身人面、有双翼的怪物，常常坐在路旁岩石上，拦住行人，要他们猜一个难解的谜，猜不中的人便会给她弄死。

是怎么一回事情。

　　有时我一个人关在房里，夜晚不点灯，我静静地坐在椅子上，两
只眼睛注意地望着黑暗。我什么也看不见。但是我依旧注意地望着。
我也不用思想。这时死自然地来了，但也只是一刹那间的事，于是它
又飘飘然走了。死并不可怕。自然死也不能引诱人。死是有点寂寞的。
岂止有点寂寞，简直是十分寂寞。

　　我那时的确是一个不近人情的孩子（以后自然也是）。我把死看
做一个奇异的所在。我一两次大胆地伸了头在那半掩着的门前一望。
门里是一片漆黑。我什么东西都看不见。这探求似乎是徒然的。

　　有一次我和死似乎隔得很近。那是在成都发生巷战的时候。其实
说巷战，还不恰当，因为另一方面的军队是在城外。城外军队用大炮
攻城，炮弹大半落在我们家里，好几间房屋毁坏了，到处都是灰尘，
我们时时听见大炮声、屋瓦震落声与家人惊叫声。一家人散在四处，
无法聚在一起，也不知道彼此的生死。我记得清楚，那是在一九二三
年二月十二日（阴历），也就是所谓"花朝"（百花生日），午前十一
点钟的光景。我起初还在大厅上蹀着，后来听说家里的人大半都躲到
后面新花园里去了，我便跑到书房里去。教书先生在那里，不过没有
学生读书。不久三哥也来了。我们都不说话，静静地听着炮声。窗外
是花园，从玻璃窗望出去，玉兰花刚开放，满树满枝的白玉花朵已经
引不起我们的注意。他们垂着头坐在书桌前面。我躺在床上，头靠着
床背后的板壁。炮弹带着春雷似的巨响从屋顶上飞过。我想，这一次
它会落到我的头上来罢。只要一瞬的工夫，我便会落在黑暗里，从此
人和我隔了一个世界，留给我的将是无穷的寂寞。……这时我的确感
到很大的痛苦。死并不使我害怕。可怕的是徘徊在生死之间的那种不
定的情形。我后来想，倘使那时真有一个炮弹打穿屋顶，向着我的头
落下来，我会叫一声"完了"，就放心地闭上了眼睛，不会有别的念
头。我用了"放心地"三个字，别人也许觉得奇怪。但实际上紧张的
心情突然松弛了，什么留恋，耽心，恐怖，悔恨，希望，一刹那间全
都消失得干干净净，那时心中确实是空无一物。爱德华·加本特在他
的一本研究爱与死的书里说"在大多数的场合中，它（指死）是和平

的，安静的，还带着一种深的放心的感觉"①，这是很有理由的。

我还见过一次简单的死。川、黔军在成都城内巷战的时候，对门公馆里的一个轿夫（或者是马弁，因为那家的主人是什么参议、顾问之类）站在我家门前的太平缸旁边，跟人谈闲话。一颗子弹落在街心，再飞起来，打进了那个人的胸膛。他轻轻叫了一声，把手抚着胸倒在地上。什么惊人的动作也没有。他完结了，这么快，这么容易。这一点也不可怕，我又想起加本特的话来了。他说死人的脸上有时还会闪着一种忘我的光辉，好像新的生命已经预先投下它的光辉来了。他甚至在战地遗尸的脸上见过这样的表情。他以为死是生命的变形内的生命的解脱。

据说加本特的研究方法是科学的，但是"死"这个谜到现在为止似乎还不曾得到一个确定的解答。我更爱下面的一种说法：死是"我"的扩大。死去同时也就是新生，那时这个"我"渗透了全宇宙和其他的一切东西。山、海、星、树都成了这个人的身体的一部分，这一个人的心灵和所有的生物的心灵接触了。这种经验是多么伟大，多么光辉，在它的面前一切小的问题和疑惑都消失了。这才是真正的和平，真正的休息。

这自然是可能的。我有时也相信这种说法。但是这种说法毕竟太美丽了。而且我不曾体验到这样的一个境界。我想到"死"的时候，从没有联想到这一个死法。我看见的是黑的门，黑的影子。倒是有一两次任何事情都不去想的时候，我躺在草地上，望着傍晚的天空和模糊的山影，树影，我觉得自己并不存在了，我与周围的一切合在一起变成了一样东西。然而这感觉很快地就消失了。要把它捉回来，简直不可能。但这和死完全没有关系，并不能证实前面的那种说法。

我忽然想起了一件事。我在前面说过没有一个死了的人能够回来告诉我关于死的事情。对于这句话我应该加以更正。我有一个朋友患伤寒症曾经死过几小时，后来被一位名医救活了。在国外的几个友人还为他开过一个追悼会。他后来对我谈起他的死，他说他那时没有一

---

① 见英国作家爱·加本特（1844—1929）的《爱与死的戏剧》。

点知觉，死就等于无梦的睡眠。加本特认识一位太太，她患重病死了两三个钟头，家人正要给她举办丧事，她忽然活转来了。此后她又活了三四年。据说她对于死也没有什么清晰的感觉。但有一点她和我那位朋友不同。她是一个意志力极坚强的女人，她十分爱她的儿女，她不能舍弃他们，所以甚至在这无梦的睡眠中她还保持着她的"求生的意志"。这意志居然战胜了死，使她多活了几年。诗人常说"爱征服死"。爱的确可以征服死，这里便是一个证据。若就我那位朋友的情形来说，那却是"科学把死征服"了。

像这样的事情倒是我们常常会遇见的。然而从死过的人的口里我们却不曾听过一句关于死的恐怖的话。许多人在垂危的病中挣扎地叫着"我不要死"，可是等到死真的来了时，他（或她）又顺服地闭了眼睛。的确这无梦的睡眠，永久的安息，是一点也不可怕的。可怕的倒是等死。而且还是周围那些活着的人使"死"成为可怕的东西。那些眼泪，那些哭声，那些悲戚的面容……使人觉得死是一个极大的灾祸。而天堂地狱等等的传说更在"死"上面罩了一个可怕的阴影。我在小孩时代就学会了怕死。别的许多人的遭遇和我的不会相差多远。

世间不知道有多少人因为怕死甘愿低头去做种种违背良心的事情。真正视死如归的勇士是不多见的。像耶稣被钉在十字架，布鲁诺上火柱①……像这样毫不踌躇地为信仰牺牲生命的古今来能有几人！

人怕死，就因为他不知道死，同时也因为不知道他自己。其实他所害怕的并不是死，我读过一部通俗小说②，写一个被百口称作懦夫的人怎样变成勇敢的壮士。这是一个临阵脱逃的军官。别人说他怕死，他自己也以为他怕死。后来为环境所迫，他才发见了自己的真面目。他并不是一个怕死的人。他怕的却是"怕死"的"怕"字。他害怕自己到了死的时候会现出怯懦的样子，所以他逃避了。后来他真正和死

---

①　不用说，这是指旧社会中说的。乔·布鲁诺是意大利伟大的思想家，因传播无神论，批评宗教和教皇的特权等等受到宗教的审判，1600 年在罗马受火刑，活活地烧死在火柱上。

②　即《四羽毛》，这是一本宣扬英帝国主义"功绩"的坏书。

对面时却没有丝毫的畏惧。许多人的情形大概都和这个军官的类似。真正怕死的人恐怕也是很少很少的罢。倘使大家都能够明白这个，那么遍天下皆是勇士了。

"死"不仅是不可怕，它有时倒是值得愿望的，因为那才是真正的休息，那才是永久的和平。正如俄国政治家拉吉穴夫所说："不能忍受的生活应该用暴力来毁掉，"一些人从"死"那里得到了拯救。拉吉穴夫自己就是服毒而死的（在一八〇二年）。还有俄罗斯的女革命家，"五十人案"中的女英雄苏菲·包婷娜后来得了不治之病，知道没有恢复健康的希望了，她不愿意做一个靠朋友生活的废人，便用手枪自杀。那是一八八三年的事情。去年夏天《狱中记》① 的作者柏克曼在法国尼斯用手枪结束了自己的生命。他患着重病，又为医生所误，两次的手术都没有用。他的目力也坏了。他不能够像残废者那样地过着日子。所以有一次在他发病的时候，他的女友出去为他请医生，躺在病床上的他却趁这个机会拿手枪打了自己。四十四年前他的枪弹不曾打死美国资本家亨利·福利克，这一次却很容易地杀死了他自己。在他留下的短短的遗书里依旧充满着爱和信仰。他这个人虽然只活了六十几岁，但他确实是知道怎样生，知道怎样死的。

在这样的行为里面，我们看不见一点可怕或者可悲的地方。死好像只是一件极平常、极容易、极自然的事情。甚至在所谓"卡拉监狱的悲剧"② 里，也没有令人恐怖的场面。我们且看下面的记载：

"……波波何夫与加留席利二人都吞了三倍多的吗啡，很快地就失了知觉。夜里波波何夫还醒过一次。他听见加留席利喉鸣，他想把加留席利唤醒。他抱着他的朋友，在这个朋友的脸上狂吻了许久。后来他看见这个朋友不会再醒了，他又抓了一把鸦片烟

---

① 这是一个年轻人在美国监狱中十四年生活的记录。

② 这是为了给一个女囚人雪耻的同盟自杀，参加者女囚人三个（先死），和男囚人十四个。事情发生于 1889 年。雷翁·独意奇的《西伯利亚的十六年》中有详细的记载。

吞下去，睡倒在加留席利的身边，永闭了眼睛。"

　　谁会以为这是一个令人伤心断肠的悲剧呢？多么容易，多么平常
（不过对于生者当然是很难堪的）。美国诗人惠特曼在美国内战的时
期，曾在战地医院里服务，他一定见过许多人死，据他说在许多场合
中"死"的到来是十分简单的，好像是日常生活里一件极普通的事
情，"就像用你的早餐一样。"

　　关于"死"的事情我写了八张原稿纸，我把问题整个地想了一
下，我觉得我多少懂得了一点"死"。其实我果真懂得"死"吗？我
自己也没有胆量来下一个断语。我的眼光正在书堆中旅行，它忽然落
到了一本日文书上面，停住了。我看书脊上的字：

　　"死之忏悔　古田大次郎"①

　　我不觉吃了一惊。贯串着这一本将近五百页的巨著的不就是同样
的一个"死"字么？

　　"死究竟是什么呢？"

　　那个年轻的作者反复地问道。他的态度和我的是不相同的。他并
不是一个作家，此外也不曾写过什么东西。其实他也不能够再写什么
东西，这部书是他在死囚牢中写的日记，等原稿送到外面印成书时，
作者已经死在绞刑台上了。我见过一张作者的照片，是死后照的。是
安静的面貌，一点恐怖的表情也没有。不像是死，好像是无梦的睡眠。
看见这照像就想到作者的话："一切都完了。然而我心里并没有受到
什么打击，很平静的。像江口君的话，既然到了那个地步，不管是苦，
不管是烦闷，我只有安然等候那死的到临。"这个副词"安然"用得
没有一点夸张。他的确是安然死去的。他上绞刑台的时候，怀里揣着
他妹妹寄给他的一片树叶，和他生前所喜欢的一只狗和一只猫的照片。
这样地怀着爱之心而死，就像一个人带着宽慰的心情静静地睡去似的。

---

　　①　日本东京春秋社出版（1926 年）。

这安然的死应该说是作者的最后胜利。

　　然而我读了这两百多天的日记①，我想到一个二十六岁的青年在狱中等死的情形，我在字句间看出了一个人的内心的激斗，看出了血和泪的交流。差不多每一页，每一段上都留着挣扎的痕迹。作者能够达到那最后的胜利，的确不是容易的事。

　　"我感着生的倦怠么？不！

　　"对于死的恐怖呢？曾经很厉害地感着。现在有时感到，有时感不到。把死忘记了的时候居多。只是死的瞬间的痛苦还是有点可怕。"

　　作者这样坦白地承认着。他常常在写下了对于死的畏惧以后，又因为发觉自己的懦弱而说些责备自己的话。然而在另一处他却欣喜地发见：

---

　　① 《死之忏悔》中的日记到九月十七日为止，作者于十月十五日受绞刑。日记原稿共三十三册。作者自己说只有第三十三册才是"真正的死刑囚的狱中记"，那是判决死刑以后的日记。据古田生前的辩护律师布施辰治在序文中说，这一册日记当局不许拿出去发表。然而后来它终于被领出来而且秘密出版了。我得到一册，曾读过一遍。书名是《死刑囚的回忆》，但在"一·二八"的沪战中被炮弹打毁了。这一册的内容和以前的三十二册差不多，不过调子有点不同。写以前的三十二册时作者已经知道死刑是无可避免的了。然而判决究竟不曾确定。死虽然就在他的眼前，希望纵然极其微弱，却也不曾完全消灭。所以那时有疑惑，有挣扎，有呻吟，有眼泪。作者当时还不大认识死的面目。最后临到了写第三十三册，一切都决定了，从此再没有从前那种不安定，从前那种苦苦的挣扎。的确如布施辰治所说，确定了舍弃生命以后，心境和态度都是更为沉静，真有超越生死之概。因此无怪乎有人会以为这一册"真正的死刑囚的狱中记"反不及以前的三十二册中文笔之清丽和表现之沉痛了。

　　古田大次郎自称为一个恐怖主义者。倘使把他的日记当做一个恐怖主义者的心理分析的记录看倒很适当。或者把它看做一个人的最真挚的自白看也无不可。所以加藤一夫读了它，就"觉得我的灵魂被净化了。我真的由于他的这记录而加深了我对于生活的态度"。加藤一夫称古田为一个"真诚的，真实的而又充满温情的纯真的灵魂"。他说《死之忏悔》是一本"非宗教的宗教书"。……

　　我读完这本书，我的心灵受到了强烈的震动。但是我不能不有一种惋惜的感觉。像古田那样的人不把他的希望寄托在有组织的群众运动上面，却选取了恐怖主义的路，在恐怖主义的境地中去探求真理，终于身死在绞刑台上。这的确是一件很可痛惜的事。

"死是不可思议的，然而也是伟大的。……"

后来作者又疑惑地问道：

"死果然是一切的终结吗？死果然会赔偿一切吗？我为什么要怕死呢？"

"死并不可怕，只是非常寂寞。我为什么憎厌临死的痛苦呢？我想那样的痛苦是不会有的罢。"作者又这样地想道。

"我想保持着年轻的身体而死去。"这是作者的希望。

我不想再引下去了。作者是那样的一个厚于人情的青年，他有慈祥的父亲，又有可爱的妹妹，还有许多忠诚的友人。要他把这一切决然抛弃，安然攀登绞刑台，走入那寂寞的永恒里，这的确不是片刻的工夫所能做到的。这两百多天的日记里充满着情感的波动。我们只看见那一起一伏，一潮一汐。倘使我们不小心翼翼一步一步地追随作者的笔，我们就不能了解作者的心情。

只有二十六岁的年纪。不愿意离开这个世界，而又不得不离开。不想死，而被判决了死刑。一天天在铁窗里面计算日子，等着死的到来。在等死的期间想象着那个未知的东西的面目，想象着它会把他带到什么样的境界去。在这种情形下写成的《死之忏悔》，我们可以用一个"死"字来包括。他谈死，他想了解死，他觉到死的重量，和我完全不同。他的文字才是充满着血和泪的。在那本五百页的大书里作者古田提出许多疑问，写出许多揣想，作者无一处不论到死，或者暗示到死。然而我却找不到一个确定的答案，一个结论。

其实这个答案，这个结论是有的，却不在这本书里面，这就是作者的死。这个死给他解答了一切的问题，也给我解答了一切的问题。

古田大次郎为爱而杀人，而被杀，以自己的血偿还别人的血，以自己的痛苦报偿别人的痛苦。他以一颗清纯的心毫不犹豫地攀登了绞刑台。死赔偿了一切。死拯救了一切。

我想："他的永眠一定是安适而美满的罢。"我突然想起五十年前芝加哥劳工领袖阿·帕尔森司①上绞刑台前作的诗了：

> 到我的墓前不要带来你们的悲伤，
> 也不要带来眼泪和凄惶，
> 更不要带来惊惧和恐慌；
> 我的嘴唇已经闭了时，
> 我不愿你们这样来到我的坟场。
>
> 我不要送葬的马车排列成行，
> 我不要送丧的马队，
> 头上羽毛飘动荡漾；
> 我静静地放我的手在胸上，
> 且让我和平地安息在墓场。
>
> 不要用你们的怜悯来侮辱我的死灰，
> 要知道你们还留在荒凉的彼岸，
> 你们还要活着忍受灾祸与苦辛。
> 我静静地安息在坟墓里面，
> 只有我才应该来怜悯你们。
>
> 人世的烦愁再不能萦绕我心，
> 我也不会再有困苦和悲痛的感情，
> 一切苦难都已消去无影。
> 我静静地安息在坟墓内，

---

① 帕尔森司（1848—1887）：美国芝加哥劳工运动的一个领导人。1886 年 5 月 4 日芝加哥干草市场发生炸弹事件。帕尔森司是当日群众大会的一个演说者，因此被法庭悬赏五千元通缉。6 月 21 日他到法庭自首。第二年 11 月 11 日与同志司皮司、斐失儿、恩格尔同受绞刑。1893 年伊里诺斯省新省长就职，重查此案，发见真相，遂发出理由书，宣告法官枉法，并替帕尔森司等洗去罪名。这是帕尔森司上绞刑台前数小时内写成的诗。

我如今只有神的光荣。

可怜的东西，这样惧怕黑暗，
对于将临的惨祸又十分胆寒。
看我是何等从容地回到家园！
不要再敲你们的丧钟，
我现在已意足心满。

　　这篇短文并不是"死之礼赞"。我虽然写了种种关于"死"的话，
但是我愿意在这里坦白地承认：
　　"我还想活！"因为我正如小说《朝影》中的青年奈司拉莫夫所
说："我爱阳光，天空，和春光，秋景；我爱青春，以及自然母亲所
给与我们的和平与欢乐。……"

1937 年 3 月在上海

梦

　　我常常把梦当作我唯一的安慰。只有在梦里我才得到片刻的安宁。我的生活里找不到"宁静"这个名词。烦忧和困难笼罩着我的全个心灵，没有一刻离开我。然而我一进到梦的世界，它们马上远远地避开了。在梦的世界里我每每忘了自己。我不知道我过去是一个什么样的人，或者做过什么样的事。梦中的我常常是一个头脑单纯的青年，没有过去，也没有将来；没有烦忧，也没有困难。我只有一个现在，我只有一条简单的路，我只有一个单纯的信仰。我不知道这信仰是从什么地方来的，在梦中我也不会去考究它。但信仰永远是同一的信仰，而且和我在生活里的信仰完全一样。只有这信仰是生了根的，我永远不能把它去掉或者改变。甚至在梦里我忘了自己、忘了过去的时候，这信仰还像太白星那样地放射光芒。所以我每次从梦中睁开眼睛，躺在床上半糊涂地望着四周的景物，那时候还是靠了这信仰我才马上记起我是怎样的一个人。把梦的世界和真实的世界连结起来的就只有这信仰。所以在梦里我纵然忘了自己，我也不会做一件我平日所反对的事情。

　　我刚才说过我只有在梦中才得着安宁。我在生活里找不到安宁，因此才到梦中去找，其实不能说去找，梦中的安宁原是自己来的。然而有时候甚至在梦中我也得不到安宁。我也做过一些所谓噩梦，醒来时两只眼睛茫然望着白色墙壁，还不能断定是梦是真，是活是死；只有心的猛跳是切实地感觉到的。但是等到心跳渐渐地平静下去，这梦景也就像一股淡烟不知飘散到哪里去了。留下来的只是一个真实的我。

最近我却做了一个不能忘记的梦。现在我居然还能够记下它来。梦景是这样的：

我忽然被判决死刑，应该到一个岛上去登断头台。我自动地投到那个岛上。伴着我去的是一个不大熟识的友人。我们到了那里，我即刻被投入地牢。那是一个没有阳光的地方，墙壁上整天点着一盏昏暗的煤油灯，地上是一片水泥。在不远的地方时时响起来囚人的哀叫，还有那建筑断头台的声音从早晨到夜晚就没有一刻停止。除了每天两次给我送饭来的禁卒外，我整天看不见一个人影。也没有谁来向我问话。我不知道那位朋友的下落，我甚至忘记了她。在地牢里我只有等待。等断头台早日修好，以便结束我这一生。我并没有悲痛和悔恨，好像这是我的自然的结局。于是有一天早晨禁卒来把我带出去，经过一条走廊到了天井前面。天井里绞刑架已经建立起来了，是那么丑陋的东西！它居然会取去我的生命！我带着憎恨的眼光去看它。但是我的眼光触到了另一个人的眼光。原来那位朋友站在走廊口。她惊恐地叫我的名字，只叫了一声。她的眼里包着满眶的泪水。我的心先前一刻还像一块石头，这时却突然熔化了。这是第一个人为我的缘故流眼泪。在这个世界里我居然看见了一个关心我的人。虽然只是短短的一瞥，我也似乎受到了一次祝福。我没有别的话，只短短地说了"不要紧"三个字，一面感激地对她微笑。这时我心中十分明白，我觉得就这样了结我的一生，我也没有遗憾了。我安静地走上了绞刑架。下面没有几个人，但是不远处有一对含泪的眼睛。这对眼睛在我的眼前晃动。然而人把我的头蒙住了。我什么也看不见。

以后我忽然发觉我坐在绞刑架上，那位朋友坐在我身边。周围再没有别的人。我正在惊疑间，朋友简单地告诉我："你的事情已经了结。现在情形变更，所以他们把你放了。"我侧头看她的眼睛，眼里已经没有泪珠。我感到莫大的安慰，就跟着她走出监牢。门前有一架飞机在等候我们。我们刚坐上去，飞机就动了。

飞机离开孤岛的时候，离水面不高，我回头看那个地方。这是一

汽车疯狂似的跑着。它抛撇了人群。它跑进了山中，在那里它显得更激动了。——《筑渝道上》

个很好的晴天，海上平静无波。深黄色的堡垒抹上了一层带红色的日光，凸出在一望无际的蓝色海面上，像一幅图画。

后来回到了我们住的那个城市，我跟着朋友到了她的家，刚走进天井，忽然听见房里有人在问："巴金怎样了？有遗嘱吗？"我知道这是她哥哥的声音。

"他没有死，我把他带回来了。"她在外面高兴地大声答道。接着她的哥哥惊喜地从房里跳了出来。在这一刻我确实感到了生的喜悦。但是后来我们三人在一起谈论这件事情时，我就发表了"倒不如这次死在绞刑架上痛快"的议论。……

这只是一场梦。春夜的梦常常很荒唐。我的想象走得太远了。但是我却希望那梦景能成为真实。我并非盼望真有一个"她"来把我从绞刑架上救出去。我想的倒是那痛快的死。这个在生活里我得不到。所以我的想象在梦中把它给我争取了来。但是在梦里它也只是昙花一现，而我依旧被"带回来了"。

这是我的不幸。我是一个充满矛盾的人。只有这个才是消灭我的矛盾的唯一的方法。然而我偏偏不能够采用它。人的确是脆弱的东西。我常常严酷无情地分析我自己，所以我深知道自己是一个什么样的人。有时我的眼光越过了生死的界限，将人世的一切都置之度外，去探求那赤裸裸的真理；但有时我对生活里的一切都感到留恋，甚至用全部精力去做一件细小的事情。在《关于家》的结尾我说过"青春毕竟是美丽的东西"。在《死》的最后我嚷着"我还要活"。但是在梦里我却说了"倒不如死在绞刑架上痛快"的话。梦中的我已经把生死的问题解决了，所以能抱定舍弃一切的决心坦然站在绞刑架上，真实的我对于一切却是十分执着，所以终于陷在繁琐和苦恼的泥淖里而不能自拔。到现在为止我的一生中至少有一半以上的时间和精力是被浪费了的。

有一个年轻朋友读了我的《死》，很奇怪我"为什么会想到这许多关于死的话"。她寄了一张海上日出的照片来鼓舞我，安慰我。现在她读到我的这篇短文大概会明白我的本意罢。我接到那张照片，很感谢她的好意。然而我是一个在矛盾中挣扎的弱者。我这一生横竖是浪费了的。那么就让我把这一生作为一个试验，看一个弱者怎样在重重的矛盾中苦斗罢。也许有一天我会克服了种种的矛盾，成为一个强者而达到生之完成的。那时梦中的我和真实的我就会完全合而为一人了。

1937 年 4 月在上海

生

死是谜。有人把生也看作一个谜。

许多人希望知道生，更甚于愿意知道死。而我则不然。我常常想了解死，却没有一次对于生起过疑惑。

世间有不少的人喜欢拿"生是什么"、"为什么生"的问题折磨自己，结果总是得不到解答而悒郁地死去。

真正知道生的人大概是有的；虽然有，也不会多。人不了解生，但是人依旧活着。而且有不少的人贪恋生，甚至做着永生的大梦：有的乞灵于仙药与术士，有的求助于宗教与迷信；或则希望白日羽化，或则祷祝上登天堂。在活着的时候为非作歹，或者茹苦含辛以积来世之福——这样的人也是常有的。

每个人都努力在建造"长生塔"，塔的样式自然不同，有大有小，有的有形，有的无形。有人想为子孙树立万世不灭的基业；有人愿去理想的天堂中做一位自由的神仙。然而不到多久这一切都变成过去的陈迹而做了后人凭吊唏嘘的资料了。没有一座沙上建筑的楼阁能够稳立的。这是一个很好的教训。

一百四十几年前法国大革命中的启蒙学者让·龚多塞不顾死刑的威胁，躲在巴黎卢森堡附近的一间顶楼上忙碌地写他的最后的著作，这是历史和科学的著作。据他说历史和科学就是反对死的斗争。他的书也是为征服死而著述的。所以在写下最后两句话以后，他便离开了隐匿的地方。他那两句遗言是："科学要征服死，那么以后就不会再有人死了。"

他不梦想天堂，也不寻求个人的永生。他要用科学征服死，为人类带来长生的幸福。这样，他虽然吞下毒药，永离此世，他却比谁都更了解生了。

科学会征服死。这并不是梦想。龚多塞企图建造一座为大众享用的长生塔，他用的并不是平民的血肉，像我的童话里所描写的那样。他却用了科学。他没有成功。可是他给那座塔奠了基石。

这座塔到现在还只有那么几块零落的基石，不要想看见它的轮廓！没有人能够有把握地说定在什么时候会看见它的完成。但有一件事实则是十分确定的：有人在孜孜不倦地努力于这座高塔的建造。这些人是科学家。

生物是必死的。从没有人怀疑过这天经地义般的话。但是如今却有少数生物学者出来企图证明单细胞动物可以长生不死了。德国的怀司曼甚至宣言："死亡并不是永远和生物相关联的。"因为单细胞动物在养料充足的适宜的环境里便能够继续营养和生存。它的身体长大到某一定限度无可再长的时候，便分裂为二，成了两个子体。它们又自己营养，生长，后来又能自己分裂以繁殖其族系，只要不受空间和营养的限制，它们可以永远继续繁殖，长生不死。在这样的情形下面当然没有死亡。

"拿草履虫为例，两个生物学者美国的吴特拉夫和俄国的梅塔尼科夫对于草履虫的精密的研究给我们证明：从前人以为分裂二百次、便现出衰老状态而逼近死亡的草履虫，如今却可以分裂到一万三千次以上，就是说它能够活到二十几年。这已经比它的平常的寿命多过七十倍了。有些人因此断定说这些草履虫经过这么多代不死，便不会死了。但这也只是一个假定。不过生命的延长却是无可否认的。

关于高等动物，也有学者作了研究。现在鸡的、别的一些动物的、甚至人的组织（tissue）已经可以用人工培养了。这证明：多细胞动物体的细胞可以离开个体，而在适当的环境里生活下去，也许可以做到长生不死的地步。这研究的结果离真正的长生术还远得很，但是可以说朝这个方向前进了一步。在最近的将来，延长寿命这一层，大概是可以办到的。科学家居然在显微镜下的小小天地中看出了解决人间大问题——生之谜的一把钥匙。过去无数的人在冥想里把光阴白白地浪费了。

我并不是生物学者，不过偶尔从一位研究生物学的朋友那里学得一点点那方面的常识。但这只是零碎地学来的，而且我时学时忘。所以我不能详征博引。然而单是这一点点零碎的知识已经使我相信龚多塞的遗言不是一句空话了。他的企图并不是梦想。将来有一天科学真正会把死征服。那时对于我们，生就不再是谜了。

然而我们这一代（恐怕还有以后的几代）和我们的祖先一样，是没有这种幸运的。我们带着新的力量来到世间，我们又会发挥尽力量而归于尘土。这个世界映在一个婴孩的眼里是五光十色；一切全是陌生。我们慢慢地活下去。我们举起一杯一杯的生之酒尽情地饮下。酸的，甜的，苦的，辣的我们全尝到了。新奇的变为平常，陌生的成为熟习。但宇宙是这么广大，世界是这么复杂，一个人看不见、享不到的是太多了。我们仿佛走一条无尽长的路程，游一所无穷大的园林，对于我们就永无止境。"死"只是一个障碍，或者是疲乏时的休息。有勇气、有精力的人是不需要休息的，尤其在胜景当前的时候。所以人应该憎恨"死"，不愿意跟"死"接近。贪恋"生"并不是一个罪过。每个生物都有生的欲望。蚱蜢饥饿时甚至吃掉自己的腿以维持生存。这种愚蠢的举动是无可非笑的，因为这里有的是严肃。

俄罗斯民粹派革命家妃格念尔"感激以金色光芒洗浴田野的太阳，感激夜间照耀在花园天空的明星"，但是她终于让沙皇专制政府将她在席吕塞堡中活埋了二十年。为了革命思想而被烧死在美国电椅上的鞋匠萨珂还告诉他的六岁女儿："夏天我们都在家里，我坐在橡树的浓荫下，你坐在我的膝上；我教你读书写字，或者看你在绿的田野上跳荡，欢笑，唱歌，摘取树上的花朵，从这一株树跑到那一株，从清朗、活泼的溪流跑到你母亲的怀里。我梦想我们一家人能够过这样的幸福生活，我也希望一切贫苦人家的小孩能够快乐地同他们的父母过这种生活。"

"生"的确是美丽的，乐"生"是人的本分。前面那些杀身成仁的志士勇敢地戴上荆棘的王冠，将生命视作敝屣，他们并非对于生已感到厌倦，相反的，他们倒是乐生的人。所以奈司拉莫夫①坦白地说："我不愿意死。"但是当他被问到为什么去舍身就义时，他却昂然回答："多半是因为我爱'生'过于热烈，所以我不忍让别人将它摧残。"他们是为了保持"生"的美丽，维持多数人的生存，而毅然献出自己的生命的。这样深的爱！甚至那躯壳化为泥土，这爱也还笼罩世间，跟着太阳和明星永久闪耀。这是"生"的美丽之最高的体现。

"长生塔"虽未建成，长生术虽未发现，但这些视死如归但求速朽的人却也能长存在后代子孙的心里。这就是不朽。这就是永生。而那般含垢忍耻积来世福或者梦想死后天堂的"芸芸众生"却早已被人忘记，连埋骨之所也无人知道了。

我常将生比之于水流。这股水流从生命的源头流下来，永远在动荡，在创造它的道路，通过乱山碎石中间，以达到那唯一的生命之海。没有东西可以阻止它。在它的途中它还射出种种的水花，这就是我们生活里的爱和恨，欢乐和痛苦，这些都跟着那水流不停地向大海流去。我们每个人从小到老，到死，都朝着一个方向走，这是生之目标，不管我们会不会走到，或者我们会在中途走入了迷径，看错了方向。

生之目标就是丰富的、满溢的生命。正如青年早逝的法国哲学家居友所说："生命的一个条件就是消费。……个人的生命应该为他人放散，在必要的时候还应该为他人牺牲。……这牺牲就是真实生命的第一个条件。"我相信居友的话。我们每个人都有着更多的同情，更多的爱慕，更多的欢乐，更多的眼泪，比我们维持自己的生存所需要的多得多。所以我们必须把它们分散给别人，否则我们就会感到内部的干枯。居友接着说："我们的天性要我们这样做，就像植物不得不开花似的，纵然开花以后便会继之以死亡，它仍旧不得不开花。"

从在一滴水的小世界中怡然自得的草履虫到在地球上飞腾活跃的"芸芸众生"，没有一个生物是不乐生的，而且这中间有一个法则支配

---

①　中篇小说《朝影》中的一个人物。

着，这就是生的法则。社会的进化，民族的盛衰，人类的繁荣都是依据这个法则而行的。这个法则是"互助"，是"团结"。人类靠了这个才能够不为大自然的力量所摧毁，反而把它征服，才建立了今日的文明；一个民族靠了这个才能够抵抗他民族的侵略而维持自己的生存。

维持生存的权利是每个生物、每个人、每个民族都有的。这正是顺着生之法则。侵略则是违反了生的法则的。所以我们说抗战是今日的中华民族的神圣的权利和义务，没有人可以否认。

这次的战争乃是一个民族维持生存的战争。民族的生存里包含着个人的生存，犹如人类的生存里包含着民族的生存一样。人类不会灭亡，民族也可以活得很久，个人的生命则是十分短促。所以每个人应该遵守生的法则，把个人的命运联系在民族的命运上，将个人的生存放在群体的生存里。群体绵延不绝，能够继续到永久，则个人亦何尝不可以说是永生。

在科学还未能把"死"完全征服、真正的长生塔还未建立起来以前，这倒是唯一可靠的长生术了。

我觉得生并不是一个谜，至少不是一个难解的谜。

我爱生，所以我愿像一个狂信者那样投身到生命的海里去。

1937 年 8 月在上海

醉

我不会喝酒，但我有时也尝到醉的滋味。醉的时候我每每忘记自己。然而醉和梦毕竟是不同的。我常常做着荒唐的梦。这些梦跟现实离得很远，把梦景和现实的世界连接起来就只靠我那个信仰。所以在梦里我没有做过跟我的信仰违背的事情。

我从前说我只有在梦中得到安宁，这句话并不对。真正使我的心安宁的还是醉。进到了醉的世界，一切个人的打算，生活里的矛盾和烦忧都消失了，消失在众人的"事业"里。这个"事业"变成了一个具体的东西，或者就像一块吸铁石把许多颗心都紧紧吸到它身边去。在这时候个人的感情完全溶化在众人的感情里面。甚至轮到个人去牺牲自己的时候他也不会觉得孤独。他所看见的只是群体的生存，而不是个人的灭亡。

将个人的感情消溶在大众的感情里，将个人的苦乐联系在群体的苦乐上，这就是我的所谓"醉"。自然这所谓群体的范围有大有小，但"事业"则是一个。

我至今还记得我第一次的沉醉。那已经是十七八年前的事了，然而在我的脑子里还是十分鲜明。那时我是个孩子。我参加一个团体的集会。我从来没有像那样地感动过。谈笑，友谊，热诚，信任……从不曾表现得这么美丽。我曾经借了第三者的口吻叙述我当时的心情：这次十几个青年的茶会简直是一个友爱的家庭的聚会。但这个家庭里的人并不是因血统关系、家产关系而联系在一起的；结合他们的是同一的好心和同一的理想。在这个环境里他只感到心与心的接触，都是赤诚的心，完全脱离了利害关系的束缚。他觉得在这里他不是一个陌生的人，孤独的人。他爱着周围的人，也为他周围的人所爱。他了解他们，他们也了解他。他信任他们，他们也信任他①。……

这是醉。第一次的沉醉以后又继之以第二次、第三次……这醉给了我勇气，给了我希望，使我一个幼稚的孩子可以站起来向旧礼教挑战，使我坚决地相信光明，信任未来。不仅是我，我们那个时代的青年都是这样地成长的。而且我相信每个时代的青年都会在这种沉醉中饮到鼓舞的琼浆。

时间是骎骎地驰过去了。醉的次数也渐渐地多起来。每一次的沉醉都在我的心上留下一点痕迹。有一两次我也走过那黑门②，我的手还在门上停了一下。但是我们并没有机会得到那痛快的壮烈的最后。这是事实。一个人沉醉的时候，他会去干一些勇敢的事情，至少他会有这样的渴望。我们那时也就处在这样的境地。南国的芳香沁入我们的心灵，火把给我们照亮黑暗的窄巷。一堵墙、一扇门关不住我们的心。一个广场容纳不了我们的热情。或者一二十个孩子聚在一个小房间里，大家拥挤地坐在地上；或者四五个人走着泥泞的乡间道路。静夜里，石板路上响着我们的脚步声。在温暖的白昼，清脆的笑语又充满了古庙。没有寂寞，没有苦闷，没有悲哀。有的只是一个光明的希望。每个人的胸膛里都有着同样的一颗心。

这是无上的"沉醉"，这是莫大的"狂喜"，它使我们每个人"都消失在完全的忘我里面"。所以我们也曾夸大地立下誓言：要用我们的血来灌溉人类的幸福，用我们的死来使人类繁荣。要把我们的生命联系在人类的生命上面。人类生命的连续广延永远不会中断，没有一种阻力可以毁坏它。我们所看见的只有人类的繁昌，并没有个人的死亡。

---

① 见长篇小说《家》第二十九章。
② 指死。

　　我不能否认我们的狂妄，但是我应该承认我们的真挚。我们中间也有少数人实行了他们的约言。剩下的多数却让严肃的工作消蚀他们的生命。拿起笔的只有我一个。我不甘心就看着我的精力被一些方块字消磨干净，所以我责备自己是一个弱者。但是这个意思也很明显；这里并没有悲观，也没有绝望。若有人因此说我"在黑暗中哭泣"，那是他自己看错了文章。我们从没有过哭泣的时候。那不是我们的事情。甚至跟一个亲密的朋友死别，我们也只有暗暗地吞几滴眼泪。我们自然不能否认黑暗的存在。然而即使在黑暗的夜里，我们也看见在远方闪耀的不灭的光明，那是"醉"给我们带来的。

　　我常常用我自己的事情做例子，也许别人会把这篇《醉》看作我的自白。其实《死》和《梦》都不是我的自白，《醉》也不是。我可以举出另一些例子。我手边恰恰有几封信，我现在从里面引出几段，我让那些比我更年轻的人向读者说话：

　　　　"那天夜里，正是我异常兴奋的一天。在学校里我们开了一个野火会。天空非常地黑沉，人们的影子在操场上移动着，呼喊着。它的声波冲破这沉寂的天空！

　　　　一堆烈火盛燃起来了。那光亮的红舌头照亮了每个人的脸，我们围绕着火堆唱歌。我们唱《自由神》《示威》等等，这个兴奋的会一直到火熄灭了为止。

　　这不也是"醉"么？

　　　　"在十二月ＸＸ日，一个温暖的北方天气，阳光是那么明亮，又那么温暖，在这天我们学生跑到ＸＸ（一个小乡村）去举行扩大行军。这项新鲜而又兴奋的工作弄得我一夜都没有睡好。

　　　　"大概八点钟吧。我们起程了，空着肚子，悄悄地离开了学校。我们经过了热闹的街市，吵嚷的人群，快到十点的时候才踏进乡村的境界。

　　　　"一条黄土道，向来是静寂得怕人，今天却有些改变了。一群学生穿着蓝布衫，白帆布球鞋，脸上露出神秘而又兴奋的微笑，拖着大步踏着这条黄土道。'一——二——一'不知道是谁这样喊着，我们下意识地跑起来。

　　"到那里已是晌午了。我们群集在一个墓地里，后面是一带大树林，前面有几间小茅屋。农夫们停止了工作都出来看望。啊，是那么活跃着的一群青年！行军的号筒响了，雄壮的声音提起了每个人的勇气。我们真的像上了战场一样。

　　"战斗的演习继续到三点钟才完毕。因为环境不允许，我们的座谈会没有举行，就整队回校了。一路上唱着歌喊着热烈的口号。

这是"醉"，令人永不能忘记的"沉醉"。它把无数青年的心连结在一起了。还有：

　　"的确我不会是寂寞，我不会是孤独。我们永久是热情的，那么多被愤怒的火焰狂炽着的心永久会紧紧连系在一起的。啊，我想起了一件事情。我真不能够忘记。就是在去年下半年我们从先生的口中和报纸上知道了北平学生运动的经过情形，而激起了我们的请愿的动机。那时在深夜里我们悄悄地计划着，我们紧紧地携着手，在黑暗中祝福第二天背着校方的请愿成功。我们一点也不怕的在微弱的电筒光下写着旗子和施行的步骤。我们一夜没有睡。当天将亮的时候，我和另一个同学轻轻地在每一个寝室的玻璃窗上敲了两下，于是同学们都起来了。我们整齐了队伍，在微雨的早晨走出了校门。在出发的时候，我因为走得太忙，跌了一个斤斗，一个高一班的同学拉了我起来，我们无言地亲密地对笑着。一群孩子如一条粗长的铁链冲出了学校。虽然最后我们失败了。但那粗长的铁链使我们相信了我们自己。我们怎会寂寞，怎会孤独呢？"

这是年轻的中国的呼声。我们的青年就这样地慢慢成长了。——

那个"孩子"说得不错，在这样的沉醉中他们是不会感到寂寞和孤独的。让我在这里祝福他们。

1937 年 5 月在上海

乡心

我不想睡，趁大家酣睡的时候，跑到舱面上去走走。

我上了舱面就感到一股寒气，不由得扯起大衣的领子来。四周没有一个人，只有吵人的机器声时时来到我的耳边。

浪很小，船也平稳，风并不大。一轮明月照在万顷烟波之上，蓝色的水被月光镀上了银色。月光流在波上，就像千万条银鱼在海上游泳。我这时真想拿一根钓竿，把它们钓几尾上来。

我默默地在舱面上走着。明月陪伴着我，微风轻抚着我。有无涯的大海让我放观；有无数的回忆尽我思量。人生难得几良宵。是乐么，还是痛苦？

三十四天的旅行到此告了一个段落。明天太阳照眼时，我们就要踏上法国的土地了。这时候似乎又觉得船走快了些。现在对于海上的生活又感到了留恋。这三十四天的生活的确是值得人留恋的。然而明天我们一定要上岸了。

"明天要上岸了"，和以前在家时，在上海时，"明天就要走了"的思想一样，激动着我的心。这种时候要说是快乐罢，自己心里又不舒服；要说是痛苦罢，又是自己愿意做的事情。这是怎样的矛盾啊！我一生就是被这种矛盾支配了的。

不知道怎样，我竟然被无名的悲哀压倒了。四周有这么好的景致，我却不能欣赏，白白地拿烦恼来折磨自己。时候不早了，明天还得走

一整天的路。倘若在家里，我的大哥一定会催我："四弟，睡得
了——"现在呢，即使我走到天明，也没有人来管我。能看见我的，
除了万顷烟波之外，就只有长空的皓月一轮。

　　"海上生明月，天涯共此时"①；"共看明月应垂泪，一夜乡心五处
同"②。——锋镝余生的我，对此情景，能不与古诗人同声一哭！

　　然而过去的终于是过去了。我应该把它们完全忘掉，我需要休息。
明天我还得以新的精力来过新的生活。

---

　　①　见张九龄的五言律诗《望月怀远》。
　　②　见白居易的七言律诗《因望月有感……》。

忆

啊，为什么我的眼前又是一片漆黑？我好像落进了陷阱里面似的。我摸不到一样实在的东西，我看不见一个具体的景象。一切都是模糊，虚幻。……我知道我又在做梦了。

我每夜都做梦。我的脑筋就没有一刻休息过。对于某一些人梦是甜蜜的。但是我不曾从梦里得到过安慰。梦是一种苦刑，它不断地拷问我。我知道是我的心不许我宁静，它时时都要解剖我自己，折磨我自己。我的心是我的严厉的裁判官。它比 Torquemada[1] 更残酷。

"梦，这真的是梦么？"我有时候在梦里这样地问过自己。同样，"这不就是梦么？"在醒着的时候，我又有过这样的疑问。梦景和真实渐渐地融合成了一片。我不再能分辨什么是梦和什么是真了。

薇娜·妃格念尔[2]关在席吕塞堡中的时候，她说过："那冗长的、灰色的、单调的日子就像是无梦的睡眠。"我的身体可以说是自由的，但我不是也常常过着冗长的、灰色的、单调的日子么？诚然我的生活里也有变化，有时我还过着两种完全不同的生活，然而这变化有的像

[1] 十五世纪西班牙宗教裁判所的裁判官。

[2] 妃格念尔（1852—1942）：旧俄民粹派女革命家，在席吕塞堡监狱里给关了二十年。1906—1915 年侨居国外，后返国，她写了许多回忆录。（《难忘的劳动》，1921—1922 年版）

电光一闪，光耀夺目，以后就归于消灭；有的甚至也是单调的。一个窒闷的暗夜压在我的头上，一只铁手扼住我的咽喉。所以便是这些灰色的日子也不像无梦的睡眠。我眼前尽是幻影，这些日子全是梦，比真实更压迫人的梦，在梦里我被残酷地拷问着。我常常在梦中发出叫声，因为甚至在那个时候我也不曾停止过挣扎。

这挣扎使我太疲劳了。有一个极短的时间我也想过无梦的睡眠。这跟妃格念尔所说的却又不同。这是永久的休息。没有梦，也没有真；没有人，也没有自己。这是和平。这是安静。我得承认，我的确愿望过这样的东西。但那只是一时的愿望，那只是在我的精神衰弱的时候。常常经过了这样的一个时期，我的精神上又起了一种变化，我为这种愿望而感到羞惭和愤怒了。我甚至责备我自己的懦弱。于是我便以痛悔的心情和新的勇气开始了新的挣扎。

我是一个充满矛盾的人。"我过的是两重的生活。一种是为他人的外表生活，一种是为自己的内心生活，"① 我的灵魂里充满了黑暗。然而我不愿意拿这黑暗去伤害别人的心。我更不敢拿这黑暗去玷污将来的希望。而且当一个青年怀着一颗受伤的心求助于我的时候，我纵不是医生，我也得给他一点安慰和希望，或者伴他去找一位名医。为了这个缘故，我才让我的心、我的灵魂扩大起来。我把一切个人的遭遇、创伤等等都装在那里面，像一只独木小舟沉入大海，使人看不见一点影响。我说过我生来就带有忧郁性，但是那位作为"忧郁者"写了自白的朋友，却因为看见我终日的笑容而诧异了，虽然他的脸上也常常带着孩子的傻笑。其实我自己的话也不正确。我的父母都不是性情偏执的人，他们是同样的温和，宽厚，安分守己，那么应该是配合得很完满的一对。他们的灵魂里不能够贮藏任何忧郁的影子。我的忧郁性不能够是从他们那里得来的。那应该是在我的生活环境里一天一

---

① 在这里我借用了妃格念尔的话。她还说："——在外表上我不得不保持安静勇敢的面目，这个我做到了；然而在黑夜的静寂里我会带着痛苦的焦虑来想：末日会到来吗？——到了早晨我就戴上我的面具开始我的工作。"她用这些话来说明她被捕以前的心境。

天地磨出来的。给了那第一下打击的，就是母亲的死，接着又是父亲的逝世。那个时候我太年轻了，还只是一个应该躲在父母的庇护下生活的孩子。创伤之上又加创伤，仿佛一来就不可收拾。我在七年前给我大哥的信里曾写道："所足以维系我心的就只有工作。终日工作，终年工作。我在工作里寻得痛苦，由痛苦而得满足。……我固然有一理想。这个理想也就是我的生命，但是我恐怕我不能够活到那个理想实现的时候。……几年来我追求光明，追求人间的爱，追求我理想中的英雄。结果我依旧得到痛苦。但是我并不后悔，我还要以更大的勇气走我的路。"但是在这之前不久的另一封信里我却说过："我在心里筑了一堵墙，把自己囚在忧郁的思想里。一壶茶，一瓶墨水，一管钢笔，一卷稿纸，几本书……我常常写了几页，无端的忧愁便来侵袭。仿佛有什么东西在我的胸膛里激荡，我再也忍不下去，就掷了笔披起秋大衣往外面街上走了。"

在这两封信里不是有着明显的矛盾么？我的生活，我的心情都是如此的。这个恐怕不会被人了解罢。但是原因我自己却明白。造成那些矛盾的就是我过去的生活。这个我不能抹煞，我却愿意忘掉。所以在给大哥的另一封信里我又说："我怕记忆。我恨记忆。它把我所愿意忘掉的事，都给我唤醒来了。"

的确我的过去像一个可怖的阴影压在我的灵魂上，我的记忆像一根铁链绊住我的脚。我屡次鼓起勇气迈着大步往前面跑时，它总抓住我，使我退后，使我迟疑，使我留恋，使我忧郁。我有一颗飞向广阔的天空去的雄心，我有一个引我走向光明的信仰。然而我的力气拖不动记忆的铁链。我不能忍受这迟钝的步履，我好几次求助于感情，但是我的感情自身被夹在记忆的钳子里也失掉了它的平衡而有所偏倚了。它变成了不健康而易脆弱。倘使我完全信赖它，它会使我在彩虹一现中随即完全隐去。我就会为过去所毁灭了。为我的前途计，我似乎应该撒弃为记忆所毒害了的感情。但是在我这又是势所不能。所以我这样永久地颠簸于理智与感情之间，找不到一个解决的办法。我的一切矛盾都是从这里来的。

我已经几次说过了和这类似的话。现在又来反复解说，这似乎不应该。而且在这时候整个民族的命运都陷在泥淖里，我似乎没有权利来絮絮地向人诉说个人的一切。但是我终于又说了。因为我想，这并不是我个人的事，我在许多人的身上都看见和这类似的情形。使我们的青年不能够奋勇前进的，也正是那过去的阴影。我常常有一种奇怪的想法：倘使我们是没有过去生活的原始人，我们也许能够做出更多的事情来。

但是回忆抓住了我，压住了我，把我的心拿来肢解，把我的感情拿来拷打。它时而织成一个柔软的网，把我的身体包在里面；它时而燃起猛烈的火焰，来烧我的骨髓。有时候我会紧闭眼目，弃绝理智，让感情支配我，听凭它把我引到偏执的路上，带到悬崖的边沿，使得一个朋友竟然惊讶地嚷了出来："这样下去除了使你成为疯子以外，还有什么？"其实这个朋友却忘了他自己也有不小的矛盾，他和我一样也是为回忆所折磨的人。他以为看人很清楚，却不知看自己倒糊涂了。他把自己看作人类灵魂的医生，他给我开了个药方：妥协，调和；他的确是一个好医生，他把为病人开的药方拿来让自己先服了。然而，结果药方完全不灵。这样的药医不了病。他也许还不明白这是什么缘故。我却知道唯一的灵药应该是一个"偏"字：不是跟过去调和，而是把它完全撇弃。不过我的病太深了，一剂灵药也不会立刻治好多年的沉疴。

…………

我又在做梦了。我的眼前是一片漆黑，不，我的眼前尽是些幻影。我的眼睛渐渐地亮了，那些人，那些事情。……难道我睡得这么深沉么？为什么他们能够越过这许多年代而达到我这里呢？

我全然在做梦了。我忘记了周围的一切，我忘记了我自己。好像被一种力量拉着，我沉下去，我沉下去，于是我到了一个地方。难道我是走进了坟墓，或者另一个庞贝城被我发掘了出来？我看见了那许多人，那些都是被我埋葬了的，那些都是我永久失掉了的。

我完全沉在梦景里面了。我自己变成了梦中的人。一种奇怪的感情抓住了我。我由一个小孩慢慢地长大起来。我生活在许多我的同代人中间，分享他们的悲欢。我们的世界是狭小的。但是我们却把它看作宇宙般的广大。我们以一颗真挚的心和一个不健全的人生观来度我们的日子。我们有更多的爱和更多的同情。我们爱一切可爱的事物：我们爱夜晚在花园上面天空中照耀的星群，我们爱春天在桃柳枝上鸣叫的小鸟，我们爱那从树梢洒到草地上面的月光，我们爱那使水面现出明亮珠子的太阳。我们爱一只猫，一只小鸟。我们爱一切的人。我们像一群不自私的孩子去领取生活的赐与。我们整天尽兴地笑乐，我们也希望别人能够笑乐。我们从不曾伤害过别的人。然而一个黑影来掩盖了我们的灵魂。于是忧郁在我们的心上产生了。这个黑影渐渐地扩大起来，跟着它就来了种种的事情。一个打击上又加第二个。眼泪，呻吟，叫号，挣扎，最后是悲剧的结局。一个一个年轻的生命横遭摧残。有的离开了这个世界，留下一些悲痛的回忆给别的人；有的就被打落在泥坑里面不能自拔……

啊，我怎么做了一个这么长久的梦！我应该醒了。我果然能够摆脱那一切而醒起来么？那许多生命，那许多被我爱过的生命在我的心上刻划了那么深的迹印，我能够把他们完全忘掉么？

我把这一切已经埋葬了这么多的年代，为什么到现在还会有这样长的梦？这样痛苦的梦？甚至使我到今天还提笔来写《春》？

过去，回忆，这一切把我缚得太紧了，把我压得太苦了。难道我就永远不能够摆脱它而昂然地、无牵挂地去走我自己的路么？

我的梦醒了。这应该是最后的一次了。我要摆脱那一切绊住我的脚的东西。我要摆脱一切的回忆。我要把它们全埋葬在一个更深的坟墓里，我要忘掉那过去的一切。

不管这是不是可能，我既然开始了我的路程，我既然跟那一切挣扎了这许多年代，那么，我还要继续挣扎下去。在永久的挣扎中活下去，这究竟是我度过生活的美丽的方法。

1936 年 5 月

我的呼号

——给我的哥哥

你的车七点钟开，我不到六点三刻就离开了月台，我并不是害怕赶不上轮渡，小火轮要到七点二十分才离开浦口。你也许注意到了罢，临行我只和你松松地握了握手，淡淡地笑了笑就转身走了，我不曾回头再看你一眼。可是出了车站我却不肯走向江边，我和惠生①一起在长廊上慢慢地走着，我们往返地走了好几次。我们彼此都不说话。突然，火车的放汽声尖锐地冲进了我的耳朵，车轮驶动的声音接着响了起来。我知道你开始往北方走了。我的眼前模糊地现出了你的瘦脸，我的心隐隐地痛起来。我没有流泪，但是我的声音有些哑了。

"走罢。"惠生在催促，他的声音也和我的一样。我们就这样地离开了浦口。于是这十天来的生活完全消失了，我仿佛从一个长梦中醒了过来。

你回到天津去了。你还没有上车的时候，别人都说那个地方有些危险，劝你不要回到那里去，我却没有说一句劝阻的话。并不是我不知道这几天来所谓抗敌军事的变化，并不是我不顾念到你的安全。但是我更知道一件事情：你和我一样，你也是一个注定了在困苦中挣扎的人，你也没有偷安的机会和权利。生活的担子压在你的年轻的肩上，

---

① 惠生是我们的表弟。我的哥哥李尧林在天津南开中学教书，请假到上海来看我。我陪他游了杭州的西湖，然后送他到南京浦口，搭津浦车回天津。

八十元一月的薪水就买去了你的全部光阴。你没有思想的自由，你更没有行动的自由。从这十天来的谈话中我已经了解你的平淡而痛苦的生活的全部了。

"这又有什么办法呢？"你带笑地说出来的这句话里一定含得有悲哀。当你想到上面那些事情的时候，你的心会因悲愤而痛苦罢。但是你如果再一思索，想到在那一带地方还有千千万万的人民在枪炮、炸弹下面呻吟挣扎，你也许会觉得你自己的命运倒不是怎样可悲的了，你也许还会舍弃你的平淡的、痛苦的生活而投身在他们中间为他们做一些事情罢。我想你会这样做的，因为我看出来，在谈到那千千万万的人民在铁蹄下面呻吟挣扎的时候，你的被艰苦生活摧毁了的面容忽然发了光，你的疲倦的身体忽然充满了生气。我知道如今还有什么东西可以鼓动你的心。但是我怕，我怕再一个大的打击就会把你整个地打碎了。

你回到北方去了。这八年来我们聚在一起总共不上一个月。如今我要开始我的漂泊的生活。在我的想象中似乎就再没有我们安静地聚在一起的时间。昨天晚上在一个朋友的家里我曾经对你说过：我要找一个机会把我这年轻的生命拿来作孤注一掷。我想做一件痛快的事情，甚至就毁掉我的整个生活也不顾惜。当时你没有说什么，你不过微微一笑。

这情形你也许不会了解罢。"为什么应该舍弃写作的生活呢？"在你的思想里这个问题是得不着解答的。但是事实上你知道我整整三个月不曾动笔写什么了。我宁愿把时间花费在马路上，火车中，和朋友的家里来消磨我的年轻的生命。但是我所希望的机会终于连影子也不见，而外面却有人放暗箭似的在文章上说，我已经在自叹我的笔快要写完了。

自然，你是不会相信这种谣言的。我们在一起度过了将近二十年的生活，你知道我是以一颗怎样的心经历过这一切的。我的信仰和我的为人你都知道得很详细。我从没有写完过我所想写的东西，我也从没有一个时候让雾迷了我的眼睛。我到现在还活着，不曾躺下来。然而人家却拿种种的谣言来掩埋我了。对于这些谣言，我并不曾发出一声抗议。我只有苦笑，我只有呻吟。

这呻吟，这苦笑，在我的肩上堆积着，两年来它们就堆积了这么高，如今在我的身后就留下一个那么长的阴影了。我渐渐地憎恨起我的名字来。起初我说我爱我的文章。然而到现在在我的文章被人糟蹋够了以后，我也就憎恨我的文章了。我如今依旧在黑暗里挣扎，眼睛望着前面达不到的远处的光明，而我的文章差不多窒息了我的呼吸，我的名字差不多毁灭了我的信仰和我的为人。今天我不能够再苦笑了；我不能够再呻吟了。我说，这一切都应该终止了。

当初我献身写作的时候，我充满了信仰和希望。我把写作当做我的生活的一部分，我以忠实的态度走我在写作中所走的道路。我抱定决心：不做一个文人。你知道我素来就憎厌文人。我们常常说将来不要做一个文人，因为文人不是直接做掠夺者，就是做掠夺者的工具。在做小孩的时候我们就见惯了文人的丑态了。谁知道残酷的命运竟然使我自己今天也给人当作文人看待，而且把我们所憎厌的一切都加到我的身上了。造谣，利用，攻击，捧场，这两年来它们包围着我，把我包围得那么紧，使我不能呼吸一口自由的空气。有一个时候我甚至疑惑我马上就要进坟墓了。

在这种情形下面，我写出了我的《灵魂的呼号》①。那篇文章是去年秋天我们在天津相会时，我在你的同事的那间小屋里写成的。它在上海某杂志上发表以后，一个未见面的朋友读着竟然流下了怜悯的眼泪，他说料不到我的生活竟是如此地痛苦。

在那篇文章里我说过我要把文学生活结束了。可是我从北方回来，我的生活就陷落在更多的造谣、利用、攻击、捧场里面。这些侮辱伴着病把我压得不能够动弹。我在病床上躺了好几天，我想到我未写小说以前的生活，我想到我在生活里所私淑的几个先生，我的心就被悔恨折磨着。一个声音在我的耳边响起来："你不能够再像这样生活下去了。你应该站起来做一个勇敢的人！"

不错，我太懦弱了！作为一个"写作的人"，我确实是太懦弱了！

---

① 《灵魂的呼号》：即《电椅集》代序，见《文集》第七卷。

这两年来我让一切侮辱加到我的身上，我从不曾发出过一声抗议。我苦笑、呻吟的次数确实是太多了。我怀着一颗孩子似的幼稚的心旅行了所谓中国的文坛，我相信着一切的人，我爱着一切的朋友。于是种种使我苦笑、呻吟的事情就发生了。

我说了我没有说过的话，我做了我没有做过的事。而那些话和那些事都是和我的思想相违背的。有些人在小报上捏造了种种奇怪的我的生平。有些人在《访问记》《印象记》等等文章里面使我变成他们那样的人，说他们心里的话。

你不知道我如今怎样地憎恨我的名字啊！有几次在不眠的夜里，我用力抓我的头发，我用力打我的胸膛。强烈的憎恨刺痛我的心，无边的黑暗包围着我。那时候我真希望能有一种力量来把我毁灭。我实在不能够忍受这种生活了。我分明爱自己的文章，然而现在我的文章却被糟蹋得使我不得不憎恨它们了。这情形就像一个母亲看见她的孩子被人摧残得失了人形。那痛苦你也应该了解罢。

现在无论如何我应该把过去的生活结束了。为了做一个真实勇敢的人，为了忠于我自己的信仰，为了使我不致有亲手割断我的生命的一天，我应该远离开那些文人，我应该投身在实际生活里面，在行动中去找力量，如我在《灵魂的呼号》中所希望的。这就是我所说的"拿生命来作孤注一掷"的意义了。

我究竟还有没有冲出重围而得到新生的那一天，连我自己也不知道。然而我如今是在呼号了。你是我的唯一的哥哥，我希望你在危险和困苦中时时记着我，给我帮助。

1933 年春在南京

生命

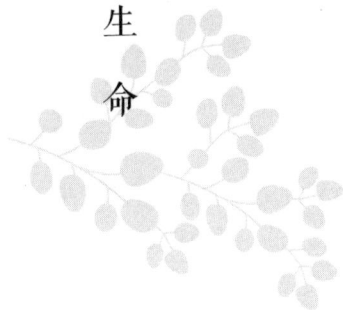

　　我接到一个不认识的朋友的来信，他说愿意跟我去死。这样的信我已经接过好几封了，都是一些不认识的年轻人寄来的。现在我住在一个朋友的家里，是一个很安静的地方。我的窗前种了不少的龙头花和五色杜鹃。在自己搭架的竹篱上缠绕着牵牛花和美国豆的长藤。在七月的大清早，空气清新，花开得正繁，露出一片欣欣向荣的景象。对面屋脊上站着许多麻雀，它们正吵闹地欢迎新升的太阳。到处都充满着生命。我的心也因为这生命的繁荣而快活地颤动了。

　　然而这封信使我想起了另一些事情。我的心渐渐地忧郁起来。眼前生命的繁荣仿佛成了一个幻景，不再像是真实的东西了。我似乎看见了另一些景象。

　　我应该比谁都更了解自己罢。那么为什么我会叫人生出跟我去死的念头呢？难道我就不曾给谁展示过生命的美丽么？为什么在这个充满了生命的夏天的早晨我会谈到这样的信呢？

　　我的心里怀着一个愿望，这是没有人知道的：我愿每个人都有住房，每个口都有饱饭，每个心都得到温暖。我想揩干每个人的眼泪，不再让任何人拉掉别人的一根头发。

　　然而这一切到了我的笔下都变成另一种意义了。我的美丽的愿望都给现实生活摧毁干净了。同时另一种思想慢慢地在我的脑子里生长起来，甚至违背了我的意志。

我能够做什么呢？

"我就是真理，我就是大道，我就是生命。" 能够说这样话的人是有福的了。

"我要给你们以晨星！" 能够说这样话的人也是有福的了。

但是我，我什么时候才能够说一句这样的话呢？

1934 年 7 月在北平

第三辑　故事与故人

最初的回忆

"这个娃娃本来是给你的弟妇的，因为怕她不会好好待他，所以送给你。"

这是母亲在她的梦里听见的"送子娘娘"说的话。每当晴明的午后，母亲在她那间朝南的屋子里做针线的时候，她常常对我们弟兄姊妹（或者还有老妈子在场）叙述她这个奇怪的梦。

"第二天就把你生下来了。"

母亲抬起她的圆圆脸，用爱怜横溢的眼光看我，我那时站在她的身边。

"想不到却是一个这样淘气娃娃！"

母亲微微一笑，我们也都笑了。

母亲很爱我。虽然她有时候笑着说我是淘气的孩子，可是她从来没有骂过我。她让我在温柔、和平的气氛中度过了我的幼年时代。

一张温和的圆圆脸，被刨花水泯得光光的头发，常常带笑的嘴。淡青色湖绉滚宽边的大袖短袄，没有领子。

我每次回溯到我的最远的过去，我的脑子里就浮现了母亲的面颜。

我的最初的回忆是跟母亲分不开的。我尤其不能忘记的是母亲的温柔的声音。

我四五岁的光景，跟着母亲从成都到了川北的广元县，父亲在那

109

里做县官。

衙门，很大一个地方，进去是一大块空地，两旁是监牢，大堂，二堂，三堂，四堂，还有草地，还有稀疏的桑林，算起来大概有六七进。

我们住在三堂里。

最初我同母亲睡，睡在母亲那张架子床上。热天床架上挂着罗纹帐子或麻布帐子，冷天挂着白布帐子。帐子外面有微光，这是从方桌上那盏清油灯的灯草上发出来的。

清油灯，长的颈项，圆的灯盘，黯淡的灯光，有时候灯草上结了黑的灯花，毕剥毕剥地燃着。

我睡在被窝里，常常想着"母亲"这两个字的意义。

白天，我们在书房里读书，地点是在二堂旁边。窗外有一个小小的花园。

先生是一个温和的中年人，面貌非常和善。他有时绘地图。他还会画铅笔画。他有彩色铅笔，这是我们最羡慕的。

学生是我的两个哥哥，两个姐姐和我。

一个老书僮服侍我们。这个人名叫贾福，六十岁的年纪，头发已经白了。

在书房里我早晨认几十个字，下午读几页书，每天很早就放学出来。三哥的功课比我的稍微多一点，他比我只大一岁多。

贾福把我们送到母亲的房里。母亲给我们吃一点糖果。我们在母亲的房里玩了一会儿。

"香儿，"三哥开始叫起来。

我也叫着这个丫头的名字。

一个十二三岁的瓜子脸的少女跑了进来，露着一脸的笑容。

"陪我们到四堂后面去耍!"

她高兴地微笑了。

"香儿，你小心照应他们!"母亲这样吩咐。

"是。"她应了一声，就带着我们出去了。

我们穿过后房门出去。

我们走下石阶，就往草地上跑。

草地的两边种了几排桑树，中间露出一条宽的过道。

桑叶肥大，绿阴阴的一大片。

两三只花鸡在过道中间跑。

"我们快来拾桑果！"

香儿的脸上放了光，她牵着我的手就往桑树下面跑。

桑葚的甜香马上扑进了我的鼻子。

"好香呀！"

满地都是桑葚，深紫色的果子，有许多碎了，是跌碎了的，是被鸡的脚爪踏坏了的，是被鸡的嘴壳啄破了的。

到处是鲜艳的深紫色的汁水。

我们兜起衣襟，躬着腰去拾桑葚。

"真可惜！"香儿一面说，就拣了几颗完好的桑葚往口里送。

我们也吃了几颗。

我看见香儿的嘴唇染得红红的，她还在吃。

三哥的嘴唇也是红红的，我的两手也是。

"看你们的嘴！"

香儿扑嗤笑起来。她摸出手帕给我们揩了嘴。

"手也是。"

她又给我们揩了手。

"你自己看不见你的嘴？"三哥望着她的嘴笑。

在后面四堂里鸡叫了。

"我们快去找鸡蛋！"

香儿连忙揩了她的嘴，就牵起我的手往里面跑。

我们把满兜的桑葚都倾在地上了。

我们跑过一个大的干草堆。

草地上一只麻花鸡伸长了颈项得意地在那里一面走，一面叫。

我们追过去。

这只鸡惊叫地扑着翅膀跳开了。别的鸡也往四面跑。

"我们看哪一个先找到鸡蛋?"

香儿这样提议。结果总是她找到了那个鸡蛋。

有时候我也找到的,因为我知道平时鸡爱在什么地方下蛋。

香儿虽然比我聪明,可是对于鸡的事情我知道的就不见得比她少。

鸡是我的伴侣。不,它们是我的军队。

鸡的兵营就在三堂后面。

草地上两边都有石阶,阶上有房屋,阶下就种桑树。

左边的一排平房,大半是平日放旧家具等等的地方。最末的一个空敞房间就做了鸡房,里面放了好几只鸡笼。

鸡的数目是二十几只,我给它们都起了名字。

大花鸡,这是最肥的一只,松绿色的羽毛上加了不少的白点。

凤头鸡,这只鸡有着次色的羽毛,黑的斑点,头上多一撮毛。

麻花鸡,是一只有黑黄色小斑点的鸡。

小凤头鸡比凤头鸡身子要小一点。除了头上多一撮毛外,它跟普通的母鸡就没有分别。

乌骨鸡,它连脚,连嘴壳,都是乌黑的。

还有黑鸡,白鸡,小花鸡,……各种各类的名称。

每天早晨起床以后,洗了脸,我就叫香儿陪我到三堂后面去。

香儿把鸡房的门打开了。

我们揭起了每一只鸡笼。我把一只一只的鸡依着次序点了名。

"去吧,好好地去耍!"

我们撒了几把米在地上,让它们围着啄吃。

我便走了,进书房去了。

下午我很早就放学出来了,三哥有时候比较迟一点放学。

我一个人偷偷地跑到四堂后面去。

我睡在高高的干草堆上。干草是温暖的,我觉得自己好像睡在床上。

温和的阳光爱抚着我的脸,就像母亲的手在抚摩。

我半睁开眼睛,望着鸡群在下面草地上嬉戏。

每天敌机飞进市空投弹的时候，许多工作依旧照常地进行。「死」的逼近使人更宝贵「生」，更宝贵活着所能处理的光阴。——《广州在轰炸中》

"大花鸡，不要叫！再叫给别人听见了，会把鸡蛋给你拿走的。"

那只大花鸡得意地在草地踱着，高声叫起来。我叫它不要嚷，没有用。

我只得从草堆上爬下来，去拾了鸡蛋揣在怀里。大花鸡爱在草堆里生蛋，所以我很容易地就找着了。

鸡蛋还是热烘烘的，上面粘了一点鸡毛，是一个很可爱的大的鸡蛋。

或者小凤头鸡被麻花鸡在翅膀上啄了一下就跑开了。我便吩咐它："不要跑呀！喂，小凤头鸡，你怕麻花鸡做什么？"

有时候我同三哥在一起，我们就想出种种方法来指挥鸡群游戏。

我们永远不会觉得寂寞。

傍晚吃过午饭后（我们就叫这做午饭），我等到天快要黑了就同三哥一起，叫香儿陪着，去把鸡一一地赶进了鸡房，把它们全照应进了鸡笼。

我又点一次名，看见不曾少掉一只鸡，这才放了心。

有一天傍晚点名的时候，我忽然发觉少了一只鸡。

我着急起来，要往四堂后面去找。

"太太今天吩咐何师傅捉去杀了。"香儿望着我笑。

"杀了？"

"你今天下午没有吃过鸡肉吗？"

不错，我吃过！那碗红烧鸡，味道很不错。

我没有话说了。心里却有些不舒服。

过了三四天，那只黑鸡又不见了。

点名的时候，我望着香儿的笑脸，气得流出眼泪来。

"都是你的错！你坏得很！他们捉鸡去杀，你晓得，你做什么不跟我说？"

我捏起小拳头要打香儿。

"你不要打我，我下次跟你说就是了。"香儿笑着向我告饶。

然而那只可爱的黑鸡的影子我再也看不见了。

又过了好几天，我已经忘掉了黑鸡的事情。

一个早上，我从书房里放学出来。

我走过石栏杆围着的长廊，在拐门里遇见了香儿。

"四少爷，我正在等你！"

"什么事情？"

我看见她着急的神气，知道有什么大事情发生了。

"太太又喊何师傅杀鸡了。"

她拉着我的手往里面走。

"哪一只鸡？快说。"我睁着一对小眼睛看她。

"就是那只大花鸡。"

大花鸡，那只最肥的，松绿色的羽毛上长着不少白色斑点。我最
爱它！

我马上挣脱香儿的手，拼命往里面跑。

我一口气跑进了母亲的房里。

我满头是汗，我还在喘气。

母亲坐在床头椅子上。我把上半身压着她的膝头。

"妈妈，不要杀我的鸡！那只大花鸡是我的！我不准人家杀它！"

我拉着母亲的手哀求。

"我说是什么大的事情！你这样着急地跑进来，原来是为着一
只鸡。"

母亲温和地笑起来，摸出手帕给我揩了额上的汗。

"杀一只鸡，值得这样着急吗？今天下午做了菜，大家都有
吃的。"

"我不吃，妈，我要那只大花鸡，我不准人杀它。那只大花鸡，
我最爱的……"

我急得哭了出来。

母亲笑了。她用温和的眼光看我。

"痴儿，这也值得你哭？好，你喊香儿陪你到厨房里去，喊何厨
子把鸡放了，由你另外拣一只鸡给他。"

"那些鸡我都喜欢。随便哪只鸡，我都不准人家杀！"我依旧拉着
母亲的手说。

"那不行，你爹吩咐杀的。你快去，晚了，恐怕那只鸡已经给何厨子杀了。"

提起那只大花鸡，我忘掉了一切。我马上拉起香儿的手跑出了母亲的房间。

我们气咻咻地跑进了厨房。

何厨子正把手里拿着的大花鸡往地上一掷。

"完了，杀死了。"香儿叹口气，就呆呆地站住了。

大花鸡在地上扑翅膀，松绿色的羽毛上染了几团血。

我跑到它的面前，叫了一声"大花鸡!"

它闭着眼睛，垂着头，在那里乱扑。身子在肮脏的土地上擦来擦去。颈项上现出一个大的伤口，那里面还滴出血来。

我从没有见过这样的死的挣扎!

我不敢伸手去挨它。

"四少爷，你哭你的大花鸡呀!"这是何厨子的带笑的声音。

他这个凶手! 他亲手杀死了我的大花鸡。

我气得全身发抖。我的眼睛也模糊了。

我回头拔步就跑，我不顾香儿在后面唤我。

我跑进母亲的房里，就把头放在她的怀中放声大哭：

"妈妈，把我的大花鸡还给我! ……"

母亲温柔地安慰我，她称我做痴儿。

为了这件事，我被人嘲笑了好些时候。

这天午饭的时候，桌子上果然添了两样鸡肉做的菜。

我望着那两个菜碗，就想起了大花鸡平日得意地叫着的姿态。

我始终不曾在菜碗里下过一次筷子。

晚上杨嫂安慰我说，鸡被杀了，就可以投生去做人。

她又告诉我，那只鸡一定可以投生去做人，因为杀鸡的时候，袁嫂在厨房里念过了"往生咒"。

我并不相信这个老妈子的话，因为离现实太远了，我看不见。

"为什么做了鸡，就该被人杀死做菜吃？"

我这样问母亲，得不着回答。

我这样问先生，也得不着回答。

问别的人，也得不着回答。

别人认为是很自然的事情，我却始终不懂。

对于别人，鸡不过是一只家禽。对于我，它却是我的伴侣，我的军队。

我的一个最好的兵就这样地消灭了。

从此我对于鸡的事情，对于这种为了给人类做食物而活着的鸡的事情，就失掉了兴趣。

不过我还在照料那些剩余的鸡，让它们先后做了菜碗里的牺牲品，连凤头鸡也在内。

老妈子里面，有一个杨嫂负责照应我和三哥。

高身材，长脸，大眼睛，小脚。三十岁光景。

我们很喜欢她。

她记得许多神仙和妖精的故事。晚上我和三哥常常找机会躲在她的房里，逼着她给我们讲故事。

香儿也在场，她也喜欢听故事。

杨嫂很有口才。她的故事比什么都好听。

我们听完了故事，就由她把我们送回到母亲房里去。

坝子里一片黑暗。草地上常常有声音。

我们几个人的脚步在石阶上走得很响。

杨嫂手里捏着油纸捻子，火光在晃动。

我们回到母亲房里，玩一会儿，杨嫂就服侍我在母亲的床上睡下了。

三哥跟着大哥去睡。

杨嫂喜欢喝酒，她年年都要泡桑葚酒。

桑葚熟透了的时候，草地上布满了紫色的果实。

我和三哥，还有香儿，我们常常去拾桑葚。

熟透了的桑葚，那甜香真正叫人的喉咙痒。

我们一面拾，一面吃，每次拾了满衣兜的桑葚。

"这样多，这样好！"

我们每次把一堆一堆的深紫色的桑葚指给她看，她总要做出惊喜的样子说。

她拣几颗放在鼻子上闻，然后就放进了嘴里。

我们四个人围着桌子吃桑葚。

我们的手上都染了桑葚汁，染得红红的，嘴也是。

"够了，不准再吃了。"

她撩起衣襟揩了嘴唇，便打开立柜门，拿出一个酒瓶来。

她把桑葚塞进一个瓶里，一个瓶子容不下，她又去取了第二个，第三个。

每个瓶里盛着大半瓶白色的酒。

　　多少恨

　　昨夜梦魂中

　　还似旧时游上苑

　　车如流水马如龙

　　花月正春风

——南唐李后主：《忆江南》（怀旧）

从母亲那里我学着读那叫做"词"的东西。

母亲剪了些白纸订成好几本小册子。

我的两个姐姐各有一本。后来我和三哥每个人也有了这样的一本小册子。

母亲差不多每天要在小册子上面写下一首词，是依着顺序从《白香词谱》里抄来的。

是母亲亲手写的娟秀的小字。

晚上，在方桌前面，清油灯的灯光下，我和三哥靠了母亲站着。

母亲用温柔的声音给我们读着小册子上面写的字。

这是我们幼年时代的唯一的音乐。

我们跟着母亲读出每一个字，直到我们可以把一些字连接起来读成一句为止。

于是母亲给我们拿出来那根牛骨做的印圈点的东西和一盒印泥。

我们弟兄两个就跪在方凳子上面，专心地给读过的那首词加上了圈点。

第二个晚上我们又在母亲的面前温习那首词，一直到我们能够把它背诵出来。

但是不到几个月母亲就生了我的第二个妹妹。

我们的小册子里有两个多月不曾添上新的词。

而且从那时候起我就和三哥同睡在一张床上，在另一个房间里面。

杨嫂把她的床铺搬到我们的房里来。她陪伴我们，照料我们。

这第二个妹妹，我们叫她做十妹。她出世的时候，我在梦里，完全不知道。

早晨我睁起眼睛，阳光已经照在床上了。

母亲头上束了一根帕子，她望着我笑。

旁边突然响起了婴儿的啼声。

杨嫂也望着我笑。

我有一种莫名其妙的感觉。

这是我睡在母亲床上的最后一天了。

秋天，天气渐渐地凉起来。

我们恢复了读词的事情。

每天晚上，二更锣一响，我们就阖上那本小册子。

"喊杨嫂领你们去睡罢，"母亲温和地说。

我们向母亲道了晚安，带着疲倦的眼睛，走出去。

"杨嫂，我们要睡了。"

"来了！来了！"杨嫂的高身材出现在我们的眼前。

她常常牵着我走。她的手比母亲的粗得多。

我们走过了堂屋，穿过大哥的房间。

有时候我们也从母亲的后房后面走。

我们进了房间。房里有两张床：一张是我同三哥睡的，另一张是杨嫂一个人睡的。

杨嫂爱清洁。所以她把房间和床铺都收拾得很干净。

她不许我们在地板上吐痰，也不许我们在床上翻斤斗。她还不许我们做别的一些事情。但是我们并不恨她，我们喜欢她。

临睡时，她叫我们站在旁边，等她把被褥铺好。

她给我们脱了衣服，把我们送进了被窝。

"你不要就走开！给我们讲一个故事！"

她正要放下帐子，我们就齐声叫起来。

她果然就在床沿上坐下来，开始给我们讲故事。

有时候我们要听完了一个满意的故事才肯睡觉。

有时候我们就在她叙述的中间闭上了眼睛，完全不知道她在说些什么。

什么神仙，剑侠，妖精，公子，小姐……我们都不去管了。

生活就是这样和平的。

没有眼泪，没有悲哀，没有愤怒。只有平静的喜悦。

然而刚刚翻过了冬天，情形又改变了。

晚上我们照例把那本小册子阖起来交给母亲。

外面响着二更的锣。

"喊你们二姐领你们去睡罢。杨嫂病了。"

母亲亲自把我们送到房间里。二姐牵着三哥的手，我的手是母亲牵着的。

母亲照料着二姐把我们安置在被窝里，又嘱咐我们好好地睡觉。

母亲走了以后，我们两个睁起眼睛望着帐顶，然后又掉过脸对望着。

二姐在另一张床上咳了几声嗽。

她代替杨嫂来陪伴我们。她就睡在杨嫂的床上，不过被褥帐子完全换过了。

我们不能够闭眼睛，因为我们想起了杨嫂。

三堂后边，右边石阶上的一排平房里面，第四个房间，没有地板，一盏瓦油灯放在破方桌上面……

那是杨嫂从前住过的房间。

她现在生病，又回到那里去了，就躺在她那床上。

外面石阶下是光秃的桑树。

在我们的房里推开靠里一扇窗望出去，看得见杨嫂的房间。

那里很冷静，很寂寞。

除了她这个病人外，就只有袁嫂睡在那里。可是袁嫂事情多，睡得迟。

我们以后就没有再看见杨嫂，只知道她在生病，虽然常常有医生来给她看脉，她的病还是没有起色。

二姐把我们照料得很好。还有香儿给她帮忙。她晚上也会给我们讲故事。

我就渐渐地把杨嫂忘记了。

"我们去看杨嫂去！"

一天下午我们刚刚从书房里出来，三哥忽然把我的衣襟拉一下，低声对我说。

"好！"我毫不迟疑地点了点头。

我们跑到三堂后面，很快地就到了右边石阶上的第四个房间。

没有别人看见我们。

我们推开掩着的房门，进去了。

阴暗的房里没有声音，只有触鼻的臭气。在那张矮矮的床上，蓝布帐子放下了半幅。一幅旧棉被盖着杨嫂的下半身。她睡着了。

床面前一个竹凳上放着一碗黑黑的药汤，已经没有热气了。

我们胆怯地走到了床前。

纸一样白的脸。一头飘蓬的乱发。眼睛闭着。嘴微微张开在出气。一只手从被里垂下来，一只又黄又瘦的手。

我有点不相信这个女人就是杨嫂。

我想起那张笑脸，我想起那张讲故事的嘴，我想起大堆的桑葚和一瓶一瓶的桑葚酒。

我仿佛在做梦。

"杨嫂，杨嫂。"我们兄弟两个齐声喊起来。

她的鼻子里发出一个细微的声音。她那只垂下来的手慢慢地动了。身子也微微动着。嘴里发出含糊的声音。

眼睛睁开了，闭了，又睁开得更大一点。她的眼光落在我们两个的脸上。

她的嘴唇微微动了一下，好像要笑。

"杨嫂，我们来看你！"三哥先说，我也跟着说。

她勉强笑了，慢慢地举起手抚摩三哥的头。

"你们来了。你们还记得我。……你们好罢？……现在哪个在照应你们？……"

声音是多么微弱。

"二姐在照应我们。妈妈也来照应我们。"

三哥的声音里似乎淌出了眼泪。

"好。我放心了。……我多么记挂你们啊！……我天天都在想你们。……我害怕你们离了我就觉得不方便……"

她说话有些吃力，那两颗失神的眼珠一直在我们弟兄的脸上转。眼光还是像从前那样的和善。

她这样看人，真要把我的眼泪也引出来了。

我一把抓住了她的手。这只手是冷冰冰的。

她把眼光停留在我的脸上。

"四少爷，你近来淘不淘气？……多谢你还记得我。我的病不要紧，过几天就会好的。"

我的眼泪滴到她的手上。

"你哭了！你的心肠真好。不要哭，我的病就会好的。"

她抚着我的头。

"你不要哭，我又不是大花鸡啊！"

她还记得大花鸡的事情，跟我开起玩笑来。

我并不想笑，心里只想哭。

"你们看，我的记性真坏！这碗药又冷了。"

她把眼光向外面一转，瞥见了竹凳上的药碗，便把眉头一皱，说着话就要撑起身子来拿药碗。

“你不要起来，我来端给你。”

三哥抢着先把药碗捧在手里。

“冷了吃不得。我去喊人给你煨热！”三哥说着就往外面走。

“三少爷，你快端回来！冷了不要紧，吃下去一样。你快不要惊动别人，人家会怪我花样多。”她费力撑起身子，挣红了脸，着急地阻止三哥道。

三哥把药碗捧了回来，泼了一些药汤在地上。

她一把夺过了药碗，把脸俯在药碗上，大口地喝着。

她抬起头来，把空碗递给三哥。

她的脸上还带着红色。

她用手在嘴上一抹，抹去了嘴边的药渣，就颓然地倒下去，长叹一声，好像已经用尽了力气。

她闭上眼睛，不再睁开看我们一眼。鼻子里发出了轻微的响声。

她的脸渐渐地在褪色。

我们默默地站了半响。

房间里一秒钟一秒钟地变得阴暗起来。

“三少爷，四少爷，四少爷，三少爷！”

在外面远远地香儿用她那带调皮的声音叫起来。

“走罢。”

我连忙拉三哥的衣襟。

我们走到石阶上，就被香儿看见了。

“你们偷偷跑到杨大娘房里去过了。我要去告诉太太。”

香儿走过来，见面就说出这种话。她得意地笑了笑。

“太太吩咐过我不要带你们去看杨大娘。”她又说。

“你真坏！不准你向太太多嘴！我们不怕！”

香儿果然把这件事情告诉了母亲。

母亲并没有责骂我们。她只说我们以后不可以再到杨嫂的房间里去。不过她并没有说出理由来。

日子一天一天地过去，像水流一般地快。

然而杨嫂的病不但不曾好，反而一天天地加重了。

我们经过三堂后面那条宽的过道，往四堂里去的时候，常常听见杨嫂的奇怪的呻吟声。

听说她不肯吃药。听说她有时候还会发出怪叫。

人一提起杨嫂，马上做出恐怖的、严肃的表情。

"天真没有眼睛：像杨嫂这样的好人怎么生这样的病！" 母亲好几次一面叹气，一面说。

但是我不知道杨嫂究竟生的是什么病。

我只知道广元县没有一个好医生，因为大家都是这样说。

又过了好几天。

"四少爷，你快去看，杨大娘在吃虱子！"

一个下午，我比三哥先放学出来，在拐门里遇到香儿，她拉着我的膀子，对我做了一个怪脸。

"我躲在门外头看。她解开衣服捉虱子，捉到一个就丢进嘴里，咬一口。她接连丢了好几个进去。她一面吃，一面笑，一面骂。她后来又脱了裹脚布放在嘴里嚼。真脏！"

香儿极力在摹仿杨嫂的那些动作。

"我不要看！"

我生气地挣脱了香儿的手，就往母亲的房里跑。

虱子，裹脚布，在我的脑子里无论如何跟杨嫂连不起来。杨嫂平日很爱干净。

我不说一句话，就把头放在母亲的怀里哭了。

母亲费了好些工夫来安慰我。她含着眼泪对父亲说：

"杨嫂的病不会好了。我们给她买一副好点的棺材罢。她服侍我们这几年，很忠心。待三儿、四儿又是那样好，就跟自己亲生的差不多！"

母亲的话又把我的眼泪引出来了。

我第一次懂得死字的意义了。

可是杨嫂并不死，虽然医生已经说病是无法医治的了。

她依旧活着，吃虱子，嚼裹脚布，说胡话，怪叫。

每个人对这件事情都失了兴趣，谁也不再到她的房门外去偷看、偷听了。

一提起杨嫂吃虱子……，大家都不高兴地皱着眉头。

"天呀！有什么法子使她早死，免得受这种活罪。"

大家都希望她马上死，却找不到使她早死的方法。

一个堂勇提议拿毒药给她吃，母亲第一个反对。

但是杨嫂的存在却使得整个衙门都被一种忧郁的空气笼罩了。

无论谁听说杨嫂还没有死，马上就把脸阴沉下来，好像听见了一个不祥的消息。

许多人的好心都希望着一个人死，这个人却是他们所爱的人。

然而他们的希望终于实现了。

一个傍晚，我们一家人在吃午饭。

"杨大娘死了！"

香儿气咻咻地跑进房来，开口就报告这一个好消息。

袁嫂跟着走进来证实了香儿的话。

杨嫂的死是毫无疑惑的了。

"谢天谢地！"

母亲马上把筷子放下。

全桌子的人都嘘了一口长气，好像长时期的忧虑被一阵风吹散了。

仿佛没有一个人觉得死是一件可怕的事情。

然而谁也无心吃饭了。

我最先注意到母亲眼里的泪珠。

健康的杨嫂的面影在我的眼前活泼地出现了。

我终于把饭碗推开，俯在桌子上哭了。

我哭得很伤心，就像前次哭大花鸡那样。同时我想起了杨嫂的最后的话。

一个多月以后母亲对我们谈起了杨嫂的事情：

她是一个寡妇。她在我们家里做了四年的老妈子。

我所知道的关于她的事情就只有这一点点。

她跟着我们从成都来，却不能够跟着我们回成都去。

她没有家，也没有亲人。

所以我们就把她葬在广元县。她的坟墓在什么地方，我不知道。

我也不知道坟前有没有石碑，或者碑上刻着什么字。

"在阴间（鬼的世界）大概无所谓家乡罢，不然杨嫂倒做了异乡的鬼了。"母亲偶尔感叹地对人说。

在清明节和中元节，母亲叫人带了些纸钱到杨嫂的坟前去烧。

就这样地，"死"在我的眼前第一次走过了。

我也喜欢读书，因为我喜欢我们的教读先生。

这个矮矮身材白面孔的中年人有种种办法取得我们的敬爱。

"刘先生。"

早晨一走进书房，我们就给他行礼。

他带笑地点点头。

我和三哥坐在同一张条桌前，一个人一个方凳子，我们觉得坐着不方便，就跪在凳子上面。

认方块字，或者读《三字经》《百家姓》《千字文》。

刘先生待我们是再好没有的了。他从来没有骂过我们一句，脸上永远带着温和的微笑。

母亲曾经叫贾福传过话请刘先生不客气地严厉管教我们。

但是我从不知道严厉是怎么一回事。我背书背不出，刘先生就叫我慢慢地重读。我愿意什么时候放学，我就在什么时候出去，三哥也是。

因为这个缘故我们更喜欢书房。

而且在充满阳光的书房里看大哥和两个姐姐用功读书的样子，看先生的温和的笑脸，看贾福的和气的笑脸，我觉得很高兴。

先生常常在给父亲绘地图。

我不知道地图是什么东西，拿来做什么用。

可是在一张厚厚的白纸上面绘出了许多条纤细的黑线，又填上了各种的颜色，究竟是一件有趣的事情。

还有许多奇怪的东西，例如现今人们所称为圆规之类的仪器。

绘了又擦掉，擦了又再绘，刘先生那种俯着头专心用功的样子，仿佛还在我的眼前。

“刘先生也很辛苦啊！”我时时偷偷地望先生，这样地想起来。

有时候我和三哥放了学，还回到书房去看先生绘地图。

刘先生忽然把地图以及别的新奇的东西收起来，笑嘻嘻地对我们说：

“我今晚上给你们画一个娃娃。”

这里说的娃娃就是人物图的意思。

不用说，我们的心不能够等到晚上，我们就逼着他马上绘给我们看。

如果这一天大哥和二姐、三姐的功课很好，先生有较多的空时间，那么用不着我们多次请求，他便答应了。

他拿过那本大本的线装书，大概是《字课图说》罢，随便翻开一页，就把一方裁小了的白纸蒙在上面，用铅笔绘出了一个人，或者还有一两间房屋，或是还有别的东西。然后他拿彩色铅笔涂上了颜色。

“这张给你！”

或者我，或者三哥，接到了这张图画，脸上总要露出十分满意的笑容。

我们非常喜欢这样的图画。因为这些图画我们更喜欢刘先生。

图画一张一张地增加，我的一个小木匣子里面已经积了几十张图画了。

我一直缺少玩具，所以把这些图画当作珍宝。

每天早晨和晚上我都要把这些图画翻看好一会儿。

红的绿的颜色，人和狗和房屋……它们在我的脑子里活动起来。

然而这些画还不能够使我满足。我梦想着那张更大的图画：有狮子，有老虎，有豹子，有豺狼，有山，有洞……

这张画我似乎在《字课图说》，或者别的书上见过。先生不肯绘出来给我们。

有几个晚上我们也跑到书房里去向先生讨图画。

大哥一个人在书房里读夜书，他大概觉得寂寞罢。

我们站在旁边看先生绘画，或者填颜色。

忽然墙外面响起了长长的吹哨声。

先生停了笔倾听。

"在夜里还要跑多远的路啊!"

先生似乎也怜悯那个送鸡毛文书的人。

"他现在又要换马了!"

于是轻微的马蹄声去远了。

那个时候紧要的信函公文都是用专差送达的。送信的专差到一个驿站就要换一次马,所以老远就吹起哨子来。

先生花了两三天的工夫,终于在一个下午把我渴望了许久的有山、有洞、有狮子、有老虎、有豹、有狼的图画绘成功了。

我进书房的时候,正看见三哥捧着那张画快活地微笑。

"你看,先生给我的。"

这是一张多么可爱的画,而且我早就梦见先生绘出来给我了。

但是我来迟了一步,它已经在三哥的手里了。

"先生,我要!"我红着脸,跑到刘先生的面前。

"过几天我再画一张给你。"

"不行,我就要!我非要不可!"

我马上就哭出来,不管先生怎样劝,怎样安慰,都没有用。

同时我的哭也没有用。先生不能够马上就绘出同样的一张画。

于是我恨起先生来了。我开口骂他做坏人。

先生没有生气,他依旧笑嘻嘻地向我解释。

然而三哥进去告诉了母亲。大哥和二姐把我半拖半抱地弄进了母亲的房里。

母亲带着严肃的表情说了几句责备的话。

我止了泪,倾听着。我从来就听从母亲的吩咐。

最后母亲叫我跟着贾福到书房里去,向先生赔礼;她还要贾福去传话请先生打我。

我埋着头让贾福牵着我的手再到书房里去。

但是我并没有向先生赔礼,先生也不曾打我一下。

反而先生让我坐在方凳上,他俯着身子给我系好散开了的鞋带。

晚上睡觉的时候,我在枕头边拿出那个木匣子,把里面所有的图画翻看了一遍，就慷慨地全送给了三哥。

"真的？你自己一张也不要？"

三哥惊喜地望着我，有点莫名其妙。

"我都不要!"我毫无留恋地回答他。

在那个时候我有一种近乎"不完全，则宁无"的思想。

从这一天起，我们就再也没有向先生要过图画了。

春天。萌芽的春天。嫩绿的春天。到处散布生命的春天。

一天一天地我看见桑树上发了新芽，生了绿叶。

母亲在本地蚕桑局里选了六张好种子。

每一张皮纸上面布满了芝麻大小的淡黄色的蚕卵。

蚕卵陆续变成了极小的蚕儿。

蚕儿一天一天地大起来。

家里的人为了养蚕的事情忙着。

大的簸箕里面摆满了桑叶，许多根两寸长的蚕子在上面爬着。

大家又忙着摘桑叶。

这样的簸箕一个一个地增加。它们占据了三堂后面左边的两间平房。这两间平房离我们的房间最近。

每天晚上半夜里，或是母亲或是二姐，三姐，或是袁嫂，总有一次要经过我们房间的后门到蚕房去加桑叶。常常是香儿拿着煤油灯或者洋烛。

有时候我没有睡着，就在床上看见煤油灯光，或者洋烛光。可是她们却以为我已经睡熟了，轻脚轻手地在走路。

有时候二更锣没有响过，她们就去加桑叶，我也跟着到蚕房去看。

浅绿色的蚕在桑叶上面蠕动，一口一口地接连吃着桑叶。簸箕里一片沙沙的声音。

我看见她们用手去抓蚕，就觉得心里像被人搔着似的发痒。

那一条一条的软软的东西。

她们一捧一捧地把蚕沙收集拢来。

对于母亲，这蚕沙比将来的蚕丝还更有用。她养蚕大半是为了要得蚕沙的缘故。

大哥很早就有冷骨风的毛病，受了寒气便要发出来。一发病就要痛三四天。

"不晓得什么缘故，果儿会得到这种病，时常使他受苦。"

母亲常常为大哥的病担心，看见人就问有什么医治这个病的药方，那时候在广元似乎没有好医生。但是老妈子的肚皮里有种种古怪的药方。

母亲也相信她们，已经试过了不少的药方，都没有用。

后来她从一个姓薛的乡绅太太那里得到了一个药方，就是：把新鲜的蚕沙和着黄酒红糖炒热，包在发痛的地方，包几次就可以把病治好。

在这个大部分居民拿玉蜀黍粉当饭吃的广元县里，黄酒是买不到的。母亲便请父亲托人在合州带了一坛来预备着。

接着她就开始养蚕。

父亲对母亲养蚕的事并不赞成。母亲曾经养过一次蚕。有一回她忘记加桑叶，蚕因此饿死了许多。后来她稍微疏忽一点，又让老鼠偷吃了许多蚕去。她心里非常难过，便发誓以后不再养蚕了。父亲害怕她又遇到这样的事情。

但是不管父亲怎样劝阻她，不管背誓的恐惧时时折磨她，她终于下了养蚕的决心。

这一年大哥的病果然好了。我们不知道这是不是薛太太的药方生了效。不过后来母亲就同薛太太结拜了姊妹。

以后我看见蚕在像山那样堆起来的一束一束的稻草茎上结了不少白的、黄的茧子。我有时也摘下了几个茧子来玩。

以后我看见人搬了丝车来，把茧子一捧一捧地放在锅里煮，一面就摇着丝车。

以后我又看见堂勇们把蚕蛹用油煎炒了，拌着盐和辣椒吃，他们不绝口地称赞味道的鲜美。

"做个蚕命运也很悲惨啊！"我有时候会这样地想起来。

父亲在这里被人称做"青天大老爷"。

他常常穿着奇怪的衣服坐在二堂上的公案前面审案。

下面两旁站了几个差人（公差），手里拿着竹子做的板子：有宽的，那是大板子；有窄的，那是小板子。

"大老爷坐堂！……"

下午，我听见这一类的喊声，知道父亲要审问案子了，就找个机会跑到二堂上去，在公案旁边站着看。

父亲在上面问了许多话，我不知道他为什么要问这些。

被问的人跪在下面，一句一句地回答，有时候是一个人，有时候是好几个人。

父亲的脸色渐渐地变了，声音也变了。

"你胡说！给我打！"父亲猛然把桌子一拍。

两三个差人就把犯人按倒在地上，给他褪下裤子，露出屁股。一个人按住他，别的人在旁边等待着。

"给我先打一百小板子再说！他这个混账东西不肯说实话！"

"青天大老爷，小人冤枉啊！"

那个人爬在地上杀猪也似的叫起来。

于是两个差役拿了小板子左右两边打起来。

"一五，一十，十五，二十……"

"青天大老爷在上，小人真是冤枉啊！"

"胡说！你招不招？"

那个犯人依旧哭着喊冤枉。

屁股由白而红，又变成了紫色。

数到了一百，差人就停住了板子。

"禀大老爷，已经打到一百了。"

屁股上出了血，肉开始在烂了。

"你招不招？"

"青天大老爷在上，小人无话可招啊！"

"你这个东西真狡猾！不招，再打！"

于是差役又一五一十地下着板子，一直打到犯人招出实话为止。

被打的人就由差役牵了起来，给大老爷叩头，或者自己或者由差役代说：

"给大老爷谢恩。"

挨了打还要叩头谢恩，这个道理我许久都想不出来。我总觉得事情不应该是这样。

打屁股差不多是坐堂的一个不可少的条件。父亲坐在公案前面几乎每次都要说："给我拉下去打！"

有时候父亲还使用了"跪抬盒"的刑罚：叫犯人跪在抬盒里面，把他的两只手伸直穿进两个杠杆眼里，在腿弯里再放上一根杠杆。有两三次差人们还放了一盘铁链在犯人的两腿下面。

由黄变红、由红变青的犯人的脸色，从盘着辫子的头发上滴下来的汗珠，杀猪般的痛苦的叫喊……

犯人口里依旧喊着："冤枉！"

父亲的脸阴沉着，好像有许多黑云堆在他的脸上。

"放了他罢！"

我在心里要求着，却不敢说出口。这时候我只好跑开了。

我把这件事对母亲讲了。

"妈，为什么爹在坐堂的时候跟在家里的时候完全不同？好像不是一个人！"

在家里的时候父亲是很和善的，我不曾看见他骂过人。

母亲温和地笑了。

"你是小孩子，不要多管闲事。你以后不要再去看爹坐堂。"

我并不听母亲的话，因为我的确爱管闲事。而且母亲也不曾回答我的问题。

"你以后问案，可以少用刑。人家究竟也是父母养的。我昨晚看见'跪抬盒'，听到犯人的叫声心都紧了，一晚上没有睡好觉。你不觉得心里难过吗？"

一个上午，房里没有别人的时候，我听见母亲温和地对父亲这样说。

父亲微微一笑。

"我何尝愿意多用刑？不过那些犯人实在狡猾，你不用刑，他们就不肯招。况且刑罚又不是我想出来的，若是不用刑，又未免没有县官的样子！"

"恐怕也会有屈打成招的事情。"

父亲沉吟了半晌。

"大概不会有的，我定罪时也很仔细。"

接着父亲又坚决地说了一句：

"总之我决不杀一个人。"

父亲的确没有判过一个人的死罪。在他做县官的两年中间只发生了一件命案。这是一件谋财害命的案子。犯人是一个漂亮的青年，他亲手把一个同伴砍成了几块。

父亲把案子悬着，不到多久我们就回成都了。所以那个青年的结局我也不知道了。

母亲的话在父亲的心上产生了影响。以后我就不曾看见父亲再用"跪抬盒"的刑罚了。

而且大堂外面两边的站笼里也总是空的，虽然常常有几个带枷的犯人蹲在那里。

打小板子的事情却还是常有的。

有一次，离新年还远，仆人们在门房里推牌九，我在那里看了一会儿。后来父亲知道了，就去捉了赌，把骨牌拿来叫人抛在厕所里。

父亲马上坐了堂，把几个仆人抓来，连那个管监的刘升和何厨子都在内，他们平时对我非常好。

他们都跪在地上，向父亲叩头认错，求饶。

"给我打，每个人打五十再说！"

父亲生气地拍着桌子骂。

差人们都不肯动手，默默地望着彼此的脸。

"喊你们给我打！"父亲更生气了。

差人大声应着。但是没有人动手。

刘升他们在下面继续叩头求饶。

父亲又怒吼了一声，就从签筒里抓了几根签掷下来。

这时候差人只得动手了。

结果每个人挨了二十下小板子，叩了头谢恩走了。

我心里很难过，马上跑到门房里去。许多人围着那几个挨了打的人，在用烧酒给他们揉伤处。

我听见他们的呻吟声，不由得淌出眼泪来。我接连说了许多讨好他们的话。

他们对我仍旧很亲切，没有露出一点不满意的样子。

又有一次，我看见领十妹的奶妈挨了打。

那时十妹在出痘子，依照中医的习惯连奶妈也不许吃那些叫做"发物"的食物。

不知道怎样，奶妈竟然看见新鲜的黄瓜而垂涎了。

做母亲的女人的感觉特别锐敏。她会在奶妈的嘴上嗅出了黄瓜的气味。

一个晚上奶妈在自己的房里吃饭，看见母亲进来就露出了慌张的样子，把什么东西往枕头下面一塞。

母亲很快地就走到床前把枕头掀开。

一个大碗里面盛着半碗凉拌黄瓜。

母亲的脸色马上变了，就叫人去请了父亲来。

于是父亲叫人点了明角灯，在夜里坐了堂。

奶妈被拖到二堂上，跪在那里让两个差人拉着她的两只手，另一个差人隔着她的宽大的衣服用皮鞭打她的背。

一，二，三，四，五……

足足打了二十下。

她哭着谢了恩，还接连分辩说她初次做奶妈，不知道轻重，下次再不敢这样做了。

她整整哭了一个晚上。

第二天早晨母亲就叫了她的丈夫来领她去了。

这个年轻的奶妈临走的时候脸色凄惨，眼角上还滴下泪珠。

我为这个情景所感动而下泪了。

我后来问母亲为什么要这样残酷地待她。

母亲微微地叹了一口气。她不说别的话。

以后也没有人提起这个奶妈的下落。

母亲常常为这件事情感到后悔。她说那个晚上她忘记了自己，做了一件自己也不知道为什么要做的事情。

我只看见母亲发过这一次脾气。

记得一天下午三哥为了一件小事情，摆起主人的架子把香儿痛骂了一顿，还打了她几下。

香儿向母亲哭诉了。

母亲把三哥叫到她面前去，温和地给他解释：

"丫头同老妈子都是跟我们一样的人，即使犯了过错，你也应该好好地对她们说，为什么动辄就打就骂？况且你年纪也不小了，更不应该骂人打人。我不愿意让你以后再这样做！你要好好地记住。"

三哥埋下头，不敢说话。香儿高兴地在旁边暗笑。

三哥垂着头慢慢地往外面走。

"三儿，你不忙走！"

三哥又走到母亲的面前。

"你还没有回答我，你要听我的话！你懂得吗？你记得吗？"

三哥迟疑了半响才回答说：

"我懂……我记得。"

"好，拿云片糕去。喊香儿陪你们去耍。"

母亲站起来，在连二柜上放着的磁缸里取了两叠云片糕递给我们。

我也懂母亲的话，我也记得母亲的话。

但是现在母亲也做了一件残酷的事情。

我为这件事情有好几天不快活。

在这时候我就已经感觉到世界上有许多事情是安排得很不合理的了。

在宣统做皇帝的最后一年，父亲就辞了官回成都去了，虽然那个地方有许多人挽留他。

在广元的两年的生活我的确过得很愉快，因为在这里人人都对我好。

这两年中间我只挨过一次打，因为祖父在成都做生日，这里敬神，我不肯磕头。

母亲用鞭子在旁边威胁我，也没有用。

结果我挨了一顿打，哭了一场，但是我始终没有磕一个头。这是我第一次挨母亲的鞭子。

从小时候起我就讨厌礼节。而且这种厌恶还继续发展下去。

父亲在广元做了两年的县官，回到成都以后就买了四十亩田。

别人还说他是一个"清官"。

家庭的环境

我们回到成都，又换了一个新的环境，而且不久革命就爆发了。

我当时一点也不懂什么叫做革命，更谈不到拥护或者害怕，只有十月十八日的兵变给我留下了一个恐怖的印象。

那些日子我仍旧在书房里读书。一天一天听见教书先生（他似乎姓龙，又好像姓邓）用激动的声音讲起当时川汉铁路的风潮。

龙先生是个新党，所以他站在人民一方面。自然他不敢公开说出反对清朝政府的话。不过对于被捕的七个请愿代表他却表示大的尊敬，而且他不喜欢当时的总督赵尔丰。

二叔和三叔从日本留学回来不过一两年。他们的辫子是在日本剪掉的（我现在记不清楚是两个人的辫子都剪掉了，还只是其中的一个剪掉了辫子），现在他们戴上了假的辫子。有些人在背后挖苦他们，骂他们是革命党。

我的脑后垂着一根小小的、用红头绳缠的硬辫子；我每天早晨都要母亲或者老妈子给我梳头，我觉得这是很讨厌的事情。因此我倒喜欢那些主张剪掉辫子的革命党。

旧历十月十八日是祖母的生忌，家里的人忙着摆供。

下午就听说外面风声不大好。

五点钟光景，父亲他们正在堂屋里磕头。忽然一个仆人进来报告：外面发生了兵变，好几家银行和当铺都被抢了。我们二伯父的公馆也遭到变兵的光顾。

其实后一个消息是不确实的。二伯父的公馆虽然离我们这里很近，但是在当时谁也失掉了判断力，况且二伯父一家又是北门一带的首富，很有遭抢劫的可能。

于是堂屋里起了一个小小的骚动，众人马上四散了。各人回到房里去想"逃难"的办法。

父亲和母亲商量了片刻，大家就忙乱起来。

一个仆人帮忙父亲把地板撬开一块，从立柜里取出十几封银元放在地板下面。后来他们又放了好几封银元在后花园的井里。

又有人忙着搬梯子来，把几口红皮箱放到顶楼板上面去，那里是藏东西的地方。

同时母亲叫人雇了几乘轿子来，把我们兄弟姊妹带到外祖母家里去。大哥陪着父亲留在家里。

我和母亲坐在一乘轿子里面。母亲抱着我。我不时偷偷地拉起轿帘看外面的街景。

街上有些人在跑。好几乘轿子迎面撞过来。没有看见一个变兵。

晚上我们都挤在外祖母房里，大家都不说话。

外面起了枪声，半个天空都染红了。一个年轻的舅父在窗下对我们说话。这些话都是很可怕的。

外祖母闭着眼睛念佛。

后来附近一带突然起了嘈杂的人声。好像离这里只有十几步路的赵公馆给变兵打进去了。

闹声，哭声，枪声，物件撞击声……响成了一片。

外祖母逼着母亲逃走，母亲不肯。大家争论了片刻，母亲就带着我们到了后面天井里。外祖母一定不肯走，她说她念佛吃素多年了，菩萨会保佑她。

天是红的。几株树上有乌鸦在叫。枪声，我们也听得很清楚。

母亲发出了几声绝望的叹息。她还关心到外祖母，关心到父亲。

舅父给我们搬了梯子来。墙并不高。一个老妈子先爬到墙外去。然后母亲，三哥，我都爬过去了。接着我的两个姐姐也爬了过去。

墙外是一个菜园。我们在菜畦里躲了好些时候，简直顾不到寒冷了。

后来我们看见没有什么动静，才到那个管菜园的老太婆的茅棚里坐了一夜。

那个老太婆亲切地招待我们，还给我们弄热茶来喝。

母亲一晚上都在担心家里的事情。第二天十九日的上午外面平静了，她就带着我一个人先回家。父亲和大哥惊喜地迎接我们。

父亲告诉我们：昨晚半夜里果然有十几个变兵撬了大门进来。家里已经有了准备。十几个堂勇端起火药枪在二门外的天井里排成了两排，再加上三叔的两个镖客（三叔在南充做知县，刚刚从那里回来）。变兵看见这里人多，不敢动手，只说来借点路费。父亲叫人拿了一封银元出来送给他们，他们就走了。只损失了这一百元。以后再也没有变兵进来过。

这一晚上在家里就只有父亲和大哥照料着。叔父和婶娘们都避开了，祖父也到别处去了。

这一天是母亲和我的生日，但是家里已经忘记了这件事情。

从此我们就平平安安地过下去。地板下面的银元自然取了出来。井里的却不知给谁拿去了，父亲叫人来淘了两次井，都没有找到。

赵尔丰被革命党捉住杀头的消息使龙先生非常高兴，同时在我们的家里产生了种种不同的印象。在以后许多天里，我们都听见人们在谈论赵尔丰被杀头的事情。

共和革命算是成功了。

二叔和三叔头上的假辫子也取了下来。再没有人嘲笑他们的"秃头"了。

在一个晴明的下午，仆人姜福（他不知道从哪里刚学会了剪发的手艺）找了一把剪发的洋剪刀，把我和三哥的小辫子剪掉了。

接着我们全家的男人都剪掉了辫子。仆人中有一两个不肯剪的，却不留心在街上给警察强迫剪去了。

我们家里开始做新的国旗。照例由父亲管这些事情。他拿一大块白洋布摊在方桌上面，先用一个极大的碗，把墨汁涂了碗口，印了一个大圆形在布上，然后用一个小杯子在大圆形的周围印了十八个小圈。在大圆形里面写了一个"汉"字，十八个小圈代表当时的十八省。

我对于做国旗的事情感到兴趣。但是不久"中华民国"成立，我们家里又把大汉旗收起，另外做了五色旗。

祖父因为革命而感到悲哀。父亲没有表示什么意见。二叔断送了他的四品的官。三叔却给自己起了个"亡国大夫"的笔名。三叔还是一个诗人，写过不少的诗。祖父也是诗人，还印过一册诗集《秋棠山馆诗钞》送人。父亲和二叔却不常作诗。

至于我们这一辈，虽然大都是小孩子，但是对于清朝政府的灭亡，都觉得高兴。

清朝倒了。我们依旧在龙先生的教导下面读书。但是大哥不久就进了中学。

两年半以后，母亲永远离开了我们。

母亲死在民国三年（一九一四年）旧历七月的一个夜里。

母亲病了二十多天。她在病中是十分痛苦的。一直到最后一天，她还很清醒，但是人已经不能够动了。

我和三哥就住在隔壁的房间里。每次我们到病床前看她，她总要流眼泪。

在我们兄弟姊妹中间，母亲最爱我，然而我也不能够安慰她，减轻她的痛苦。

母亲十分关心她的儿女。她临死前五天还叫大哥到一位姨母处去借了一对金手镯来。她嫌样子不好看，过了两天她又叫大哥拿去还了，另外在二伯母那里去借了一对来。这是为大哥将来订婚用的。她在那样痛苦的病中还想到这些事情。

我和三哥都没有看见母亲死。那个晚上因为母亲的病加重，父亲很早就叫老妈子照料我们睡了。等到第二天早晨我们醒来时，棺材已经进门了。

我含着眼泪，心里想着我是母亲最爱的孩子。

棺材放在签押房里。闭殓的时候，两个人手里拿着红绫的两头预备放下去。许多人围着棺材哭喊。我呆呆地望着母亲的没有血色的脸。我恨不能把以后几十年的眼光都用来在这个时候饱看她。

红绫终于放下去了。它掩盖了母亲的遗体。漆匠再用木钉把它钉牢。几个人就抬着棺盖压上去。

二姐和三姐不肯走开，她们伤心地哭着，把头在棺材上面撞。

晚上睡觉的时候，我还听见签押房里两个姐姐的哀哀的哭声。我不能够闭上眼睛。我的眼泪也淌了出来。我怜悯我的两个姐姐。我也怜悯我自己。

早晨我也会被她们的哭声惊醒。我就躺在床上，含着眼泪，祷告母亲保佑我的两个姐姐。

白天我常常望着签押房里灵帷前母亲的放大照像。我心里想着这时候母亲在什么地方。

家祭的一夜，我们三弟兄匍匐地跪在灵前蒲团上，听着一个表哥诵读父亲替我们做好的一篇祭文。

"……吾母竟弃不孝等而长逝矣……不孝等今竟为无母之人矣……"

诵读的声音很可笑。我不过是一个十岁的孩子，我细嚼着这两句话的滋味，我的眼泪滴在蒲团上了。

第二天灵柩就抬了出去，先寄殡在城外一座古庙里，后来安葬在磨盘山。父亲在一个坟墓里做好了两个穴。左边的一个是留给他自己用的。三年后他果然睡在那个穴里面了。

灵柩抬出去以后，家里的一切恢复了原状。母亲房里的陈设跟母亲在时并没有两样，只多了一张母亲的放大半身照像。

常常我走进父亲的房间，看不见母亲，还以为她在后房里，便温和地叫了一声"妈"。但是我马上就想起母亲已经是另一个世界里的人了。

我成了一个没有母亲的孩子。跟有母亲的堂兄弟们比起来，我深深地感到了没有母亲的孩子的悲哀。

也许是为了填补这个缺陷罢，父亲后来就为我们接了一个更年轻的母亲来。

这位新母亲待我们也很好。但是她并不能够医好我心上的那个伤痕。她不能够像死去的母亲那样的爱我，我也不能够像爱亡母那样的爱她。

这不是她的错，也不是我的错，因为在这之前我们原是两个彼此不了解的陌生的人。

母亲死后四个多月的光景二姐也死了。

二姐患的是所谓"女儿痨"的病。我们回到成都不久她就病了。有一次她几乎死掉，后来有人介绍四圣祠医院的一个英国女医生来治好了她。

因此母亲叫人买了刀叉做了西餐，请了四圣祠医院的几个"洋太太"到我们家里来吃饭。这是我们第一次跟西洋人接触。她们都会说中国话。我觉得她们也很和气。

母亲同那几个英国女医生做了朋友。她带着我到她们的医院里去玩过几次，也去看过病。她们送了我们一些西洋点心和好几本书。我很喜欢那本皮面精装的《新旧约全书》官话译本。不过那时候我并没有想到去读它。母亲死后，我们就没有跟那几个英国女医生来往了。

母亲一死，二姐就没有过一天好日子。大概是过分的悲痛毁坏了她的身体。

她一天天地瘦弱起来，脸上没有一点血色，面孔也是一天比一天憔悴。她常常提起母亲就哭，我很少看见她笑过。

"妈，你看二姐多可怜，你要好好地保佑二姐啊！"我常常在暗中祷告。

但是二姐的病依旧没有起色。父亲请了许多名医来给她诊断，都没有用。

冬天一到，二姐便睡倒了。谁看见她，都会叹息地说：她瘦得真可怜。

旧历十一月二十八日是祖父的生日，从那一天起，我们家里接连唱了三天戏。戏台在大厅上，天井里坐了十几桌客。全家的人带着笑容跑来跑去。

二姐一个人病在房里，听见这些闹声，她一定很难受。晚上客人散去了大半，父亲便叫人把二姐扶了出来，远远地坐在阶上看戏。

二姐坐在一把藤椅上，不能动，用失神的眼光茫然地望着戏台。我不知道她眼里看见的是什么景象。

脸瘦成了一张尖脸，嘴唇也枯了。我的心为爱、为怜悯而痛苦了。

"我要进去，"二姐把头略略一偏，做出不能忍耐的样子低声说。老妈子便把她扶了进去。

三天以后二姐就永远闭了她的眼睛。她也死在天明以前。那时候我在梦里，不能够看见她的最后一刻是怎样过去的。

我那天早晨做了一个奇怪的梦。我到了一个坟场。地方很宽，长满了草。中间有一座陌生人的坟。坟后长了几株参天的柏树。仿佛是在春天的早晨。阳光在树梢闪耀，坟前不少的野花正开出红的、黄的、蓝的、白的花朵。两三只蝴蝶在花间飞舞。树枝上还有些山鸟在唱歌。

我站在坟前看墓碑上刻的字，一阵微风把花香送进我的鼻子里。忽然坟后面响起了哭声。

我惊醒了。心跳得很厉害。我在床上躺了片刻。哭声依旧在我的耳边荡漾。我分辨出来这是三姐的哭声。

我感到了恐怖。我没有疑惑：二姐死了。

父亲忙着料理二姐的后事。过了一会儿，姨外婆坐了轿子来数数落落地哭了一场。

回到成都以后我还是一个小孩。能够同我在一块儿玩的，就只有三哥和几个年纪差不多的堂、表弟兄，此外还有几个仆人。在广元陪我们玩的香儿已经死了。

大哥已经成人。他喜欢和姐姐，堂姐，表姐们一块儿玩。

在我们这个大家庭里，我们这一辈的男男女女很多。我除了两个胞姐和三个堂姐外还有好几个表姐。她们和大哥的感情都很好。她们常常到我们家里来玩，这时候大哥就忙起来。姐姐、堂姐、表姐聚在一块儿，她们给大哥起了一个"无事忙"的绰号。

游戏的种类是很多的。大哥自然是中心人物。踢毽子，拍皮球，掷大观园图，行酒令。酒令有好几种，大哥房里就藏得有几副酒筹。

常常在傍晚，大哥和她们凑了一点钱，买了几样下酒的冷菜，还叫厨子做几样热菜。于是大家围着一张圆桌坐下来，一面行令，一面喝酒，或者谈一些有趣味的事情，或者评论《红楼梦》里面的人物。那时候在我们家里除了我们这几个小孩外，没有一个人不曾读过《红楼梦》。父亲在广元买了一部十六本头的木刻本，母亲有一部石印小本。大哥后来又买了一部商务印书馆出版的铅印本。我常常听见人谈论《红楼梦》，当时虽然不曾读它，就已经熟悉了书中的人物和事情。

后来有两个表姐离开了成都，二姐又跟着母亲死了。大哥和姐姐们的聚会当然没有以前那样的热闹，但是也还有新的参加者，譬如两个表哥和一个年轻的叔父（六叔）便是。我和三哥也参加过两三次。

不过我的趣味是多方面的。我跟着三哥他们组织了新剧团，又跟着六叔他们组织了侦探队。我还常常躲在马房里躺在轿夫的破床上烟灯旁边听他们讲青年时代的故事。

有一个时期我和三哥每晚上都要叫姜福陪着到可园去看戏。可园演的有川戏，也有京戏。我们一连看了两三个月。父亲是那个戏园的股东，有一厚本免费的戏票。而且座位是在固定的包厢里面，用不着临时去换票。我们爱看武戏，回来在家里也学着翻斤斗，翻杠杆。

父亲喜欢京戏。当时成都戏园加演京戏聘请京班名角，这种事情大半由他主持。由上海到成都来的京班角色，在登台之前常常先到我们家来吃饭。自然是父亲请客。他们有时也在我们的客厅里清唱。

有一次父亲请新到的八九个京班名角在客厅里吃饭。饭后大家正在花园里玩，那个唱老旦的宝幼亭（我们先听过了他的唱片）忽然神经错乱，跪在地上赌咒般地说了好些话。众人拉他，他不肯走，把父亲急得没有办法。我们在旁边觉得好笑。我和这些戏子都很熟，有时我还跟着父亲到后台去看他们化装。

一个唱青衣的小孩名叫张文芳，年纪不过十四五岁，当时在成都也受人欢迎。他的哥哥本来也唱青衣，如今嗓子坏了不再登台了，就管教弟弟，靠着弟弟过活。他也到我们家里来过一次。他完全是个小孩，并没有一点女人气。然而在戏里他却改换面目做了种种的薄命的女人。我看惯了他演的那些悲剧，一点也不喜欢。但是有一次离新年不远，我跟着父亲到了他们住的地方（大概就是在戏园里面），看见他穿一身短打，手里拿了一把木头的关刀寂寞地舞着，我不觉望着他笑了。我和他玩了好一会儿，问答了一些事情，直到父亲来带我回家的时候。我想，他的生活一定是很寂寞的罢。

然而说句公平的话，父亲对待戏子的态度很客气，他把他们当作朋友，所以能够得到他们的信任。他并没有玩过小旦。

三叔却不同，他喜欢一个川班的小旦李凤卿。祖父也喜欢李凤卿。有一次祖父带我去看戏。李凤卿包了头穿着粉红衫子在台上出现以后，祖父曾经带笑地问过我认不认识这个人。

李凤卿时常来找三叔。他也常常同我们谈话。他是一个非常亲切的人，会写一手娟秀的字。他虽然穿着男人的衣服，但是举动和说话都像女人，有时候手上、脸上还留着脂粉。

有一次三叔把李凤卿带到我们客厅里来化装照相。我看见他在那里包头，擦粉，踩跷。他先装扮成一个执长矛的古代的女将，后来就改扮做一个旗装贵妇。这两张照片后来都挂在三叔的房里，三叔还亲笔题了诗在上面。

李凤卿的境遇很悲惨。后来在祖父死后不多久他也病死了，剩下一个妻子，连埋葬费也没有。还是三叔出钱把他安葬了的。

三叔做了一副挽联吊他，里面有"……也当忍死须臾，待侬一诀"的话。

二叔也做过一副挽联，我还记得上下联的后半句是："……哪堪一曲广陵，竟成绝响。……惆怅落花时节，何处重逢。"

后来二叔偶尔和教书先生谈起这件事情，那个六十岁的曹先生不觉惊讶地问道：

"××先生竟然也好此道？他不愧是一个风雅士！"

这"××先生"是指三叔。三叔在南充做知县的时候，曹先生是那个县的教官。曹先生到我们家来教书还是三叔介绍的。李凤卿当时

死究竟是什么？·我常常好奇地想着我

要来探究这个秘密。然而结果我仍是一

无所得。——《死》

在南充唱戏，三叔在那里认识了他。

听见"风雅士"三个字，就跟平日听见营先生说的"大清三百年来深仁厚泽决沦肌髓"的话一样，我觉得非常肉麻。

二叔对曹先生谈起李凤卿的生平。他本是一个小康人家的子弟。十三四岁时给仇人抢了去，因为他家里不肯出钱赎取，他就被人坏了身子卖到戏班里去，做了旦角。

五叔后来也玩过川班的旦角。他还替他们编过剧本。

我们组织过一个新剧团，在桂堂后面竹林里演新剧。竹林前面有一块空地，就做了我们的舞台。我们用复写纸印了许多张戏票送人，拉别人来看我们的表演。

我们的剧本是自己胡乱编的，里面没有一个女角。主要演员是六叔、二哥（二叔的儿子）、三哥和香表哥；我和五弟（也是二叔的儿子）两个只做配角，或者在戏演完以后做点翻杠杆的表演。看客多半是女的，就是姐姐、堂姐、表姐们。我们用种种方法强迫她们来看，而且一定要戏演完才许她们走。

父亲也被我们拉来了。他居然坐在那里看完我们演的戏。他又给我们编了一个叫做《知事现形记》的剧本。二哥和三哥扮着戏里面两个主角表演得有声有色的时候，父亲也哈哈地笑起来。

在公馆里我有两个环境，我一部分时间跟所谓"上人"在一起生活，另一部分时间又跟所谓"下人"在一起生活。

我常常爱管闲事，我常常在门房、马房、厨房里面和仆人、马夫们一起玩，常常向他们问这问那，因此他们都叫我做"稽查"。

有时候轿夫们在马房里煮饭，我就替他们烧火，把一些柴和枯叶送进那个柴灶里去。他们打纸牌时，我也在旁边看，常常给那个每赌必输的老唐帮忙。有时候他们也诚恳地对我倾吐他们的痛苦，或者坦白地批评主人们的好坏。他们对我什么事都不隐瞒。他们把我当作一个同情他们的小朋友。我需要他们帮忙的时候，他们也没有一点吝惜。

我生活在仆人、轿夫中间。我看见他们怎样怀着原始的正义的信仰过那种受苦的生活，我知道他们的欢乐和痛苦，我看见他们怎样跟贫苦挣扎而屈服、而死亡。六十岁的老书僮赵升病死在门房里。抽大烟的仆人周贵偷了祖父的字画被赶出去，后来做了乞丐，死在街头。一个老轿夫离开我们家，到斜对面一个亲戚的公馆里当看门人，不知道怎样竟然用一根裤带吊死在大门里面。这一类的悲剧以及那些活着的"下人"的沉重的生活负担，如果我一一叙述出来，一定会使最温和的人也无法制止他的愤怒。

我在污秽寒冷的马房里听那些老轿夫在烟灯旁叙述他们痛苦的经历，或者在门房里黯淡的灯光下听到仆人发出绝望的叹息的时候，我眼里含着泪珠，心里起了火一般的反抗的思想。我宣誓要做一个站在他们这一边、帮助他们的人。

我同他们的友谊一直继续到我离开成都的时候。不过我进了外国语专门学校以后，就很少有时间在门房和马房里面玩了。接着我又参加了社会运动。

我早就不到厨房里去了，因为我不高兴看谢厨子和老妈子调情（他后来就同祖父的一个老妈子结了婚，那个女人原是一个寡妇），而且谢厨子仗着祖父喜欢他，常常欺凌别人，也使我不满意他，虽然我从前常常到厨房去看他烧菜做点心。

我愈是多和"下人"在一起，愈是讨厌"上人"中间那些虚伪的礼节和应酬。有两次在除夕全家的人在堂屋里敬神，我却躲在马房里轿夫的破床上。那里没有人，没有灯，外面有许多人叫我，我也不应。我默默地听着爆竹声响了又止了，再过一会儿我才跑出来回到自己的房间去。

家里平日敬神的时候，我也会设法躲开。我为了这些事情常常被人嘲笑，但是我始终照自己的意思做。

六叔、二哥、奉表哥三个人合作办了一种小说杂志，名称就叫《十日》，一个月出三本，每本用复写纸印了五六份。

我是杂志的第一个订户。大哥把他那篇最得意的哀情小说在《十日》杂志第一期上面发表了，所以他们也送他一份。还有一个奉表哥也投了一篇得意的稿子。

在我们家里大哥是第一个写小说的人。他的小说是以"暮春三月，江南草长，杂花生树，群莺乱飞"的旧句开始的。奉表哥的小说是以"杏花深处，一角红楼"的句子开始的。接着就是"斗室中有一女郎在焉。女郎者何，╳其姓，╳╳其名"，诸如此类的公式文章。把"女郎"两个字改作"少年"就成了另一篇小说。小说的结局离不掉情死，后面还有一封情人的绝命书。

我对于《十日》杂志上千篇一律的才子佳人的哀情小说感不到兴趣。而且我亲眼看见他们写小说时分明摊开了好几本书在抄袭。这些书有尺牍，有文选，有笔记，有上海新出的流行小说和杂志。小说里每段描写景物的四六句子，照例是从尺牍或者文选上面抄来的。他们写小说并不费力。不过对于那三个创办杂志的人的抄录、装订、绘图的种种苦心我却是很佩服。

《十日》杂志出版了三个月，我只花了九个铜元的订费，就得到厚厚的九本书。

"民国"六年春天成都发生了第一次巷战。在这七天川军同滇军的巷战中，我看见了不少可怕的流血的景象。

在这时候二叔的两个儿子，二哥和五弟突然患白喉症死了。我在几天的工夫就失掉了两个同伴。

他们本来可以不死，但是因为街上断绝了行人，请不到医生来治病，只得让他们躺在家里，看着病一天天地加重。等到后来两个轿夫背着他们跨过战壕，冒着枪林弹雨赶到医院时，他们已是奄奄一息了。

战事刚刚停止，我和三哥也患了喉症。我们的病还没有好，父亲就病死了。

父亲很喜欢我。他平时常常带着我一个人到外面去玩。在他的病中他听说我的病好多了，想看我，便叫人来陪我到他的房里去。

我走到床前，跪在踏脚凳上，望着他的憔悴的脸，叫了一声"爹"。

"你好了？"他伸出手抚摩我的头。"你要乖乖的。不要老是拼命叫'罗嫂！罗嫂！'你要常常来看我啊！"罗嫂是在我们病中照料我们的那个老妈子。

父亲微微笑了。

"好，你回去休息罢。"过了半晌父亲这样吩咐了一句。

第三天父亲就去世了。他第一次昏过去的时候，我们围在床前哭唤他。他居然醒了转来。我们以为他不会死了。

但是不到一刻钟光景，他又开始在床上抽气了。我们看着他一秒钟一秒钟地死下去。

于是我的环境马上改变了。好像发生了惊天动地的剧变。

满屋子都是哭声。

晚上我和三哥坐在房间里，望着黯淡的清油灯光落泪。大哥忽然跑进来，在床沿上坐下去，哭着说：　"三弟，四弟，我们……如今……没有……父亲……了……"

我们弟兄三个痛哭起来。

自从父亲接了继母进来以后，我们就搬到左边厢房里住。后来祖父吩咐把我们紧隔壁的那间停过母亲灵柩的签押房装修好，做了大哥结婚时的新房。大哥和嫂嫂就住在我们的隔壁。

这时候嫂嫂在隔壁听见了我们的哭声，便走过来劝慰大哥。他们夫妇埋着头慢慢地出去了。

父亲埋葬了以后，我心里更空虚了。我常常踯躅在街头，我总觉得父亲在我的前面，仿佛我还是依依地跟着父亲走路，因为父亲平时不大喜欢坐轿，常常带了我在街上慢步闲走。

但是一走到行人拥挤的街心，跟来往的人争路时，我才明白我是孤零零的一个人。

从此我就失掉了人一生只能够有一个的父亲了。

父亲死后不久，成都又发生了更激烈的巷战。结果黔军被川军赶走了，全城的房屋却烧毁了很多。不用说我们受了惊，可是并没有大的损失。

我们自然有饭吃，只是缺少蔬菜和油荤。

在马房里轿夫们喝着烧酒嚼着干锅魁（大饼）来充塞肚里的饥

饿，他们买不到米做饭。

枪炮声，火光，流血，杀人，以及种种残酷的景象。而且我们偶尔也挨近了死的边缘。……

巷战不久就停止了。然而军阀割据的局面却一直继续下去，到现在还没有打破。

三哥已经进了中学，但是父亲一死，我进中学的希望便断绝了。祖父从来不赞成送子弟进学校读书。现在又没有人出来替我讲话。

我便开始跟着香表哥念英文。每天晚上他到我们家里来教我，并不要报酬。这样继续了三年。他还帮助我学到一点其他的知识。祖父死后我和三哥进了外国语专门学校，我就没有时间跟着香表哥念书。他后来结了婚，离开了成都，到乐山教书去了。

香表哥是一个真挚而又聪明的青年。当时像他那样有学识的年轻人，在我们亲戚中间已经是很难得的了。然而家庭束缚了他，使他至今还在生活的负担下面不断地发出绝望的呻吟，白白地浪费了他的有为的青春。

但是提起他，我却不能不充满了感激。我的智力的最初发展是得到两个人的帮助的，其中的一个就是他。还有一个是大哥，大哥买了不少的新书报，使我能够贪婪地读完了它们。而且我和三哥一块儿离开成都到上海，以及后来我一个人到法国去念书，都少不了他的帮助。虽然为着去法国的事情我跟他起过争执，但是他终于顺从了我的意思。

在我的心里永远藏着对于这两个人的感激。我本来是一个愚蠢的、孤僻的孩子。要是没有他们的帮助，也许我至今还是一个愚蠢的、孤僻的人罢。

父亲的死使我懂得了更多的事情。我的眼睛好像突然睁开了，我更看清楚了我们这个富裕大家庭的面目。

这个富裕的大家庭变成了一个专制的大王国。在和平的、友爱的表面下我看见了仇恨的倾轧和斗争；同时在我的渴望自由发展的青年的精神上，"压迫"像沉重的石块重重地压着。

我的身子给绑得太紧了，不能够动弹。我也不能够摔掉肩上的重压。我把全部的时间用来读书。书本却蚕食了我的健康。

我一天一天地瘦下去。父亲死后的一年中间我每隔十几天就要病倒一次，而且整个冬天一直在吞丸药。

第二年秋天我进了青年会的英文补习学校。祖父知道了这件事情，也不干涉，因为他听说学会英文可以考进邮局工作，他又知道邮局的薪金相当高，薪水是现金，而且逐年增加，位置又稳固，不会因政变或其他的人事变动而失业。我的一位舅父当时是邮局的一个高级职员，亲友们都羡慕他的这个"好位置"。

我在青年会上了一个月的课就生了三次病。祖父知道了便要我在家里静养。不过他同意请香表哥到我们家里来正式教我念英文，还吩咐按月送束脩给香表哥。其实所谓束脩的数目也很小，不是一元，便是两元。

自从父亲死后，祖父对我的态度也渐渐地改变。他开始关心我，而且很爱我。后来他听见人说牛奶很"养人"，便出钱给我订了一份牛奶。他还时常把我叫到他的房里去，对我亲切地谈一些做人处世的话。甚至在他临死前发狂的一个月中间他也常常叫人把我找去。我站在他的床前，望着他。他的又黑又瘦的老脸上露出微笑，眼里却淌了泪水。

以前在我们祖孙两个中间并没有什么感情。我不曾爱过祖父，我只是害怕他；而且有时候我还把他当作专制、压迫的代表，我的确憎恨过他。

但是在他最后的半年里不知道怎样，他的态度完全改变了，我对他也开始发生了感情。

然而时间是这么短！在这一年的最后一天（旧历），我就失掉了他。

新年中别的家庭里充满了喜悦，爆竹声挨门挨户地响起来。然而在众人的欢乐中，我们一家人却匍匐在灵前哀哀地哭着死去的祖父。

这悲哀一半是虚假的，因为在祖父死后一个多星期的光景，叔父们就在他的房间里开会处分了他的东西，而且后来他们还在他的灵前发生过争吵。

可惜祖父没有知觉了，不然他对于所谓"五世同堂"的好梦也会感到幻灭罢。我想他的病中的发狂绝不是没有原因的。

祖父是一个能干的人。他在曾祖死后，做了多年的官，后来"告归林下"。他买了不少的田产，修了漂亮的公馆，收藏了好些古玩字画。他结过两次婚，讨了两个姨太太，生了五儿一女，还见到了重孙（大哥的儿子）。结果他把儿子们造成了彼此不相容的仇敌，在家庭里种下了长期争斗的根源，他自己依旧免不掉发狂地死在孤独里。并没有人真正爱他，也没有人真正了解他。

祖父一死，家庭就变得更黑暗了。新的专制压迫的代表起来代替了祖父，继续拿旧礼教把"表面是弟兄暗中是仇敌"的几房人团结在一起，企图在二十世纪中维持封建时代的生活方式。结果产生了更多的争斗和倾轧，造成了更多的悲剧，而裂痕依旧是一天一天地增加，一直到最后完全崩溃的一天。

祖父像一个旧家庭制度的最后的卫道者那样地消灭了。对于他的死我并没有遗憾。虽然我在悲悼失掉了一个爱我的人，但是同时我也庆幸我获得了自由。从这天起在我们家里再没有一个人可以支配我的行动了。

祖父死后不到半年，在一九二〇年暑假我和三哥就考进了外国语专门学校，从补习班读到预科、本科，在那里接连念了两年半的书。在学校里因为我没法交出中学毕业文凭，后来改成了旁听生，被剥夺了获得毕业文凭的权利。这件事情竟然帮助我打动了继母和大哥的心，使他们同意我抛弃了学业同三哥一路到上海去。

民国十二年（一九二三年）春天在枪林弹雨中保全了性命以后，我和三哥两个就离开了成都的家。大哥把我们送到木船上，他流着眼泪离开了我们。那时候我的悲哀是很大的。但是一想到近几年来我的家庭生活，我对于旧家庭并没有留恋。我离开旧家庭不过像甩掉一个可怕的阴影。但是还有几个我所爱的人在那里呻吟憔悴地等待宰割，我因此不能不感到痛苦。在过去的十几年中间我已经用眼泪埋葬了不少的尸体，那些都是不必要的牺牲者，完全是被陈旧的礼教和两三个人一时的任性杀死的。

一个理想在前面向我招手，我的眼前是一片光明。我怀着大的勇气离开了我住过十七年的成都。

那时候我已经受了新文化运动的洗礼，而且参加了社会运动，创办了新的刊物，并且在刊物上写了下面的两个短句作为我的生活的目标了：

"奋斗就是生活，

人生只有前进。"

做大哥的人

　　我的大哥生来相貌清秀，自小就很聪慧，在家里得到父母的宠爱，在书房里又得到教书先生的称赞。看见他的人都说他日后会有很大的成就。母亲也很满意这样一个"宁馨儿"。

　　他在爱的环境里逐渐长成。我们回到成都以后，他过着一位被宠爱的少爷的生活。辛亥革命的前夕，三叔带着两个镖客回到成都。大哥便跟镖客学习武艺。父亲对他抱着很大的希望，想使他做一个"文武全才"的人。

　　每天早晨天还没有大亮，大哥便起来，穿一身短打，在大厅上或者天井里练习打拳使刀。他从两个镖客那里学到了他们的全套本领。我常常看见他在春天的黄昏舞动两把短刀。两道白光连接成了一根柔软的丝带，蛛网一般地掩盖住他的身子，像一颗大的白珠子在地上滚动。他那灵活的舞刀的姿态甚至博得了严厉的祖父的赞美，还不说那些胞姐、堂姐和表姐们。

　　他后来进了中学。在学校里他是一个成绩优良的学生，四年课程修满毕业的时候他又名列第一。他得到毕业文凭归来的那一天，姐姐们聚在他的房里，为他的光辉的前程庆祝。他们有一个欢乐的聚会。大哥当时对化学很感兴趣，希望毕业以后再到上海或者北京的有名的大学里去念书，将来还想到德国去留学。他的脑子里装满了美丽的幻想。

　　然而不到几天，他的幻想就被父亲打破了，非常残酷地打破了。因为父亲给他订了婚，叫他娶妻了。

　　这件事情他也许早猜到一点点，但是他料不到父亲就这么快地给他安排好了一切。在婚姻问题上父亲并不体贴他，新来的继母更不会知道他的心事。

　　他本来有一个中意的姑娘，他和她中间似乎发生了一种旧式的若有若无的爱情。那个姑娘是我的一个表姐，我们都喜欢她，都希望他能够同她结婚。然而父亲却给他另外选了一个张家姑娘。

　　父亲选择的方法也很奇怪。当时给大哥做媒的人有好几个，父亲认为可以考虑的有两家。父亲不能够决定这两个姑娘中间究竟哪一个更适宜做他的媳妇，因为两家的门第相等，请来做媒的人的情面又是同样的大。后来父亲就把两家的姓写在两方小红纸块上面，揉成了两个纸团，捏在手里，到祖宗的神主面前诚心祷告了一番，然后随意拈起了一个纸团。父亲拈了一个"张"字，而另外一个毛家的姑娘就这样的被淘汰了。（据说母亲在时曾经向表姐的母亲提过亲事，而姑母却以"自己已经受够了亲上加亲的苦，不愿意让女儿再来受一次"这理由拒绝了，这是三哥后来告诉我的。拈阄的结果我却亲眼看见。）

　　大哥对这门亲事并没有反抗，其实他也不懂得反抗。我不知道他向父亲提过他的升学的志愿没有，但是我可以断定他不会向父亲说起他那若有若无的爱情。

　　于是嫂嫂进门来了。祖父和父亲因为大哥的结婚在家里演戏庆祝。结婚的仪式自然不简单。大哥自己也在演戏，他一连演了三天的戏。在这些日子里他被人宝爱着像一个宝贝；被人玩弄着像一个傀儡。他似乎有一点点快乐，又有一点点兴奋。

　　他结了婚，祖父有了孙媳，父亲有了媳妇，我们有了嫂嫂，别的许多人也有了短时间的笑乐。但是他自己也并非一无所得。他得了一个体贴他的温柔的姑娘。她年轻，她读过书，她会作诗，她会画画。他满意了，在短时期中他享受了以前所不曾梦想到的种种乐趣。在短时期中他忘记了他的前程，忘记了升学的志愿。他陶醉在这个少女的温柔的抚爱里。他的脸上常带笑容，他整天躲在房里陪伴他的新娘。

他这样幸福地过了两三个月。一个晚上父亲把他唤到面前吩咐道："你现在接了亲，房里添出许多用钱的地方；可是我这两年来入不敷出，又没有多余的钱给你们用，我只好替你找个事情混混时间，你们的零用钱也可以多一点。"

父亲含着眼泪温和地说下去。他唯唯地应着，没有说一句不同意的话。可是回到房里他却倒在床上伤心地哭了一场。他知道一切都完结了！

一个还没有满二十岁的青年就这样的走进了社会。他没有一点处世的经验，好像划了一只独木舟驶进了大海，不用说狂风大浪在等着他。

在这些时候他忍受着一切，他没有反抗，他也不知道反抗。

月薪是二十四元。为了这二十四个银元的月薪他就断送了自己的前程。

然而灾祸还不曾到止境。一年以后父亲突然死去，把我们这一房的生活的担子放到他的肩上。他上面有一位继母，下面有几个弟弟妹妹。

他埋葬了父亲以后就平静地挑起这个担子来。他勉强学着上了年纪的人那样来处理一切。我们一房人的生活费用自然是由祖父供给的。（父亲的死引起了我们大家庭第一次的分家，我们这一房除了父亲自己购置的四十亩田外，还从祖父那里分到了两百亩田。）他用不着在这方面操心。然而其他各房的仇视、攻击、陷害和暗斗却使他难于应付。他永远平静地忍受了一切，不管这仇视、攻击、陷害和暗斗愈来愈厉害。他只有一个办法：处处让步来换取暂时的平静生活。

后来他的第一个儿子出世了。祖父第一次看见了重孙，自然非常高兴。大哥也感到了莫大的快乐。儿子是他的亲骨血，他可以好好地教养他，在他的儿子的身上实现他那被断送了的前程。

他的儿子一天一天长大起来，是一个非常聪明可爱的孩子，得到了我们大家的喜爱。

接着五四运动发生了。我们都受到了新思潮的洗礼。他买了好些新书报回家。我们（我们三弟兄和三房的六姐，再加上一个香表哥）

都贪婪地读着一切新的书报，接受新的思想。然而他的见解却比较温和。他赞成刘半农的"作揖主义"和托尔斯泰的"无抵抗主义"。他把这种理论跟我们大家庭的现实环境结合起来。

他一方面信服新的理论，一方面依旧顺应旧的环境生活下去。顺应环境的结果，就使他逐渐变成了一个有两重人格的人。在旧社会，旧家庭里他是一位暮气十足的少爷；在他同我们一块儿谈话的时候，他又是一个新青年了。这种生活方式是我和三哥所不能够了解的，我们因此常常责备他。我们不但责备他，而且时常在家里做一些带反抗性的举动，给他招来祖父的更多的责备和各房的更多的攻击与陷害。

祖父死后，大哥因为做了承重孙（听说他曾经被一个婶娘暗地里唤做"承重老爷"），便成了明枪暗箭的目标。他到处磕头作揖想讨好别人，也没有用处；同时我和三哥的带反抗性的言行又给他招来更多的麻烦。

我和三哥不肯屈服。我们不愿意敷衍别人，也不愿意牺牲自己的主张，我们对家里一切不义的事情都要批评，因此常常得罪叔父和婶娘。他们没有办法对付我们，因为我们不承认他们的威权。他们只好在大哥的身上出气，对他加压力，希望通过他使我们低头。不用说这也没有用。可是大哥的处境就更困难了。他不能够袒护我们，而我们又不能够谅解他。

有一次我得罪了一个婶娘，她诬我打肿了她的独子的脸颊。我亲眼看见她自己在盛怒中把我那个堂弟的脸颊打肿了，她却牵着堂弟去找我的继母讲理。大哥要我向她赔礼认错，我不肯。他又要我到二叔那里去求二叔断公道。但是我并不相信二叔会主张公道。结果他自己代我赔了礼认错，还受到了二叔的申斥。他后来到我的房里，含着眼泪讲了一两个钟头，惹得我也淌了泪。但是我并没有答应以后改变态度。

像这样的事情是很多的。他一个人平静地代我们受了好些过，我们却不能够谅解他的苦心。我们说他的牺牲是不必要的。我们的话也并不错，因为即使没有他代我们受过承担了一切，叔父和婶娘也无法加害到我们的身上来。不过麻烦总是免不了的。

然而另一个更大的打击又来了。他那个聪明可爱的儿子还不到四岁，就害脑膜炎死掉了。他的希望完全破灭了。他的悲哀是很大的。

他的内心的痛苦已经深到使他不能够再过平静的生活了。在他的身上偶尔出现了神经错乱的现象。他称这种现象做"痰病"。幸而他发病的时间不多。

后来他居然帮助我和三哥（二叔也帮了一点忙，说句公平的话，二叔后来对待大哥和我们相当亲切）同路离开成都，以后又让我单独离开中国。他盼望我们几年以后学到一种专长就回到成都去"兴家立业"。但是我和三哥两个都违背了他的期望。我们一出川就没有回去过。尤其是我，不但不进工科大学，反而因为到法国的事情写过两三封信去跟他争论，以后更走了与他的期望相反的道路。不仅他对我绝了望，而且成都的亲戚们还常常拿我来做坏子弟的榜样，叫年轻人不要学我。

我从法国回来的第二年他也到了上海。那时三哥在北平，没有能够来上海看他。我们分别了六年如今又有机会在一起谈笑了，两个人都很高兴。我们谈了别后的许多事情，谈到三姐的惨死，谈到二叔的死，谈到家庭间的种种怪现象。我们弟兄的友爱并没有减少，但是思想的差异却更加显著了。他完全变成了旧社会中一位诚实的绅士了。

他在上海只住了一个月。我们的分别是相当痛苦的。我把他送到了船上。他已经是泪痕满面了。我和他握了手说一句："一路上好好保重。"正要走下去，他却叫住了我。他进了舱去打开箱子，拿出一张唱片给我，一面抽咽地说："你拿去唱。"我接到手一看，是 G. F. 女士唱的《Sonny Boy》①，两个星期前我替他在谋得利洋行买的。他知道我喜欢听这首歌，所以想起了把唱片拿出来送给我。然而我知道他也同样地爱听它。这时候我很不愿意把他喜欢的东西从他的手里夺去。但是我又一想我已经有许多次违抗过他的劝告了，这一次我不愿意在分别的时候使他难过，表弟们在下面催促我。我默默地接过了唱片。我那时的心情是不能够用文字表达的。

---

① 格蕾西·菲尔兹唱的《宝贝儿子》。

　　我和表弟们坐上了划子，让黄浦江的风浪颠簸着我们。我望着外滩一带的灯光，我记起我是怎样地送别了一个我所爱的人，我的心开始痛起来，我的不常哭泣的眼睛里竟然淌下了泪水。

　　他回到成都写了几封信给我。后来他还写过一封诉苦的信。他说他会自杀，倘使我不相信，到了那一天我就会明白一切。但是他始终未说出原因来。所以我并不曾重视他的话。

　　然而在一九三一年春天的一个早晨，他果然就用毒药断送了他的年轻的生命。两个月以后我才接到了他的二十几页的遗书。在那上面我读着这样的话：

　　　　"卖田以后……我即另谋出路。无如我求速之心太切，以为投机事业虽险，却很容易成功。前此我之所以失败，全是因为本钱是借贷来的，要受时间和大利的影响。现在我们自己的钱放在外边一样收利，我何不借自己的钱来做，一则利息也轻些，二则不受时间影响。用自己的钱来做，果然得了小利。……所以陆续把存放的款子提回来，作贴现之用，每月可收百数十元。做了几个月，很顺利。于是我就放心大胆地做去了。……哪晓得年底一病就把我毁了①，等我病好出外一看，才知道我们的养命根源已经化成了水。好，好！既是这样，有什么话说！所以我生日那天，请大家看戏后，就想自杀。但是我实在舍不得家里的人。多看一天算一天，混一天。现在混不下去了。我也不想向别人骗钱来用。算了罢。如果活下去，那才是骗人呢。……我死之后不用什么埋葬，随便分尸也可，或者听野兽吃也可。因我应得之罪累及家人受此痛苦，望从重对我的尸体加以处罚……"

　　这就是大哥自杀的动机了。他究竟是为了顾全绅士的面子而死，还是因为不能够忍受未来的更痛苦的生活，我虽然熟读了他的遗书，被里面一些极凄惨的话刺痛了心，但是我依旧不能够了解。我只知道

————————————

　　①　因为在他的病中好几家银行倒闭了，他并不知道。

他不愿意死，而且他也没有死的必要。我知道他写了三次遗书，又三次把它毁了。甚至在第四次的遗书里他还不自觉地喊着："我不愿意死。"然而他终于像一个诚实的绅士那样吞食了自己摘下的苦果而死去了。结果他在那般虚伪的绅士眼前失掉了面子，并且把更痛苦的生活留给他的妻子和一儿四女（其中有四个我并未见过）。我们的叔父婶娘们在他死后还到他的家里逼着讨他生前欠的债；至于别人借他的钱，那就等于"付之东流"了。

大哥终于做了一个不必要的牺牲者而死去了。他这一生完全是在敷衍别人，任人播弄。他知道自己已经逼近了深渊，却依旧跟着垂死的旧家庭一天一天地陷落下去，终于到了完全灭顶的一天。他便不得不像一个诚实的绅士那样拿毒药做他唯一的拯救了。

他被旧礼教、旧思想害了一生，始终不能够自拔出来。其实他是被旧制度杀死的。然而这也是咎由自取。在整个旧制度大崩溃的前夕，对于他的死我不能有什么遗憾。然而一想到他的悲惨的一生，一想到他对我所做过的一切，一想到我所带给他的种种痛苦，我就不能不痛切地感觉到我丧失了一个爱我最深的人了。

怀念萧珊

随想录五

一

　　今天是萧珊逝世的六周年纪念日。六年前的光景还非常鲜明地出现在我的眼前。那一天我从火葬场回到家中，一切都是乱糟糟的，过了两三天我渐渐地安静下来了，一个人坐在书桌前，想写一篇纪念她的文章。在五十年前我就有了这样一种习惯：有感情无处倾吐时我经常求助于纸笔。可是一九七二年八月里那几天，我每天坐三四个小时望着面前摊开的稿纸，却写不出一句话。我痛苦地想，难道给关了几年的"牛棚"，真的就变成"牛"了？头上仿佛压了一块大石头，思想好像冻结了一样。我索性放下笔，什么也不写了。

　　六年过去了。林彪、"四人帮"及其爪牙们的确把我搞得很"狼狈"，但我还是活下来了，而且偏偏活得比较健康，脑子也并不糊涂，有时还可以写一两篇文章。最近我经常去火葬场，参加老朋友们的骨灰安放仪式。在大厅里，我想起许多事情。同样地奏着哀乐，我的思想却从挤满了人的大厅转到只有二三十个人的中厅里去了，我们正在用哭声向萧珊的遗体告别。我记起了《家》里面觉新说过的一句话："好像珏死了，也是一个不祥的鬼。"四十七年前我写这句话的时候，怎么想得到我是在写自己！我没有流眼泪，可是我觉得有无数锋利的指甲在搔我的心。我站在死者遗体旁边，望着那张惨白色的脸，那两片咽下千言万语的嘴唇，我咬紧牙齿，在心里唤着死者的名字。我想，我比她大十三岁，为什么不让我先死？我想，这是多么不公平！她究竟犯了什么罪？她也给关进"牛棚"，挂上"牛鬼蛇神"的小纸牌，还扫过马路。究竟为什么？理由很简单，她是我的妻子。她患了病，得不到治疗，也因为她是我的妻子。想尽办法一直到逝世前三个星期，靠开后门她才住进医院。但是癌细胞已经扩散，肠癌变成了肝癌。

她不想死，她要活，她愿意改造思想，她愿意看到社会主义建成。这个愿望总不能说是痴心妄想吧。她本来可以活下去，倘使她不是"黑老K"的"臭婆娘"。一句话，是我连累了她，是我害了她。

在我靠边的几年中间，我所受到的精神折磨她也同样受到。但是我并未挨过打，她却挨了"北京来的红卫兵"的铜头皮带，留在她左眼上的黑圈好几天以后才褪尽。她挨打只是为了保护我，她看见那些年轻人深夜闯进来，害怕他们把我揪走，便溜出大门，到对面派出所去，请民警同志出来干预。那里只有一个人值班，不敢管。当着民警的面，她被他们用铜头皮带狠狠抽了一下，给押了回来，同我一起关在马桶间里。

她不仅分担了我的痛苦，还给了我不少的安慰和鼓励。在"四害"横行的时候，我在原单位（中国作家协会上海分会）给人当作"罪人"和"贱民"看待，日子十分难过，有时到晚上九十点钟才能回家。我进了门看到她的面容，满脑子的乌云都消散了。我有什么委屈、牢骚，都可以向她尽情倾吐。有一个时期我和她每晚临睡前要服两粒眠尔通才能够闭眼，可是天刚刚发白就都醒了。我唤她，她也唤我。我诉苦般地说："日子难过啊！"她也用同样的声音回答："日子难过啊！"但是她马上加一句："要坚持下去。"或者再加一句："坚持就是胜利。"我说"日子难过"，因为在那一段时间里，我每天在"牛棚"里面劳动、学习、写交代、写检查、写思想汇报。任何人都可以责骂我、教训我、指挥我。从外地到"作协分会"来串联的人可以随意点名叫我出去"示众"，还要自报罪行。上下班不限时间，由管理"牛棚"的"监督组"随意决定。任何人都可以闯进我家里来，高兴拿什么就拿走什么。这个时候大规模的群众性批斗和电视批斗大会还没有开始，但已经越来越逼近了。

　　她说"日子难过"，因为她给两次揪到机关，靠边劳动，后来也常常参加陪斗。在淮海中路"大批判专栏"上张贴着批判我的罪行的大字报，我一家人的名字都给写出来"示众"，不用说"臭婆娘"的大名占着显著的地位。这些文字像虫子一样咬痛她的心。她让上海戏剧学院"狂妄派"学生突然袭击、揪到"作协分会"去的时候，在我家大门上还贴了一张揭露她的所谓罪行的大字报。幸好当天夜里我儿子把它撕毁。否则这一张大字报就会要了她的命！

　　人们的白眼，人们的冷嘲热骂蚕蚀着她的身心。我看出来她的健康逐渐遭到损害。表面上的平静是虚假的。内心的痛苦像一锅煮沸的水，她怎么能遮盖住！怎么能使它平静！她不断地给我安慰，对我表示信任，替我感到不平。然而她看到我的问题一天天地变得严重，上面对我的压力一天天地增加，她又非常担心。有时同我一起上班或者下班，走近巨鹿路口，快到"作协分会"，或者走近湖南路口，快到我们家，她总是抬不起头。我理解她，同情她，也非常担心她经受不起沉重的打击。我记得有一天到了平常下班的时间，我们没有受到留难，回到家里她比较高兴，到厨房去烧菜。我翻看当天的报纸，在第三版上看到当时做了"作协分会"的"头头"的两个工人作家写的文章《彻底揭露巴金的反革命真面目》。真是当头一棒！我看了两三行，连忙把报纸藏起来，我害怕让她看见。她端着烧好的菜出来，脸上还带笑容，吃饭时她有说有笑。饭后她要看报，我企图把她的注意力引到别处。但是没有用，她找到了报纸。她的笑容一下子完全消失。这一夜她再没有讲话，早早地进了房间。我后来发现她躺在床上小声哭着。一个安静的夜晚给破坏了。今天回想当时的情景，她那张满是泪痕的脸还在我的眼前。我多么愿意让她的泪痕消失，笑容在她那憔悴的脸上重现，即使减少我几年的生命来换取我们家庭生活中一个宁静的夜晚，我也心甘情愿！

二

我听周信芳同志的媳妇说，周的夫人在逝世前经常被打手们拉出去当作皮球推来推去，打得遍体鳞伤。有人劝她躲开，她说："我躲开，他们就要这样对付周先生了。"萧珊并未受到这种新式体罚。可是她在精神上给别人当皮球打来打去。她也有这样的想法：她多受一点精神折磨，可以减轻对我的压力。其实这是她一片痴心，结果只苦了她自己。我看见她一天天地憔悴下去，我看见她的生命之火逐渐熄灭，我多么痛心。我劝她，安慰她，我想拉住她，一点也没有用。

她常常问我："你的问题什么时候才解决呢？"我苦笑地说："总有一天会解决的。"她叹口气说："我恐怕等不到那个时候了。"后来她病倒了，有人劝她打电话找我回家，她不知从哪里得来的消息，她说："他在写检查，不要打岔他。他的问题大概可以解决了。"等到我从五·七干校回家休假，她已经不能起床。她还问我检查写得怎样，问题是否可以解决。我当时的确在写检查，而且已经写了好几次了。他们要我写，只是为了消耗我的生命。但她怎么能理解呢？

这时离她逝世不过两个多月，癌细胞已经扩散，可是我们不知道，想找医生给她认真检查一次，也毫无办法。平日去医院挂号看门诊，等了许久才见到医生或者实习医生，随便给开个药方就算解决问题。只有在发烧到摄氏三十九度才有资格挂急诊号，或者还可以在病人拥挤的观察室里待上一天半天。当时去医院看病找交通工具也很困难，常常是我女婿借了自行车来，让她坐在车上，他慢慢地推着走。有一次她雇到小三轮卡去看病，看好门诊回家雇不到车了，只好同陪她看病的朋友一起慢慢地走回来，走走停停，走到街口，她快要倒下了，只得请求行人到我们家通知。她一个表侄正好来探病，就由他去把她背了回家。她希望拍一张 X 光片子查一查肠子有什么病，但是办不到。后来靠了她一位亲戚帮忙开后门两次拍片，才查出她患肠癌。以后又靠朋友设法开后门住进了医院。她自己还很高兴，以为得救了。只有她一个人不知真实的病情，她在医院里只活了三个星期。

　　我休假回家假期满了，我又请过两次假，留在家里照料病人。最多也不到一个月。我看见她病情日趋严重，实在不愿意把她丢开不管，我要求延长假期的时候，我们那个单位的一个"工宣队"头头逼着我第二天就回干校去。我回到家里，她问起来，我无法隐瞒。她叹了一口气，说："你放心去吧。"她把脸掉过去，不让我看她。我女儿、女婿看到这种情景，自告奋勇跑到巨鹿路向那位"工宣队"头头解释，希望同意我在市区多留些日子照料病人。可是那个头头"执法如山"，还说："他不是医生，留在家里，有什么用！""留在家里对他改造不利！"他们气愤地回到家中，只说机关不同意，后来才对我传达了这句"名言"。我还能讲什么呢？明天回干校去！

　　整个晚上她睡不好，我更睡不好。出乎意外，第二天一早我那个插队落户的儿子在我们房间里出现了，他是昨天半夜里到的。他得到了家信，请假回家看母亲，却没有想到母亲病成这样。我见了他一面，把他母亲交给他，就回干校去了。

　　在车上我的情绪很不好。我实在想不通为什么会有这样的事情。我在干校待了五天，无法同家里通消息。我已经猜到她的病不轻了。可是人们不让我过问她的事情。这五天是多么难熬的日子！到第五天晚上在干校的造反派头头通知我们全体第二天一早回市区开会。这样我才又回到了家，见到我的爱人。靠了朋友帮忙，她可以住进中山医院肝癌病房，一切都准备好，她第二天就要住院了。她多么希望住院前见我一面，我终于回来了。连我也没有想到她的病情发展得这么快。我们见了面，我一句话也讲不出来。她说了一句："我到底住院了。"我答说："你安心治疗吧。"她父亲也来看她，老人家双目失明，去医院探病有困难，可能是来同他的女儿告别了。

　　我吃过中饭，就去参加给别人戴上反革命帽子的大会，受批判、戴帽子的人不止一个，其中有一个我的熟人王若望同志①，他过去也是作家，不过比我年轻。我们一起在"牛棚"里关过一个时期，他的

━━━━━━━━━━

　　①　王若望同志在一九五七年被错划为右派（一九六二年摘帽），最近已经改正，恢复名誉。

罪名是"摘帽右派"。他不服，不听话，他贴出大字报，声明"自己解放自己"，因此罪名越搞越大，给捉去关了一个时期不算，还戴上了反革命的帽子监督劳动。在会场里我一直像在做怪梦。开完会回家，见到萧珊我感到格外亲切，仿佛重回人间。可是她不舒服，不想讲话，偶尔讲一句半句。我还记得她讲了两次："我看不到了。"我连声问她看不到什么？她后来才说："看不到你解放了。"我还能再讲什么呢？

我儿子在旁边，垂头丧气，精神不好，晚饭只吃了半碗，像是患感冒。她忽然指着他小声说："他怎么办呢？"他当时在安徽山区农村已经待了三年半，政治上没有人管，生活上不能养活自己，而且因为是我的儿子，给剥夺了好些公民权利。他先学会沉默，后来又学会抽烟。我怀着内疚的心情看看他。我后悔当初不该写小说，更不该生儿育女。我还记得前两年在痛苦难熬的时候她对我说："孩子们说爸爸做了坏事，害了我们大家。"这好像用刀子在割我身上的肉。我没有出声，我把泪水全吞在肚里。她睡了一觉醒过来忽然问我："你明天不去了？"我说："不去了。"就是那个"工宣队"头头今天通知我不用再去干校就留在市区。他还问我："你知道萧珊是什么病？"我答说："知道。"其实家里瞒住我，不给我知道真相，我还是从他这句问话里猜到的。

三

第二天早晨她动身去医院，一个朋友和我女儿、女婿陪她去。她穿好衣服等候车来。她显得急躁，又有些留恋，东张张西望望，她也许在想是不是能再看到这里的一切。我送走她，心上反而加了一块大石头。

将近二十天里，我每天去医院陪伴她大半天。我照料她，我坐在病床前守着她，同她短短地谈几句话。她的病情恶化，一天天衰弱下去，肚子却一天天大起来，行动越来越不方便。当时病房里没有人照料，生活方面除饮食外一切都必须自理。后来听同病房的人称赞她"坚强"，说她每天早晚都默默地挣扎着下了床，走到厕所。医生对我们谈起，病人的身体经不住手术，最怕的是她的肠子堵塞，要是不堵塞，还可以拖延一个时期。她住院后的半个月是一九六六年八月以来我既感痛苦又感到幸福的一段时间，是我和她在一起度过的最后的平静的时刻，我今天还不能将它忘记。但是半个月以后，她的病情又有了发展，一天吃中饭的时候，医生通知我儿子找我去谈话。他告诉我：病人的肠子给堵住了，必须开刀。开刀不一定有把握，也许中途出毛病。但是不开刀，后果更不堪设想。他要我决定，并且要我劝她同意。我做了决定，就去病房对她解释。我讲完话，她只说了一句："看来，我们要分别了。"她望着我，眼睛里全是泪水。我说："不会的……"我的声音哑了。接着护士长来安慰她，对她说："我陪你，不要紧的。"她回答："你陪我就好。"时间很紧迫，医生、护士们很快作好了准备，她给送进手术室去了，是她的表侄把她推到手术室门口的。我们就在外面廊上等了好几个小时，等到她平安地给送出来，由儿子把她推回到病房去。儿子还在她的身边守过一个夜晚。过两天他也病倒了，查出来他患肝炎，是从安徽农村带回来的。本来我们想瞒住他的母亲，可是无意间让他母亲知道了。她不断地问："儿子怎么样？"我自己也不知道儿子怎么样，我怎么能使她放心呢？晚上回到家，走进空空的、静静的房间，我几乎要叫出声来："一切都朝我的头打下来吧，让所有的灾祸都来吧。我受得住！"

　　我应当感谢那位热心而又善良的护士长，她同情我的处境，要我把儿子的事情完全交给她办。她作好安排，陪他看病、检查，让他很快住进别处的隔离病房，得到及时的治疗和护理。他在隔离病房里苦苦地等候母亲病情的好转。母亲躺在病床上，只能有气无力地说几句短短的话，她经常问："棠棠怎么样？"从她那双含泪的眼睛里我明白她多么想看见她最爱的儿子。但是她已经没有精力多想了。

　　她每天给输血，打盐水针。她看见我去就断断续续地问我："输多少西西的血？该怎么办？"我安慰她："你只管放心。没有问题，治病要紧。"她不止一次地说："你辛苦了。"我有什么苦呢？我能够为我最亲爱的人做事情，哪怕做一件小事，我也高兴！后来她的身体更不行了。医生给她输氧气，鼻子里整天插着管子。她几次要求拿开，这说明她感到难受，但是听了我们的劝告，她终于忍受下去了。开刀以后她只活了五天。谁也想不到她会去得这么快！五天中间我整天守在病床前，默默地望着她在受苦（我是设身处地感觉到这样的），可是她除了两三次要求搬开床前巨大的氧气筒，三四次表示担心输血较多付不出医药费之外，并没有抱怨过什么。见到熟人她常有这样一种表情：请原谅我麻烦了你们。她非常安静，但并未昏睡，始终睁大两只眼睛。眼睛很大、很美、很亮。我望着，望着，好像在望快要燃尽的烛火。我多么想让这对眼睛永远亮下去！我多么害怕她离开我！我甚至愿意为我那十四卷"邪书"受到千刀万剐，只求她能安静地活下去。

不久前我重读梅林写的《马克思传》，书中引用了马克思给女儿的信里的一段话，讲到马克思夫人的死。信上说："她很快就咽了气。……这个病具有一种逐渐虚脱的性质，就像由于衰老所致一样。甚至在最后几小时也没有临终的挣扎，而是慢慢地沉入睡乡。她的眼睛比任何时候都更大、更美、更亮！"这段话我记得很清楚。马克思夫人也死于癌症。我默默地望着萧珊那对很大、很美、很亮的眼睛，我想起这段话，稍微得到一点安慰。听说她的确也"没有临终的挣扎"，也是"慢慢地沉入睡乡"。我这样说，因为她离开这个世界的时候，我不在她的身边。那天是星期天，卫生防疫站因为我们家发现了肝炎病人，派人上午来做消毒工作。她的表妹有空愿意到医院去照料她，讲好我们吃过中饭就去接替。没有想到我们刚刚端起饭碗，就得到传呼电话，通知我女儿去医院，说是她妈妈"不行"了。真是晴天霹雳！我和我女儿、女婿赶到医院。她那张病床上连床垫也给拿走了。别人告诉我她在太平间。我们又下了楼赶到那里，在门口遇见表妹。还是她找人帮忙把"咽了气"的病人抬进来的。死者还不曾给放进铁匣子里送进冷库，她躺在担架上，但已经给白布床单包得紧紧的，看不到面容了。我只看到她的名字。我弯下身子，把地上那个还有点人形的白布包拍了好几下，一面哭着唤她的名字。不过几分钟的时间。这算是什么告别呢？

据表妹说，她逝世的时刻，表妹也不知道。她曾经对表妹说：

"找医生来。"医生来过，并没有什么。后来她就渐渐地"沉入睡乡"。表妹还以为她在睡眠。一个护士来打针，才发觉她的心脏已经停止跳动了。我没有能同她诀别，我有许多话没有能向她倾吐，她不能没有留下一句遗言就离开我！我后来常常想，她对表妹说："找医生来，"很可能不是"找医生"，是"找李先生"（她平日这样称呼我）。为什么那天上午偏偏我不在病房呢？家里人都不在她身边，她死得这样凄凉！

我女婿马上打电话给我们仅有的几个亲戚。她的弟媳赶到医院，马上晕了过去。三天以后在龙华火葬场举行告别仪式。她的朋友一个也没有来，因为一则我们没有通知，二则我是一个审查了将近七年的对象。没有悼词，没有吊客，只有一片伤心的哭声。我衷心感谢前来参加仪式的少数亲友和特地来帮忙的我女儿的两三个同学，最后，我跟她的遗体告别，女儿望着遗容哀哭，儿子在隔离病房还不知道把他当作命根子的妈妈已经死亡。值得提说的是她当作自己儿子照顾了好些年的一位亡友的男孩从北京赶来，只为了看见她的最后一面。这个整天同钢铁打交道的技术员，他的心倒不像钢铁那样。他得到电报以后，他爱人对他说："你去吧，你不去一趟，你的心永远安定不了。"我在变了形的她的遗体旁边站了一会。别人给我和她照了相。我痛苦地想：这是最后一次了，即使给我们留下来很难看的形象，我也要珍视这个镜头。

一切都结束了。过了几天我和女儿、女婿到火葬场，领到了她的骨灰盒。在存放室寄存了三年之后，我按期把骨灰盒接回家里。有人劝我把她的骨灰安葬，我宁愿让骨灰盒放在我的寝室里，我感到她仍然和我在一起。

四

梦魇一般的日子终于过去了。六年仿佛一瞬间似的远远地落在后面了。其实哪里是一瞬间！这段时间里有多少流着血和泪的日子啊。不仅是六年，从我开始写这篇短文到现在又过去了半年，半年中我经常在火葬场的大厅里默哀，行礼，为了纪念给"四人帮"迫害致死的朋友。想到他们不能把个人的智慧和才华献给社会主义祖国，我万分惋惜。每次戴上黑纱、插上纸花的同时，我也想起我自己最亲爱的朋友，一个普通的文艺爱好者，一个成绩不大的翻译工作者，一个心地善良的人。她是我的生命的一部分，她的骨灰里有我的泪和血。

她是我的一个读者。一九三六年我在上海第一次同她见面。一九三八年和一九四一年我们两次在桂林像朋友似的住在一起。一九四四年我们在贵阳结婚。我认识她的时候，她还不到二十，对她的成长我应当负很大的责任。她读了我的小说，给我写信，后来见到了我，对我发生了感情。她在中学念书，看见我以前，因为参加学生运动被学校开除，回到家乡住了一个短时期，又出来进另一所学校。倘使不是为了我，她三七、三八年一定去了延安。她同我谈了八年的恋爱，后来到贵阳旅行结婚，只印发了一个通知，没有摆过一桌酒席。从贵阳我和她先后到了重庆，住在民国路文化生活出版社门市部楼梯下七八个平方米的小屋里。她托人买了四只玻璃杯开始组织我们的小家庭。她陪着我经历着各种艰苦生活。在抗日战争紧张的时期，我们一起在日军进城以前十多个小时逃离广州，我们从广东到广西，从昆明到桂林，从金华到温州，我们分散了，又重见，相见后又别离。在我那两册《旅途通讯》中就有一部分这种生活的记录。四十年前有一位朋友批评我："这算什么文章！"我的《文集》出版后，另一位朋友认为我不应当把它们也收进去。他们都有道理，两年来我对朋友、对读者讲过不止一次，我决定不让《文集》重版。但是为我自己，我要经常翻看那两小册《通讯》。在那些年代，每当我落在困苦的境地里、朋友们各奔前程的时候，她总是亲切地在我的耳边说："不要难过，我不会离开你，我在你的身边。"的确，只有在她最后一次进手术室之前她才说过这样一句："我们要分别了。"

我同她一起生活了三十多年。但是我并没有好好地帮助过她。她比我有才华，却缺乏刻苦钻研的精神。我很喜欢她翻译的普希金和屠格涅夫的小说。虽然译文并不恰当，也不是普希金和屠格涅夫的风格，它们却是有创造性的文学作品，阅读它们对我是一种享受。她想改变自己的生活，不愿作家庭妇女，却又缺少吃苦耐劳的勇气。她听一个朋友的劝告，得到后来也是给"四人帮"迫害致死的叶以群同志的同意，到《上海文学》"义务劳动"，也做了一点点工作，然而在运动中却受到批判，说她专门向老作家组稿，又说她是我派去的"坐探"。她为了改造思想，想走捷径，要求参加"四清"运动，找人推荐到某铜厂的工作组工作，工作相当忙碌、紧张，她却精神愉快。但是到我快要靠边的时候，她也被叫回"作协分会"参加运动。她第一次参加这种急风暴雨般的斗争，而且是以反动权威家属的身份参加，她不知道该怎么办才好。她张皇失措，坐立不安，替我担心，又为儿女的前途忧虑。她盼望什么人向她伸出援助的手，可是朋友们离开了她，"同事们"拿她当作箭靶，还有人想通过整她来整我。她不是"作协分会"或者刊物的正式工作人员，可是仍然被"勒令"靠边劳动、站队挂牌，放回家以后，又给揪到机关。过一个时期，她写了认罪的检查、第二次给放回家的时候，我们机关的造反派头头却通知里弄委员会罚她扫街。她怕人看见，每天大清早起来，拿着扫帚出门，扫得精疲力竭，才回到家里，关上大门，吐了一口气。但有时她还碰到上学去的小孩，对她叫骂"巴金的臭婆娘"。我偶尔看见她拿着扫帚回来，不敢正眼看她，我感到负罪的心情，这是对她的一个致命的打击。不到两个月，她病倒了，以后就没有再出去扫街（我妹妹继续扫了一个时期），但是也没有完全恢复健康。尽管她还继续拖了四年，但一直到死她并不曾看到我恢复自由。这就是她的最后，然而绝不是她的结局。她的结局将和我的结局连在一起。

我绝不悲观。我要争取多活。我要为我们社会主义祖国工作到生命的最后一息。在我丧失工作能力的时候，我希望病榻上有萧珊翻译的那几本小说。等到我永远闭上眼睛，就让我的骨灰同她的掺和在一起。

1979 年 1 月 16 日写完

悼鲁迅先生①

十月十九日上午，一个不幸的消息从上海的一角传出来，在极短的时间里就传遍了全中国，全世界：

鲁迅先生逝世了！

花圈、唁电、挽辞、眼泪、哀哭从中国各个地方像洪流一样地汇集到上海来。任何一个小城市的报纸上也发表了哀悼的文章，连最远僻的村镇里也响起了悲痛的哭声。全中国的良心从没有像现在这样地悲痛的。这一个老人，他的一支笔、一颗心做出了那些巨人所不能完成的事业。甚至在他安静地闭上眼睛的时候，他还把成千上万的人牵引到他的身边。不论是亲密的朋友或者恨深的仇敌，都怀着最深的敬意在他的遗体前哀痛地埋下了头，至少在这一刻全中国的良心是团结在一起的。

我们没有多的言辞来哀悼这么一位伟大的人，因为一切的语言在这个老人的面前都变成了十分渺小；我们不能单单用眼泪来埋葬死者，因为死者是一个至死不屈的英勇战士。但是我们也无法制止悲痛来否认我们的巨大损失；这个老人的逝世使我们失去了一位伟大的导师，青年失去了一个爱护他们的知己朋友，中国人民失去了一个代他们说

---

① 这是《文季月刊》一卷六期的卷头语。《文季月刊》是我和靳以编辑的文学刊物，由上海良友图书公司发行。

话的人，中华民族解放运动失去了一个英勇的战士。这个缺额是无法填补的。

鲁迅先生是伟大的。没有人能够否认这样的一句话。然而我们并不想称他作巨星，比他作太阳，因为这样的比喻太抽象了。他并不是我们可望而不可即的自然界的壮观。他从不曾高高地坐在中国青年的头上。一个不识者的简单的信函就可以引起他胸怀的吐露；一个在困苦中的青年的呼吁也会得到他同情的帮忙。在中国没有一个作家像他那样爱护青年的。

然而把这样的一个人单单看作中国文艺界的珍宝是不够的。我们固然珍惜他在文学上的成就，我们也和别的许多人一样以为他的作品可以列入世界不朽的名作之林，但是我们更重视：在民族解放运动中，他是一个伟大的战士；在人类解放运动中，他是一个勇敢的先驱。

鲁迅先生的人格比他的作品更伟大。近二三十年来他的正义的呼声响彻了中国的暗夜，在荆棘遍地的荒野中，他高举着思想的火炬，领导无数的青年向着远远的一线亮光前进。

现在，这样的一个人从中国的地平线上消失了。他的死是全中国人民的一个不可补偿的损失。尤其是在国难加深、民族解放运动炽烈的时候，失去了这样的一个伟大的导师，我们的哀痛不是没有原因的。

别了，鲁迅先生！你说："忘记我。"没有一个人能够忘记你的。我们不会让你静静地死去。你会活起来，活在我们的心里，活在全中国人民的心里。你活着来看大家怎样继承你的遗志向中华民族解放的道路迈进！

1936 年 10 月在上海

怀念胡风

一

最近我在《文学报》上看到一篇关于"胡风丢钱、巴金资助"的短文，这是根据胡风同志过去在狱中写的回忆材料写成的。几年前梅志同志给我看那篇材料时，我在材料上加了一条说明事实的注。胡风逝世已经半年，可是我的脑子里还保留着那个生龙活虎的文艺战士的形象。关于胡风，我一直想写点什么，已经有好几年了，好像有什么东西堵住我的胸口，不吐出来，总感觉到透不过气。但拿起笔我又不知道话从哪里说起。于是我想到了五十年前发生的那件事情，那么就从那里开头，先给我那条简短的注作一点补充吧。

那天我们都在万国公墓参加鲁迅先生的葬礼，墓穴周围有一个人圈，我立在胡风的对面，他的举动我看得很清楚。在葬礼进行的中间，我看见有人向胡风要钱，他掏出来一包钞票，然后又放回衣袋里去。他四周都是人，我有点替他担心，但又无法过去提醒他。后来仪式完毕，覆盖着"民族魂"旗帜的灵柩在墓穴中消失，群众像潮水似的散去。我再看见胡风，他着急地在阴暗中寻找什么东西，他那包钞票果然给人扒去了。他并没有向我提借钱的话。我知道情况以后就对当时也在场的吴朗西说："胡风替公家办事丢了钱，大家应当支持他。"吴朗西同意，第二天就把钱给他送去了，算是文化生活出版社预支的稿费。

我说"公家"因为当时我们都为鲁迅先生丧礼工作，胡风是由蔡元培、宋庆龄等十三人组成的治丧委员会的一个成员，我和靳以、黄源、萧军、黎烈文都是"治丧办事处"的人，像这样的"临时办事人员"大约有二十八九个，不过分工不同。我同靳以、黄源、萧军几个人十月十九日跟着鲁迅先生遗体到胶州路万国殡仪馆，一直到二十二日下午先生灵柩给送到万国公墓下葬，一连三天都在殡仪馆料理各样事情，早去晚归，见事就做。胡风是治丧委员会的代表，因此他是我们的领导，治丧委员会有什么决定和安排，也都由他传达。不过那个时候我们并不十分听领导的话，我们都是为了向鲁迅先生表示敬意主动地到这里来工作的，并无什么组织关系。我们各有各的想法，对有些安排多少有点意见，可是我们又见不到治丧会的其他成员，只好向胡风发些牢骚。我们也了解胡风的处境，他一方面要贯彻治丧会的决定，一方面又要说服我们这些"临时办事人员"。其实，我们这些人也没有多少意见，好像关于下面两件事我们讲过话：一是治丧费，二是送葬行列的秩序。详细内容我已经记不起了，因为后来我们弄清楚了就没有话讲了。不过第二件事，我还有一点印象：当时枢车经过的路线在"公共租界"区域内，两边有骑马的印度巡捕和徒步的巡捕，全都挂着枪。枢车到了虹桥路，巡逻的便是穿黑制服打白裹腿的中国警察，他们的步枪也全装上了刺刀，形势有些紧张，我们怕有人捣乱，引起纠纷，主张在呼口号散发传单方面要多加注意，胡风并不反对这个意见。我记得二十二日枢车出发前，他在廊上同什么人讲话，我走过他跟前，他还对我说要注意维持秩序，不要让人乱发传单。这句话被胡子婴听见了，可能她当时在场，后来在总结会上她向胡风提了意见，说是不相信群众。总结会是治丧会在八仙桥青年会里召开的，人到得不少，也轮不到我讲话，胡风也没有替自己辩护，反正先生的葬仪已经庄严地、平平安安地结束了。通过这一次的"共事"，他给我留下这样一个印象：任劳任怨，顾大局。

这是一九三六年的事。我认识胡风大约在这一年或者前一年年底，有一天下午我到环龙路（即南昌路）去找黄源，他不在家，胡风也去看他，我们在门口遇见了，就交谈起来。胡风约我到附近一家小店喝杯咖啡，我们坐了一阵，谈话内容我记不起来了，无非讲一些文艺界的情况，并没有谈文艺理论、文学评论方面的问题，因为我从未注意这些问题。说实话连胡风的文章我也读得不多，似乎就只读过他在《文学》杂志上发表的作家论，此外一九三二年他用"谷非"的笔名写过文章评论《现代》月刊上的几篇小说，也谈到我的中篇《海的梦》，我发表过答辩文章，但也只是说明我并非他所说的"第三种人"，我有自己的见解而已。我对他并无反感，他在一九二五年就给我留下了好的印象，他是我在南京东南大学附中的同学，我比他高两班，但我们在同一个课堂里听过一位老师讲世界史。在学校里他是一个活动分子，在校刊上发表过文章，有点名气，所以我记得他叫张光人。但是我们之间并无交往，他甚至不知道我的名字。一九二五年我毕业离校前，在上海发生了五卅事件，我参加了当时南京学生的救国运动。不过我不是活跃分子，我就只有在中篇小说《死去的太阳》中写的那么一点点经验。胡风却是一个积极分子，他参加了"国民外交后援会"的工作，我在小说十一章里写的方国亮就是他。虽然写得很简单，但是我今天重读下面一段话："方国亮痛哭流涕地报告这几天的工作情况，他竟激动到在讲坛上乱跳，他嘶声地诉说他们如何每天只睡两三小时，辛苦地办事，然而一般人却渐渐消沉起来……方国亮的一番话也有一点效果，散会后又有许多学生自愿聚集起来，乘小火车向下关出发……"仿佛还看见他在讲台上慷慨激昂地讲话。他的相貌改变不大。我没有告诉他那天我也是听了他的讲话以后坐小火车到下关和记工厂去的。不久我毕了业离开南京。后来听人说张光人去了日本，我好像还读过他的文章。

　　一九三五年秋天我从日本回来后，因为译文丛书，因为黄源，因为鲁迅先生（我们都把先生当做老师），我和胡风渐渐地熟起来了，我相当尊重他，可是我仍然很少读他写的那些评论文章，不仅是他写的，别人发表的我也不读，即使勉强读了也记不牢，读到后面就忘记前面。我一直是这样想：我写作靠自己的思考，靠自己的生活，我讲我自己的话，不用管别人说些什么。当时他同周扬同志正在进行笔战，

175

关于典型论，关于国防文学，关于其他。我不认识周扬，两方面的文章我都没有读过，不单是我，其他不搞理论的朋友也是这样。我们只读过鲁迅先生答复徐懋庸的文章，我们听先生的话，先生赞成什么口号，我们也赞成，不过我写文章从来不去管口号不口号。没有口号，我照样写小说。

胡风常去鲁迅先生家，黄源和黎烈文也常去。烈文是鲁迅先生的朋友，谈起先生关心胡风，觉得他有时太热情，又容易激动。胡风处境有些困难，他很认真地在办《海燕》，这是一份不定期的文艺刊物，刚出版了两三期，记得鲁迅先生的《出关》就发表在这上面，受到读者的重视。那个时候在上海刊行的文艺刊物不算太少，除生活书店的《文学》《光明》《译文》外，还有孟十还编的《作家》、靳以编的《文季月刊》、黎烈文编的半月刊《中流》。黄源编的《译文》停刊几个月之后又改由上海杂志公司发行。此外还有别的。刊物的销路有多有少，各有各的特色，一份刊物团结一些作家，各人喜欢为自己熟悉的杂志写稿。这些刊物不一定就是同人杂志。我们有一个共同的地方：敬爱鲁迅先生。大家主动地团结在先生的周围，不愿意辜负先生对我们的关心。

烈文和我搞过一个文艺工作者的宣言，表示我们抗日救亡的主张。由烈文带到鲁迅先生家请先生定稿、签名，然后抄了几份交给熟人找人签名，来得及就在自己的和熟人的刊物上作为补白刊登出来。我们这些人都没有参加当时的文艺家协会，先生又在病中，也不曾表示态度，所以我们请先生领衔发表这样一个声明。事前事后都没有开过会讨论，也不曾找胡风商量。胡风也拿了一份去找他的熟人签了名送来。发表这宣言的刊物并不多，不过《作家》《译文》《文季月刊》等五六种。过三个多月鲁迅先生病逝，再过两个月，到这年年底国民党上海市党部一次查封了十三种刊物，《作家》和《文季月刊》都在内，不讲理由，只下命令。

从我认识胡风到"三批材料"发表的时候大约有二十年吧。二十年中间我们见过不少次，也谈过不少话。反胡风运动期间我仔细回想过从前的事情，很奇怪，我们很少谈到文艺问题。我很少读他的文章，

「生」的确是美丽的，

乐「生」是人的本分。

——《生》

他也很少读我的作品。其实在我这也是常事，我极少同什么人正经地谈过文艺，对文学我不曾作过任何研究，也没有独特的见解。所以我至今还认为自己并不是文学家。我写文章只是说自己想说的话；我编辑丛书只是把可读的书介绍给读者。我生活在这个社会，应当为它服务，我照我的想法为它工作，从来不管理论家讲了些什么，正因为这样我才有时间写出几百万字的作品，编印那许多丛书。但是我得承认我做工作不像胡风那样严肃、认真。我也没有能力把许多有才华的作家、诗人团结在自己的周围。我钦佩他，不过我并不想向他学习。除了写书，我更喜欢译书，至于编书，只是因为别人不肯做我才做，不像胡风，他把培养人才当做自己的责任。他自己说是"爱才"，我看他更喜欢接近主张和趣味相同的人。不过这也是寻常的事。但连他也没有想到新中国成立后会有反胡风运动，他那"一片爱才之心"倒成为"反革命"的罪名。老实说这个运动对我来说是个晴天霹雳，我一向认为他是进步的作家，至少比我进步。靳以跟他接触的机会多一些，他们见面爱开玩笑，靳以也很少读胡风的文章，但靳以认为胡风比较接近党，那是在重庆的时候。以后文协在上海创刊《中国作家》杂志，他们两个都是编委。

我很少读胡风的著作，对他的文艺观也不清楚，记得有一次他送我一本书，我们谈了几句，我问他："为什么别人对你有意见？"他短短地回答："因为我替知识分子说了几句话。"这大概是在一九四八年，他后来就到香港转赴解放区了。我读到他在香港写的文章，想起一件往事：一九四一年春天我从成都回重庆，那是在"皖南事变"之后，不少文化人都去了香港。老舍还留在重庆主持抗战文协的工作，他嘱咐我："你出去，要告诉我啊。胡风走的时候来找我长谈过。"胡风还在重庆《新蜀报》上发表过五言律诗，是从香港寄来的，前四句我今天还不曾忘记："破晓横江渡，山城雾正浓，不弹游子泪，犹抱逐臣忠。"写他大清早过江到南岸海棠溪出发的心情，我想起当时在重庆的生活。一九四二年秋天我也到海棠溪搭汽车，不过我是去桂林。不到两年我又回到重庆，仍然经过海棠溪，以后就在重庆住下来。胡风早已回重庆了，他是在日军攻占香港以后出来的，住在重庆乡下，每逢文艺界抗敌协会开理事会，我总会在张家花园看见他。有时我参加别的会或者社会活动，他也在场。有一天下午我出席中苏文化协会主办的鲁迅先生逝世八周年纪念会。会场在民国路文化生活社附近，宋庆龄到会，中苏文协的负责人张西曼也来了，雪峰、胡风都在。会议照预定的议程顺利进行，开了一半宋庆龄因事早退，她一走会场秩序就乱了，国民党特务开始围攻胡风，还有人诽谤在上海的许广平，雪峰出来替许先生辩护，准备捣乱的人就吵起来，张西曼讲话，特务不听，反而训他。会场给那伙人霸占了，会议只好草草结束，我们几个人先后出来，都到了雪峰那里，雪峰住在作家书屋，就在文化生活社的斜对面。我们发了一些牢骚，雪峰很生气，胡风好像在严肃地想什么。我劝他小心，看样子特务可能有什么阴谋。像这样的事还有好些，但是当初不曾记录下来，在我的记忆里它们正在逐渐淡去，我想追记我们交往中的一些谈话，已经不可能了。

二

　　解放初期我和胡风经常见面。出席第一次全国文代会，我们不是一个团，他先到北平，在南方第一团。九月参加首届全国政协第一次会议，我们从上海同车赴京，在华文学校我们住在相邻的两个房间。我总是出去找朋友，他却是留在招待所接待客人。我们常在一起开会，却很少做过长谈。一九五三年七月我第二次去朝鲜，他早已移居北京，他说好要和我同行，后来因为修改为《人民文学》写的一篇文章，给留了下来。记得文章叫《身残志不残》，是写志愿军伤员的报告文学。胡风同几位作家到东北那所医院去生活过。我动身前两天还到他家去问他，是不是决定不去了。我到了那里，他们在吃晚饭，家里有客人，我不认识，他也没有介绍。我把动身日期告诉他，就告辞走了。我已经吃过饭，提了一大捆书，雇的三轮车还在外面等我。

　　不久，第二次全国文代会在北京召开，我刚到朝鲜，不便回国参加，就请了假。五个月后我才回国。一九五四年秋天我和胡风一起出席首届全国人民代表大会，我们两个都是四川省选出的代表，常在一处开会，见面时觉得亲切，但始终交谈不多。我虽然学习过一些文件，报刊上有不少关于文艺的文章，我也经常听到有关文艺方针、政策的报告，但我还是一窍不通。我很想认真学习，改造自己，丢掉旧的，装进新的，让自己的机器尽快地开动起来，写出一点东西。我怕开会，却不敢不开会，但又动脑筋躲开一些会，结果常常是心不在焉地参加许多会，不断地检讨或者准备检讨，白白地消耗了二三十年的好时光。我越是用功，就越是写不出作品，而且戴上了作家帽子就更缺乏写作的时间。最近这段日子由于难治的病，准备搁笔，又给自己的写作生活算一个总账，我想起了下面的三大运动，不由得浑身战栗，我没有在"胡风集团"、"反右斗争"或者"文化大革命"中掉进深渊，这是幸运。但是对那些含恨死去的朋友，我又怎样替自己解释呢？

三

去年三月二十六日中国现代文学馆正式开馆，我到场祝贺。两年半未去北京，见到许多朋友我很高兴，可是我行动不便，只好让朋友们过来看我。梅志同志同胡风来到我面前，她指着胡风问我："你还认得他吗？"我愣了一下。我应当知道他是胡风，这是在一九五五年以后我第一次看见他。他完全变了，一看就清楚他是个病人，没有什么表情，也不讲话。我说："看见你这样，我很抱歉。"我差一点流出眼泪，这是为了我自己。这以前他在上海住院的时候，我没有去看过他，也是因为我认为自己不曾偿还欠下的债，感到惭愧。我的心情只有自己知道，有时连自己也讲不清楚。好像是在第二天上午我出席作协主席团扩大会议，胡风由他女儿陪着来了，坐在对面一张桌子旁边。我的眼光常常停在他的脸上，我找不到那个过去熟悉的胡风了。他呆呆地坐在那里，没有动，也不曾跟女儿讲话。我打算在休息时候过去打个招呼，同他讲几句话。但是会议快要告一段落，他们父女就站起来走了。我的眼光送走他们，我有多少话要讲啊。我好像眼睁睁地望着几十年的岁月远去，没有办法拉住它们。我想起一句老话："见一次就少一次。"我却想不到这就是我和他的最后一面。

　　后来在上海得到他病逝的消息，我打电报托人代我在他的灵前献一个花圈，我没有讲别的话，现在说什么，都太迟了。我终于失去了向他偿还欠债的机会。

　　但赖账总是不行的。即使还债不清或者远远地过了期，我总得让后人知道我确实做了一番努力，希望能补偿过去对亡友的损害。

　　胡风的冤案得到了平反。我读他的夫人梅志写的《胡风传》，很感动，也很难过。他受到多么不公平的待遇。他当时说过："心安理不得。"今天他大概也不会"心安理得"吧。这个冤案的来龙去脉和它的全过程并未公布，我也没有勇气面对现实，设法知道更多的详情。他们夫妇到了四川，听说在"文革"期间胡风又坐了牢，最后给判处无期徒刑，他的健康才完全垮了下来。在《文汇月刊》上发表的梅志著作的最后一部分，我还不曾读到，但是我想她也不可能把事情完全写出，而且我也没有时间弄清楚我应当知道的一切了，留给我的不过两三年的工夫了。

四

　　还是来谈反"胡风集团"的斗争。

　　在那一场"斗争"中，我究竟做过一些什么事情？我记得在上海写过三篇文章，主持过几次批判会。会开过就忘记了，没有人会为它多动脑筋。文章却给保留下来，至少在图书馆和资料室。其实连它们也早被遗忘，只有在我总结过去的时候，它们才像火印似的打在我的心上，好像有一个声音经常在我耳边说："不许你忘记！"我又想起了一九五五年的事。

　　运动开始，人们劝说我写表态的批判文章。我不想写，也不会写，实在写不出来。有人来催稿，态度不很客气，我说我慢慢写篇文章谈路翎的《洼地战役》吧。可是过了几天，《人民日报》记者从北京来组稿，我正在作协分会开会，讨论的就是批判胡风的问题。到了应当表态的时候，我推脱不得，就写了一篇大概叫做《他们的罪行应当得到惩处》之类的短文，说的都是别人说过的话。表了态，头一关算是过去了。

　　第二篇就是《关于胡风的两件事情》，在上海《文艺月报》上发表，也是短文。我写的两件事都是真的。鲁迅先生明明说他不相信胡风是特务，我却解释说先生受了骗。一九五五年二月我在北京听周总理报告，遇见胡风，他对我说："我这次犯了严重的错误，请给我多提意见。"我却批评说他"做贼心虚"。我拿不出一点证据，为了第二次过关，我只好推行这种歪理。

　　写第三篇文章，我本来以为可以聪明地给自己找个出路，结果却是弄巧成拙，反而背上一个沉重的精神包袱。事情的经过我大概不会记错吧。我第二次从朝鲜回来，在北京住了一些日子，路翎的短篇《初雪》刚刚在《人民文学》上发表，荃麟同志向我称赞它，我读过也觉得好，还对人讲过。后来《洼地战役》刊出，反应不错，我也还喜欢。我知道在志愿军战士同朝鲜姑娘之间是绝对不允许恋爱的，不过路翎写的是个人理想，是不能实现的愿望。有什么问题呢？在批判胡风集团的时候，我被迫参加斗争，实在写不出成篇的文章，就挑选了《洼地战役》作为枪靶，批评的根据便是那条志愿军和当地居民不许恋爱的禁令。稿子写成寄给《人民文学》，我自己感到一点轻松。形势在变化，运动在发展，我的文章在刊物上发表了，似乎面目全非，我看到一些我自己也没有想到的政治术语，更不知道自己哪里来的权力随意给人戴上"反革命"帽子？看得出有些句子是临时匆匆忙忙地加上去的。总之，读头一遍我很不满意，可是过了一晚，一个朋友来找我，谈起这篇文章，我就心平气和无话可说了。我写的是思想批判的文章，现在却是声讨"反革命集团"的时候，倘使不加增改就把文章照原样发表，我便会成为批判的对象，说是有意为"反革命分子"开脱。《人民文学》编者对我文章的增改倒是给我帮了大忙，否则我会遇到不小的麻烦。就在这一年的《文艺月报》上刊登过一篇某著名音乐家的"检讨"。他写过一篇"彻底揭发"胡风的文章，是在第二批材料发表以后交稿的。可是等到《月报》在书市发售，第三批材料出现了，胡风集团的性质又升级了，于是读者纷纷来信谴责，他只好马上公开检讨"实际效果是替胡风黑帮分子打掩护"。连《月报》编辑部也不得不承认"对这一错误……应该负主要的责任"。这样的气氛，这样的环境，这样的做法……用全国的力量对付"一小撮"文人，究竟是为了什么？那么这个"集团"真有什么不能见人的阴谋吧。不管怎样，我只有一条路走了，能推就推，不能推就应付一下，反正我有一个借口："天王圣明"。当时我的确还背着个人崇拜的包袱。我想不通，就不多想，我也没有时间苦思苦想。

　　反胡风的斗争热闹一阵之后又渐渐地冷下去了。他本人和他的朋友们那些所谓"胡风分子"在斗争中都不曾露过面，后来就石沉大海，也没有人再提他们的名字。我偶尔向熟人打听胡风的消息，别人对我说："你不用问了。"我想起了清朝的"文字狱"，连连打几个冷噤，也不敢做声了。外国朋友向我问起胡风的近况，我支支吾吾讲不出来。而且那些日子，那些年月，运动一个接一个，大会小会不断，人人都要过关。谁都自顾不暇，哪里有工夫、有勇气到处打听不该打听的事情。只有在"文革"中期不记得在哪里看到一份小报或者材料，说是胡风在四川。此外我什么都不知道，一直到"文革"结束，被颠倒的一切又给颠倒过来的时候，被活埋了的人才回到了人间，但已经不是原来的胡风了。

　　一个有说有笑、精力充沛的诗人变成了神情木然、生气毫无的病夫，他受了多大的迫害和折磨！不能继续工作，再没有比这更痛苦的了。关于他我知道的并不多，理解也并不深。我读过他那三十万言的"上书"，不久就忘记了，但仔细想想好像也没有什么大不对。为了写这篇"怀念"，我翻看过当时的《文艺月报》，又找到编辑部承认错误的那句话。我好像挨了当头一棒！印在白纸上的黑字是永远揩不掉的。子孙后代是我们真正的裁判官。究竟对什么错误我们应该负责，他们知道，他们不会原谅我们。五十年代我常说做一个中国作家是我的骄傲。可是想到那些"斗争"，那些"运动"，我对自己的表演（即使是不得已而为之吧），也感到恶心，感到羞耻。今天翻看三十年前写的那些话，我还是不能原谅自己，也不想要求后人原谅我。我想，胡风作为一个文艺工作者要是没有受到冤屈、受到迫害，要是没有长期坐牢，无罪判刑，他不仅会活到今天，而且一定有不小的成就。但是现在什么也没有了。

我还有什么话可说呢？

我是个衰老的病人，思想迟钝，写这样的文章很困难，从开头写它到现在快一年了，有时每天只写三五十个字。我想讲真话，也想听别人讲真话，可是拿起笔或者张开口，或者侧耳倾听，才知道说真话多么不容易。《文汇月刊》上《胡风传》的最后部分我也找来读了。文章未完，他们在四川的生活完全不曾写到，我请求梅志同志继续写下去。梅志称她的文章"往事如烟"。我说：往事不会消散，那些回忆聚在一起，将成为一口铜铸的警钟，我们必须牢牢记住这个惨痛的教训。

我还要在这里向路翎同志道歉。我不认识他，只是在首次文代会上见过几面。他当时年轻，是一位有才华的作家，可惜不曾给他机会让他的笔发出更多的光彩。我当初评《洼地战役》并无伤害作者的心思，可是运动一升级，我的文章也升了级。我不知道他的近况，只听说他丧失了精力和健康。关于他的不幸的遭遇，他的冤案，他的病，我怎样向后人交代？难道我们那时的文艺工作就没有失误？虽然不见有人出来承认对什么"错误应当负责"，但我向着井口投掷石块就没有自己的一份责任？历史不能让人随意编造，沉默妨碍不了真话的流传，泼到他身上的不公平的污水也起不了什么作用，只是为了那些"违心之论"我决不能宽恕自己。

8月20日

怀念从文①

一

今年5月10日从文离开人世，我得到他夫人张兆和的电报后想起许多事情，总觉得他还同我在一起，或者聊天，或者辩论，他那温和的笑容一直在我眼前，隔一天我才发出回电："病中惊悉从文逝世，十分悲痛。文艺界失去一位杰出的作家，我失去一位正直善良的朋友，他留下的精神财富不会消失。我们三四十年代相聚的情景还历历在目。小林因事赴京，她将代我在亡友灵前敬献花圈，表达我感激之情。我永远忘不了你们一家。请保重。"都是些极普通的话。没有一滴眼泪，悲痛却在我的心里，我也在埋葬自己的一部分。那些充满信心的欢聚的日子，那些奋笔和辩论的日子都不会回来了。这些年我们先后遭逢了不同的灾祸，在泥泞中挣扎，他改了行，在长时间的沉默中，取得了卓越的成就。我东奔西跑，唯唯诺诺，羡慕枝头欢叫的喜鹊，只想早日走尽自我改造的道路，得到的却是十年一梦，床头多了一盒骨灰，现在大梦初醒，却仿佛用尽全身力气，不得不躺倒休息，白白地望着远方灯火，我仍然想奔赴光明，奔赴希望。我还想求助于一些朋友，

---

① 本文原收入1989年4月湖南文艺出版社出版《长河不尽流》，系该书"代序"。

从文也是其中的一位，我真想有机会同他畅谈。这个时候突然得到他逝世的噩耗，我才明白过去那一段生活已经和亡友一起远去了，我的唁电表达的就是一个老友的真实感情。

一连几天我翻看上海和北京的报纸，我很想知道一点从文最后的情况。可是日报上我找不到这个敬爱的名字。后来才读到新华社郭玲春同志简短的报道，提到女儿小林代我献的花篮，我认识郭玲春，却不理解她为什么这样吝惜自己的笔墨，难道不知道这位热爱人民的善良作家的最后牵动着全世界多少读者的心?! 可是连这短短的报道多数报刊也没有采用。小道消息开始在知识界中间流传。这个人究竟是好是病，是死是活，他不可能像轻烟散去，未必我得到噩耗是在梦中?! 一个来探病的朋友批评我："你错怪了郭玲春，她的报道没有受到重视，可能因为领导不曾表态，人们不知道用什么规格发表讣告，刊载消息。不然大陆以外的华文报纸刊出不少悼念文章，惋惜中国文坛巨大的损失，而我们的编辑怎么能安心酣睡，仿佛不曾发生任何事情?!"

我并不信服这样的论断，可是对我谈论规格学的熟人不止他一个，我必须寻找论据答复他们。这个时候小林回来了，她告诉我她从未参加过这样感动人的告别仪式，她说没有达官贵人，告别的只是些亲朋好友，厅子里播放死者生前喜爱的乐曲。老人躺在那里，十分平静，仿佛在沉睡，四周几篮鲜花，几盆绿树，每个人手中拿一朵月季，走到老人跟前，行了礼，将花放在他身边过去了。没有哭泣，没有呼唤，也没有噪音惊醒他，人们就这样平静地跟他告别，他就这样坦然地远去。小林说不出这是一种什么规格的告别仪式，她只感觉到庄严和真诚。我说正是这样，他走得没有牵挂、没有遗憾，从容地消失在鲜花和绿树丛中。

二

一百多天过去了。我一直在想从文的事情。

我和从文见面在 1932 年。那时我住在环龙路我舅父家中。南京《创作月刊》的主编汪曼铎来上海组稿，一天中午请我在一家俄国西菜社吃中饭，除了我还有一位客人，就是从青岛来的沈从文。我去法国之前读过他的小说，1928 年下半年在巴黎我几次听见胡愈之称赞他的文章，他已经发表了不少的作品。我平日讲话不多，又不善于应酬，这次我们见面谈了些什么，我现在毫无印象，只记得谈得很融洽。他住在西藏路上的一品香旅社，我同他去那里坐了一会儿，他身边有一部短篇小说集的手稿，想找个出版的地方，也需要用它换点稿费。我陪他到闸北新中国书局，见到了我认识的那位出版家，稿子卖出去了，书局马上付了稿费，小说过四五个月印了出来，就是那本《虎雏》。他当天晚上去南京，我同他在书局门口分手时，他要我到青岛去玩，说是可以住在学校的宿舍里。我本来要去北平，就推迟了行期，九月初先去青岛，只是在动身前写封短信通知他。我在他那里过得很愉快，我随便，他也随便，好像我们有几十年的交往一样。他的妹妹在山东大学念书，有时也和我们一起出去走走看看。他对妹妹很友爱，很体贴，我早就听说，他是自学出身，因此很想在妹妹的教育上多下功夫，希望她熟悉他自己想知道却并不很了解的一些知识和事情。

在青岛他把他那间屋子让给我，我可以安静地写文章、写信，也可以毫无拘束地在樱花林中散步。他有空就来找我，我们有话就交谈，无话便沉默。他比我讲得多些，他听说我不喜欢在公开场合讲话，便告诉我他第一次在大学讲课，课堂里坐满了学生，他走上讲台，那么多年轻的眼睛望着他，他红着脸，一句话也讲不出来，只好在黑板上写了五个字"请等五分钟"。他就是这样开始教课的。他还告诉我在这之前他每个月要卖一部稿子养家，徐志摩常常给他帮忙，后来，他写多了，卖稿有困难，徐志摩便介绍他到大学教书，起初到上海中国公学，以后才到青岛大学。当时青大的校长是小说《玉君》的作者杨振声，后来他到北平工作，还是和从文在一起。

在青岛我住了一个星期。离开的时候他知道我要去北平，就给我写了两个人的地址，他说，到北平可以去看这两个朋友，不用介绍，只提他的名字，他们就会接待我。

在北平我认识的人不多。我也去看望了从文介绍的两个人，一位姓程，一位姓夏。一位在城里工作，业务搞点翻译；一位在燕京大学教书。一年后我再到北平，还去燕大夏云的宿舍里住了十几天，写完中篇小说《电》。我只说是从文介绍，他们待我十分亲切。我们谈文学，谈得更多的是从文的事情，他们对他非常关心。以后我接触到更多的从文的朋友，我注意到他们对他都有一种深的感情。

在青岛我就知道他在恋爱。第二年我去南方旅行，回到上海得到从文和张兆和在北平结婚的消息，我发去贺电，祝他们"幸福无量"。从文来信要我到他的新家做客。在上海我没有事情，决定到北方去看看，我先去天津南开中学，同我哥哥李尧林一起生活了几天，便搭车去北平。

我坐人力车去府右街达子营，门牌号数记不起来了，总之，顺利地到了沈家。我只提了一个藤包，里面一件西装上衣、两三本书和一些小东西。从文带笑地紧紧握着我的手，说："你来了。"就把我接进客厅。又介绍我认识他的新婚夫人，他的妹妹也在这里。

客厅连接一间屋子，房内有一张书桌和一张床，显然是主人的书房。他把我安顿在这里。

院子小，客厅小，书房也小，然而非常安静，我住得很舒适。正房只有小小的三间，中间那间又是饭厅，我每天去三次就餐，同桌还有别的客人，却让我坐上位，因此感到一点拘束。但是除了这个，我在这里完全自由活动，写文章看书，没有干扰，除非来了客人。

我初来时从文的客人不算少，一部分是教授、学者，另一部分是作家和学生。他不在大学教书了。杨振声到北平主持一个编教科书的机构，从文就在这机构里工作，每天照常上、下班，我只知道朱自清同他在一起。这个时期他还为天津《大公报》编辑《文艺》副刊，为了写稿和副刊的一些事情，经常有人来同他商谈。这些已经够他忙了，可是他还有一件重要的工作，天津《国闻周报》上的记载：《记丁玲》。

根据我当时的印象，不少人焦急地等待着每一周的《国闻周报》，这连载是受到欢迎、得到重视的，一方面人们敬爱丁玲，另一方面从文的文章有独特的风格，作者用真挚的感情讲出读者心里的话。丁玲几个月前被捕，我从上海动身时，"良友文学丛书"的编者赵家璧委托我向从文组稿，他愿意出高价得到这部"好书"，希望我帮忙，不让别人把稿子拿走。我办到了。可是出版界的形势越来越恶化，赵家璧拿到全稿，已无法编入丛书排印，过一两年他花几百元买下一位图书审查委员的书稿，算是行贿，《记丁玲》才有机会作为"良友文学丛书"之一见到天日。可是删削太多，尤其是后半部，那么多的××！以后也没有能重版，更说不上恢复原貌了。

　　五十五年过去了，从文在达子营写连载的事，我还不曾忘记，写到结尾他有些紧张，他不愿辜负读者的期待，又关心朋友的安危，交稿期到，他常常通宵写作。他爱他的老友，他不仅为她呼吁，同时也在为她的自由奔走。也许这呼吁、这奔走没有多大用处，但是他尽了全力。

　　最近我意外地找到一九四四年十二月十四日写给从文的信，里面有这样的话："前两个月我和家宝常见面，我们谈起你，觉得在朋友中待人最好、最热心帮忙的人只有你，至少你是第一个。这是真话。"

　　我记不起我是在什么情形里写下这一段话。但这的确是真话。在一九三四年也是这样，一九八五年我最后一次看见他，他在家养病，假牙未装上，讲话不清楚。几年不见他，有一肚皮的话要说，首先就是一九四四年十二月信上那几句。但是望着病人的浮肿的脸，坐在堆满书的小房间里，我觉得有什么东西堵塞了咽喉，我仿佛回到了一九三四年、一九三三年。多少人在等待《国闻周报》上的连载，他那样勤奋工作，那样热情写作。《记丁玲》之后又是《边城》，他心爱的家乡的风景和他关心的小人物的命运。这部中篇经过几十年并未失去它的魅力，还鼓舞美国的学者长途跋涉，到美丽的湘西寻找作家当年的脚迹。

　　我说过我在从文家做客的时候，他编辑的《大公报·文艺》副刊和读者见面了。单是为这个副刊，他就要做三方面工作：写稿、组稿、看稿。我也想得到他的忙碌，但从未听见他诉苦。我为《文艺》写过一篇散文，发刊后我拿回原稿。这手稿我后来捐赠北京图书馆了。我的钢笔字很差，墨水浅淡，只能说是勉强可读，从文却用毛笔填写得清清楚楚。我真想谢谢他，可是我知道他从来就是这样工作，他为多少年轻人看稿、改稿，并设法介绍出去。他还花钱刊印一个青年诗人的第一本诗集并为它作序，不是听说，我亲眼见到那本诗集。

从文就是这样一个人。他不喜欢表现自己。可是我和他接触较多，就看出他身上有不少发光的东西。不仅有很高的才华，他还有一颗金子般的心。他工作多，事业发展，自己并不曾得到甚些报酬，反而引起不少的吱吱喳喳。那些吱吱喳喳加上多少年的小道消息，发展为今天所谓的争议，这争议曾经一度把他赶出文坛，不让他给写进文学史。但他还是默默地做他的工作（分配给他的新的工作），在极端困难的条件下，一样地做出出色的成绩。我接到香港寄来的那本关于中国服装史的大书，一方面为老友新的成就感到兴奋，一方面又痛惜自己浪费掉的几十年的光阴。我想起来了，就是在他那个新家的客厅里，他对我不止讲过一次这样的话："不要浪费时间。"后来他在上海对我、对靳以、对萧乾也讲过类似的话。我当时并不同意，不过我相信他是出于好心。

我在达子营沈家究竟住了两个月或三个月，现在讲不清楚了。这说明我的病（帕金森氏综合征）在发展，不少的事逐渐走向遗忘。所以有必要记下不曾忘记的那些事情。不久靳以为文学季刊社在三座门大街十四号租了房子，要我同他一起搬过去，我便离开从文家。在靳以那里一直住到第二年七月。

北京图书馆和北海公园都在附近，我们经常去这两处。从文非常忙，但在同一座城里，我们常有机会见面，从文还定期为《文艺》副刊宴请作者。我经常出席。他仍然劝我不要浪费时间。我发表的文章他似乎全读过，有时也坦率地提些意见，我知道他对我很关心，对他们夫妇只有好感，我常常开玩笑地说我是他们家的食客，今天回想起来我还感到温暖。一九三四年《文学季刊》创刊，兆和为创刊号写稿，她的第一篇小说《湖畔》受到读者欢迎。她唯一的短篇集①后来就收在我主编的"文学丛刊"里。

---

① 指《湖畔》，署叔文著，文化生活出版社 1941 年 6 月出版。

三

我提到坦率，提到真诚，因为我们不把话藏在心里，我们之间自然会出现分歧，我们对不少的问题都有不同的看法。可是我要承认我们有过辩论，却不曾有争论。我们辩是非，并不争胜负。

在从文和萧乾的书信集《废邮存底》中还保存着一封他给我的长信《给某作家》（1937）。我 1935 年在日本横滨编写的《点滴》里也有一篇散文《沉落》是写给他的。从这两封信就可以看出我们间的分歧在什么地方。

1934 年我从北平回上海，小住一个时期，动身去日本前为《文学》杂志写了一个短篇《沉落》。小说发表时我已到了横滨，从文读了《沉落》非常生气，写信来质问我："写文章难道是为着泄气?!"我也动了感情，马上写了回答，我承认"我写文章没有一次不是为着泄气"。

他为什么这样生气？因为我批评了周作人一类的知识分子，周作人当时是《文艺》副刊的一位主要撰稿人，从文常常用尊敬的口气谈起他。其实我也崇拜过这个人，我至今还喜欢读他的一部分文章，从前他思想开明，对我国新文学的发展有过大的贡献。可是当时我批判的、我担心的并不是他的著作，而是他的生活、他的行为。从文认为我不理解周，我看倒是从文不理解他。可能我们两人对周都不理解，但事实是他终于做了为侵略者服务的汉奸。

回国以后我还和从文通过几封长信继续我们这次的辩论，因为我又发表过文章，针对另外一些熟人，譬如对朱光潜的批评，后来我也承认自己有偏见，有错误。从文着急起来，他劝我不要"那么爱理会小处"，"莫把感情火气过分糟蹋到这上面"。他责备我："什么米米大的小事如×××之类的闲言小语也使你动火，把小东小西也当成敌人"，还说，"我觉得你感情的浪费真极可惜"。

我记不起我怎样回答他，因为我那封留底的长信在"文革"中丢失了，造反派抄走了它，就没有退回来。但我记得我想向他说明我还有理性，不会变成狂吠的疯狗。我写信，时而非常激动，时而停笔发笑，我想：我有可能担心我会发精神病，我不曾告诉他，他的话对我是连声的警钟，我知道我需要克制，我也懂得他所说的"在一堆沉默的日子里讨生活"的重要。我称他为"敬爱的畏友"，我衷心地感谢他。当然我并不放弃我的主张，我也想通过辩论说服他。

我回国那年年底又去北平，靳以回天津照料母亲的病，我到三座门大街结束《文学季刊》的事情，给房子退租。我去了达子营从文家，见到从文伉俪，非常亲热。他说："这一年你过得不错嘛。"他不再主编《文艺》副刊，把它交给了萧乾，他自己只编辑《大公报》的《星期文艺》，每周出一个整版。他向我组稿，我一口答应，就在十四号的北屋里，每晚写到深夜，外面是严寒和静寂。北平显得十分陌生，大片乌云笼罩在城市的上空，许多熟人都去了南方，我的笔拉不回两年前朋友们欢聚的日子，屋子里只有一炉火，我心里也在燃烧，我写，我要在暗夜里叫号。我重复着小说中人物的话："我不怕……因为我有信仰。"

文章发表的那天下午我动身回上海，从文、兆和到前门车站送行。"你还再来吗？"从文微微一笑，紧紧握着我的手。

我张开口吐一个"我"字，声音就哑了，我多么不愿意在这个时候离开他们！我心里想："有你们在，我一定会来。"

我不曾失信，不过我再来时已是十四年之后，在一个炎热的夏天。

四

抗战期间萧珊在西南联大念书，1940年我从上海去昆明看望她，1941年我又从重庆去昆明，在昆明过了两个暑假。从文在联大教书，为了躲避敌机轰炸，他把家迁往呈贡，兆和同孩子们都住在乡下。我们也乘火车去过呈贡看望他们。那个时候没有教师节，教书老师普遍受到轻视，连大学教授也难使一家人温饱，我曾经说过两句话："钱可以赚到更多的钱。书常常给人带来不幸。"这就是那个社会的特点。他的文章写得少了，因为出书困难；生活水平降低了，吃的、用的东西都在涨价，他不叫苦，脸上始终露出温和的微笑。我还记得在昆明一家小饭食店里几次同他相遇，一两碗米线作为晚餐，有西红柿，还有鸡蛋，我们就满足了。

在昆明我们见面的机会不多，但是我们不再辩论了，我们珍惜在一起的每时每刻，我们同游过西山龙门，也一路跑过警报，看见炸弹落下后的浓烟，也看到血淋淋的尸体。过去一段时期他常常责备我："你总说你有信仰，你也得让别人感觉到你的信仰在哪里。"现在连我也感觉得到他的信仰在什么地方。只要看到他脸上的笑容或者眼里的闪光，我觉得心里更踏实。离开昆明后三年中，我每年都要写信求他不要放下笔，希望他多写小说。我说："我相信我们这个民族的潜在力量。"又说："我极赞成你那埋头做事的主张。"没有能再去昆明，我更想念他。

他并不曾搁笔，可是作品写得少。他过去的作品早已绝版，读到的人不多。开明书店愿意重印他的全部小说，他陆续将修订稿寄去。可是一部分底稿在中途遗失，他叹惜地告诉我，丢失的稿子偏偏是描写社会疾苦的那一部分，出版的几册却是关于男女事情的，"这样别人更不了解我了"。

最后一句不是原话，他也不仅说一句，但大意是如此。抗战前他在上海《大公报》发表过批评海派的文章引起强烈的反感。在昆明他的某些文章又得罪了不少人。因此常有对他不友好的文章和议论出现。他可能感到有一点寂寞，偶尔也发发牢骚，但主要还是对那种越来越重视金钱、轻视知识的社会风气。在这一点我倒理解他，我在写作生涯中挨过的骂可能比他多，我不能说我就不感到寂寞。但是我并没有让人骂死。我也看见他倒了又站起来，一直勤奋地工作，最后他被迫离开了文艺界。

五

那是 1949 年的事。最初北平和平解放，然后上海解放。六月我和靳以、辛笛、健吾、唐弢、赵家璧他们去北平，出席首次全国文代会，见到从各地来的许多熟人和分别多年的老友，还有更多的献出自己的青春和心血的文艺战士。我很感动，也很兴奋。

但是从文没有露面，他不是大会的代表。我们几个人到他的家去，见到了他和兆和，他们早已不住在达子营了，不过我现在也说不出他们是不是住在东堂子胡同，因为一晃就是四十年，我的记忆模糊了，这几十年中间我没有看见他住过宽敞的房屋。最后他得到一个舒适的住处，却已经疾病缠身，只能让人搀扶着在屋里走走。我至今未见到他这个新居，1985年五月后我就未去过北京，不是我不想去，但我越来越举步艰难了。

首届文代会期间我们几个人去从文家不止一次，表面上看不出他有情绪，他脸上仍然露出微笑。他向我们打听文艺界朋友的近况，他关心每一个熟人。然而文艺界似乎忘记了他，不给他出席文代会，以后还把他分配到历史博物馆，让他做讲解员，据说郑振铎到那里参观一个什么展览，见过他，但这是以后的事了。这年九月我第二次来北平出席全国政协会议，接着中华人民共和国成立，北京又成为首都，这次我大约住了三个星期，我几次看望从文，交谈的机会较多，我才了解一些真实情况。北京解放前后当地报纸上刊载了一些批判他的署名文章，有的还是在香港报上发表过的，十分尖锐。他在围城里，已经感到很孤寂，对形势和政策也不理解，只希望有一两个文艺界熟人见见他，同他谈谈。他当时战战兢兢，如履薄冰，仿佛就要掉进水里，多么需要人来拉他一把，可是他的期望落了空。他只好到华北革大去了，反正知识分子应当进行思想改造。

不用说，他受到了不公平的待遇，不仅在今天，在当时我就有这样的看法，可是我并没有站出来替他讲过话，我不敢，我总觉得自己头上有一把达摩克利斯的宝剑。从文一定感到委屈，可是他不声不响、认真地干他的工作。政协会议以后，第二年我去北京开会，休会的日子我去看望过从文，他似乎很平静，仍旧关心地问到一些熟人的近况。我每次赴京，总要去看看他。他已经安定下来了。对瓷器、对民间工艺、对古代服装他都有兴趣，谈起来头头是道。我暗中想，我外表忙忙碌碌，有说有笑，心里却十分紧张，为什么不能坐下来，埋头译书，默默地工作几年，也许可以做出一点成绩。然而我办不到，即使由我自己做主，我也不愿放下笔，还想换一支新的来歌颂新社会。我下决心深入生活，却始终深不下去，我参加各种活动，也始终浮在面上，经过北京我没有忘记去看他，总是在晚上去，两三间小屋，书架上放满了线装书，他正在工作，带着笑容欢迎我，问我一家人的近况，问一些熟人的近况。兆和也在，她在《人民文学》编辑部工作，偶尔谈几句杂志的事。有时还有他一个小女儿（侄女），他们很喜欢她，两个儿子不同他们住在一起。

　　我大约每年去一次，坐一个多小时，谈话他谈得多一些，我也讲我的事，但总是他问我答。我觉得他心里更加踏实了。我讲话好像只是在替自己辩护。我明白我四处奔跑，却什么都抓不住，心里空虚得很。我总疑心他在问我：你这样跑来跑去，有什么用处？不过我不会老实地对他讲出来。他的情况也逐渐好转，他参加了人民政协，在报刊上发表诗文。

　　"文革"前我最后一次去他家，是在1956年7月，我就要动身去越南采访。是在晚上，天气热，房里没有灯光，砖地上铺一床席子，兆和睡在地上，从文说："三姐生病，我们外面坐。"我和他各人一把椅子在院子里坐了一会，不知怎样我们两个讲话都没有劲头，不多久我就告辞走了。当时我绝没想到不出一年就会发生"文化大革命"，但是我有一种感觉我头上那把利剑，正在缓缓地往下坠。"四人帮"后来批判的"四条汉子"已经揭露出三个，我在这年元旦听过周扬一次谈话，我明白人人自危，他已经在保护自己了。

　　旅馆离这里不远，我慢慢地走回去，我想起过去我们的辩论，想起他劝我不要浪费时间，而我却什么也搞不出来。十几年过去了，我不过给添了一些罪名。我的脚步很沉重，仿佛前面张开一个大网，我不知道会不会投进网里，但无论如何一个可怕的、摧毁一切的、大的运动就要来了。我怎能够躲开它？

　　回到旅馆我感到筋疲力尽，第二天早晨我就去机场，飞向南方。

六

在越南我进行了三个多月的采访，回到上海，等待我的是姚文元的《评新编历史剧〈海瑞罢官〉》。每周开会讨论一次，人人表态，看得出来，有人慢慢地在收网，"文化大革命"就要开场了。我有种种的罪名，不但我紧张，朋友们也替我紧张，后来我找到机会在会上作了检查，自以为卸掉了包袱。六月初到北京开会（亚非作家紧急会议），在机场接我的同志小心嘱咐我"不要出去找任何熟人"。我一方面认为自己已经过关，感到轻松，另一方面因为运动打击面广，又感到恐怖。我在这种奇怪的心境之下忙了一个多月，我的确"没出去找任何熟人"，无论是从文、健吾或者冰心。

但是会议结束，我回到机关参加学习，才知道自己仍在网里，真是在劫难逃了。进了牛棚，仿佛落入深渊，别人都把我看作罪人，我自己也认为有罪，表现得十分恭顺。绝没有想到这个所谓"触及灵魂"的"革命"会持续十年。在灵魂受到熬煎的漫漫长夜里，我偶尔也想到几个老朋友，希望从友情那里得到一点安慰。可是关于他们，一点消息也没有。我想到了从文，他的温和的笑容明明在我眼前。我对他讲过的那句话，"我不怕……我有信仰"像铁锤在我的头上敲打，我哪里有信仰？我只有害怕。我还有脸去见他？这种想法在当时也是很古怪的，一会儿就过去了。过些日子它又在我脑子里闪亮一下，然后又熄灭了。我一直没有从文的消息，也不见人来外调他的事情。

六年过去了。我在奉贤县文化系统"五七干校"里学习和劳动，在那里劳动的有好几个单位的干部，许多人我都不认识。有一次我给揪回上海接受批判，批判后第二天一早到巨鹿路作协分会旧址学习，我刚刚在指定的屋子里坐好，一位年轻姑娘走进来，问我是不是某人，她是从文家的亲戚，从文很想知道我是否住在原处。她是音乐学院附中的学生，我在干校见过。从文一家平安，这是很好的消息，可是我只答了一句：我仍住在原处。她就走了。回到干校，过了一些日子，我又遇见她，她说从文把我的地址遗失了，要我写一个交给她转去。

我不敢背着工宣队"进行串联"，我怕得很。考虑了好几天，我才把写好的地址交给她。经过几年的改造，我变成了另外一个人，我遵守的信条是：多一事不如少一事。我并不希望从文来信。但是出乎我的意料，他很快就寄了信来，我回家休假，萧珊已经病倒，得到北京寄来的长信，她拿着五张信纸反复地看，含着眼泪地说："还有人记得我们啊！"这对她是多大的安慰！

他的信是这样开始的："多年来家中搬动太大，把你们家的地址遗失了，问别人忌讳又多，所以直到今天得到Ⅹ家熟人一信相告，才知道你们住处。大致家中变化还不太多。"

五页信纸上写了不少朋友的近状，最后说："熟人统在念中。便中也希望告知你们生活种种，我们都十分想知道。"

他还是像三十年代那样关心我。可是我没有寄去片纸只字的回答。萧珊患了不治之症，不到两个月便离开人世。我还是审查对象，没有通信自由，甚至不敢去信通知萧珊病逝。

我为什么如此缺乏勇气？回想起来今天还感到惭愧。尽管我不敢表示自己并未忘记故友，从文却一直惦记着我。他委托一位亲戚来看望，了解我的情况。一九七四年他来上海，一个下午到我家探望，我女儿进医院待产，儿子在安徽农村插队落户，家中冷冷清清，我们把藤椅搬到走廊上，没有拘束，谈得很畅快。我也忘了自己的"结论"已经下来：一个不戴帽子的反革命。

七

等到这个"结论"推翻，我失去的自由逐渐恢复，我又忙起来了。多次去北京开会，却只到过他的家两次。头一次他不在家，我见着兆和，急匆匆不曾坐下吃一杯茶。屋子里连写字桌也没有，只放得下一张小茶桌，夫妻二人轮流使用。第二次他已经搬家，可是房间还是很小，四壁图书，两三幅大幅近照，我们坐在当中，两把椅子靠得很近，使我想起一九六五年那个晚上，可是压在我们背上的包袱已经给甩掉了，代替它的是老和病。他行动不便，我比他好不了多少。我们不容易交谈，只好请兆和作翻译，谈了些彼此的近况。

我大约坐了不到一个小时吧，告别时我高高兴兴，没有想到这是我们最后的一面，我以后就不曾再去北京。当时我感到内疚，暗暗地责备自己为什么不早来看望他。后来在上海听说他搬了家，换了宽敞的住处，不用下楼，可以让人搀扶着在屋子里散步，也曾替他高兴一阵子。

最近因为怀念老友，想记下一点什么，找出了从文的几封旧信，1980年2月信中有一段话，我一直不能忘记："因住处只一张桌子，目前为我赶校那两份选集，上午她三点即起床，六点出门上街取牛奶，把桌子让我工作，下午我睡，桌子再让她使用到下午六点，她做饭，再让我使用书桌。这样下去，那能支持多久！"

这事实应当大书特书，让国人知道中国一位大作家、一位高级知识分子就是在这种条件下工作。尽管他说"那能支持多久"，可是他在信中谈起他的工作，劲头还是很大。他是能够支持下去的。近几个月我常常想：这个问题要是早解决，那有多好！可惜来得太迟了。不过有人说迟来总比不来好。

那么他的讣告是不是也来迟了呢？人们究竟在等待什么？我始终想不明白，难道是首长没有表态，记者不知道报道应当用什么规格？有人说："可能是文学史上的地位没有排定，找不到适当的头衔和职称吧。"又有人说："现在需要搞活经济，谁关心一个作家的生死存亡？你的笔就能把生产搞上去？！"

我无法回答。

又过了一个多月，我动笔更困难，思想更迟钝，讲话声音更低，我感觉到自己身体的一部分逐渐在老死。我和老友见面的时候不远了……

倘使真的和从文见面，我将对他讲些什么呢？

我还记得兆和说过："火化前他像熟睡一般，非常平静，看样子他明白自己一生在大风大浪中已尽了自己应尽的责任，清清白白，无愧于心。"他的确是这样。

我多么羡慕他！可是我却不能走得像他那样平静、那样从容，因为我并未尽了自己的责任，还欠下一身债，我不可能不惊动任何人静悄悄离开人世。那么就让我的心长久燃烧，一直到还清我的欠债。

有什么办法呢？中国知识分子的悲剧我是躲避不了的。

1988 年 9 月 30 日

纪念雪峰

最近香港报上刊出了雪峰旧作诗八首在北京《诗刊》上重新发表的消息，从这里我看出香港读者对雪峰的怀念。我想起了一些关于雪峰的事情。

我去巴黎的前几天，住在北京的和平宾馆里，有一天傍晚雪峰的女儿来看我，谈起五月初为雪峰开追悼会的事，我说我没法赶回来参加，我想写一篇文章谈谈这位亡友。雪峰的女儿我过去似乎没有见过，她讲话不多，是个沉静、质朴的人。雪峰去世后不久，他的爱人也病故了，就剩下这姐弟三人，他们的情况我完全不了解，但是我有这样一个印象：他们坚强地生活着。

雪峰的追悼会1976年在八宝山开过一次。据说姚文元有过"批示"不得在会上致悼词。姚文元当时是"长官"嘛，他讲了话，就得照办。那算是什么追悼会！冤案未昭雪，错案未改正，问题似乎解决了，却又不能在光天化日之下出头。只有这一次要开的追悼会才是死者在九泉等待的那一种追悼会：伸张正义，推倒一切诬陷、不实之词。我在这里说"要开"，因为追悼会并没有在5月里举行，据说也许会推迟到召开第四次全国文代大会的日子，因为那个时候，雪峰的朋友们都可能来京参加，人多总比人少好。

我认识雪峰较晚，1936年年底我才第一次看见他。在这之前1922年《湖畔》诗集出版时我是它的爱读者。1928年年底我第一次从法国回来住在上海，又知道他参加了共产党，翻译过文艺理论的书，同鲁迅先生较熟。1936年我在上海，忽然听见河清（黄源）说雪峰从陕北到了上海。这年鲁迅先生逝世，我参加了先生的治丧办事处的工作，对治丧委员会某些办法不大满意，偶尔向河清发一两句牢骚，河清说这是雪峰同意的，他代表党的意见。我并未读过雪峰翻译的书，但是我知道鲁迅先生尊重党，也听说先生对雪峰有好感，因此就不讲什么了。治丧处工作结束以后，有一天鲁彦来通知要我到他家里吃晚饭，说还约了雪峰。他告诉我鲁迅先生答徐懋庸文最初是由雪峰起草的。我并不怀疑这个说法。先生的文章发表在孟十还主编的《作家》月刊上，在排印的时候，我听见孟十还谈起，就赶到科学印刷所去，读了正在排版中的文章，是许广平同志的手抄稿，上面还有鲁迅先生亲笔修改的手迹，关于我的那句话就是先生增补上去的。

　　我在鲁彦家吃饭的时候见到了雪峰。我们谈得融洽。奇怪的是他并未摆出理论家的架子，我也只把他看作一个普通朋友，并未肃然起敬。他也曾提起答徐文，说是他自动地起草的，为了照顾先生的身体，可是先生改得不少。关于那篇文章他也只谈了几句。其他的，我想不起来、记不下来了。我们海阔天空，无所不谈，每次见面，都是这样，总的说来离不了四个字："互相信任"。我还记得1944年到45年我住在重庆民国路文化生活出版社，雪峰住在斜对面的作家书屋，他常常到我这里来。有一夜章靳以和马宗融要搭船回北碚复旦大学，天明前上船，准备在我这里烤火、喝茶、摆龙门阵，谈一个晚上。我们已经有过这样的经验了，雪峰走过出版社，进来看我，听说我们又要坐谈通宵，他就留下来、同我们闲谈到天将发白、靳以和宗融动身上船的时候。现在要是"勒令"我"交代"这一晚我们究竟谈些什么，我一句也讲不出，可是当时我们的确谈得十分起劲。

　　见第一面我就认为雪峰是个鲠直、真诚、善良的人，我始终尊敬他，但有时我也会因为他缺乏冷静、容易冲动感到惋惜。我们两个对人生、对艺术的见解并不一定相同，可是他认为我是在认真地搞创作；我呢，我认为他是个平易近人的好党员。1937年我是这样看法，一九四四年我是这样看法，1949年我也是这样看法，一九五几年我也是这样看法，有一次在一个小会上，我看见他动了感情，有人反映今天的青年看不懂鲁迅先生的文章，可能认为已经过时，雪峰因此十分激动，我有点替他担心。新中国成立后他有一次从北京回来，说某同志托他找我去担任一家即将成立的出版社的社长，我说我不会办事，请他代我辞谢。他看我意思坚决，就告诉我倘使我不肯去，他就得出来挑那副担子。我劝他也不要答应，我说事情难办，我想的是他太书生气，鲠直而易动感情。但他只是笑笑，就回京开始了工作。他是党员，他不能放弃自己的职责。他一直辛勤地干着，事业不断地在发展，尽管他有时也受到批评，有时也很激动，但他始终认真负责地干下去。他还是和平时一样，没有党员的架子，可是我注意到他十分珍惜"共产党员"这个称号。谁也没有想到 1957 年他会给夺去这个称号，而且一直到死他没有能看到他回到党里的心愿成为现实。

错误终于改正，沉冤终于昭雪，可是二十二年已经过去，雪峰早已一无所知了。但我们还活着。我真愿意忘记过去。可是我偏偏忘不了 1957 年的事情。反右运动已经开始，全国人大会刚刚结束，我回上海之前一个下午跟雪峰通了电话，到他家里去看他。当时的气氛对他是不利的，可是我一点也感觉不出来，我毫无拘束地同他交谈，还对反右运动提出一些疑问，他心平气和地向我解释了一番。他殷勤地留我一起出去吃饭。我们是在新侨饭店楼下的大同酒家吃饭的。雪峰虽然做主人，却拿着菜单毫无办法，这说明他平日很少进馆子。他那艰苦朴素的生活作风在重庆时就传开了。吃过饭他还依依不舍地拉着我同他夫妇在附近闲走了一会。现在回想起来，他当时可能已经成为批判的对象，自己已预感到大祸即将临头了。

我回到上海，过一两个月再去北京出席中国作家协会党组扩大会议的最后一次大会。我还记得大会是在首都剧场举行的。那天我进了会场，池子里已经坐了不少的人，雪峰埋下头坐在前排的边上。我想不通他怎么会是右派。但是我也上了台，和靳以作了联合发言。这天的大会是批判丁玲、冯雪峰、艾青……给他们戴上右派帽子的大会。我们也重复着别人的话，批判了丁玲的"一本书主义"、雪峰的"凌驾在党之上"、艾青的"上下串联"等等、等等。我并不像某些人那样"一贯正确"，我只是跟在别人后面丢石块。我相信别人，同时也想保全自己。我在 1957 年反右前讲过："今天谁被揭露，谁受到批判，就没有人敢站出来，仗义执言，替他辩护。"倘使有人揭发，单凭这句话我就可能给打成右派。这二十二年来我每想起雪峰的事，就想到自己的话，它好像针一样常常刺痛我的心，我是在责备我自己。我走惯了"人云亦云"的路，忽然听见大喝一声，回头一看，那么多的冤魂在后面"徘徊"。我怎么向自己交代呢？

　　这以后我还见过雪峰多次，不过再也没有同他长谈的机会了。他的外貌改变不大，可是换了工作单位，也换了住处。他给戴上帽子，又给摘了帽子；他劳动过，又在写作。然后浩劫一来，大家都变成了牛鬼。在什么战斗小报上似乎他又给戴上了"叛徒"的帽子，我呢，中国作家协会上海分会的"造反派"早已印发专书封我为"无产阶级专政的死敌"，而且我在"四人帮"的掌握中一直与世隔绝。1972 年我爱人病危，我才从五七干校迁回上海。第二年七月忽然下来了当时的"上海市委书记"王洪文、马天水、徐景贤、王秀珍和常委冯国柱、金祖敏六个人的决定，我的问题作"人民内部矛盾处理，不戴反革命帽子，发给生活费。"这是由我们那个组织的"支部书记"当众宣布的，没有任何根据，也拿不出任何的文件，六个人的决定就等于封建皇帝的诏令。他们妄想用这个决定让我一辈子见不了天日。朋友中谁敢来看望我这个"不戴帽子的反革命"呢？我也不愿意给别人、也给自己招来麻烦。我更害怕他们再搞什么阴谋、下什么毒手。我决定采取自己忘记也让别人忘记的办法。我听说雪峰在干校种菜，又听说他到了人民文学出版社鲁迅著作编辑室。我不声不响，我听说雪峰患肺癌进医院动手术，情况良好，我请人向他致意；我又听说他除夕再进医院，我为他担心；最后听说他在医院里病故，一个朋友来信讲起当时的凄凉情景，我没有发过唁电；后来听说在北京举行无悼词的追悼会，我也不曾送过花圈。我以为我已经走上了"自行消亡"的道路，却没有想到今天还能在这里饶舌。

　　我还想在这里讲一件事，是关于《鲁迅先生纪念集》的事情。这本书可能在 1937 年年初就开始编辑发排了，详情我并不知道，八·一三全面抗战爆发，上海成为战场，文化生活出版社的业务完全停顿，几个工作人员也陆续散去。有人找出了《鲁迅先生纪念集》的校样，八百多页，已经全部看过清样了。这本书可能是吴朗西经手的，但他留在四川，一时回不来。河清（黄源）是《纪念集》的一个编辑，不过他也不清楚当初的打算和办法。看见没有人管这件事，我就想抓一下，可是我手边没有一个钱，文化生活出版社也没有钱，怎么办？就在这个时候我遇见了雪峰，我同他谈起这件事，我说现在离鲁迅先生逝世一周年纪念日近了，最好在这之前把书赶印出来。他鼓励我这样做，还说他可以帮忙，问我需要多少钱。我就到承印这本书的科学印刷所去交涉，老实讲出我们的困难。最后印刷所同意先收印刷费两百元，余款以后陆续付清。我把交涉的结果告诉了雪峰。有天早晨他到我家里来交给我两百元，说这是许景宋先生借出来的。于是我就拉着河清一起动起来，河清补写了《后记》，但等不及看见书印成就因父亲患重病给叫回海盐老家去了。10月19日下午，上海各界在浦东同乡会大楼开会纪念鲁迅先生逝世一周年，我从印刷所拿到十本刚刚装订好的《鲁迅先生纪念集》放在许广平同志的座位前面，雪峰也拿到了一册。

关于雪峰，还有许多话可说，不过他似乎不喜欢别人多谈他，也不喜欢吹嘘自己。关于上饶集中营，他留下一个电影剧本；关于鲁迅先生，他写了一本《回忆鲁迅》。前些时候刊物上发表了雪峰的遗作，我找来一看，原来是他作为"交代"写下的什么东西。我读了十分难过，再没有比这更不尊重作者的了。作家陈登科在《光明日报》上发表文章主张作者应当享有版权，我同意他这个意见，主要的是发表文章必须得到作者的同意。不能说文章一脱稿，作者就无权过问。雪峰长期遭受迫害，没有能留下他应当留下的东西，因此连1972年别人找他谈话的记录也给发表了。总之，一直到现在，雪峰并未受到对他应有的尊重。

1979年8月8日

靳以逝世二十周年

——随想录卅

时间好像在飞跑，靳以逝世一转眼就二十年了。但我总觉得他还活着。

1931 年我第一次在上海看见他，他还在复旦大学念书，在同一期的《小说月报》上发表了我们两人的短篇小说。1933 年年底在北平文学季刊社我们开始在一起工作。（他在编辑《文学季刊》，我只是在旁边帮忙看稿，出点主意。）这以后我们或者在一个城市里，或者隔了千山万水，从来没有中断联系，而且我仍然有在一起工作的感觉。他写文章，编刊物；我也写文章，编丛书。他寄稿子给我，我也给他的刊物投稿。我们彼此鼓励，互相关心。1938 年下半年他到重庆，开始在复旦大学授课。他进了教育界，却不曾放弃文艺工作。二十几年中间，他连续编辑了十种以上的大型期刊和文艺附刊，写了长篇小说《前夕》和三十几本短篇小说和散文集，并为新中国培养了不少优秀的语文教师和青年文学工作者。今天不少有成就的中年作家大都在他那些有独特风格的刊物上发表过最初的作品，或多或少地得到他的帮助。那些年我一直注视着他在生活上、在创作上走过的道路，我看见那些深的脚印，他真是跨着大步在前进啊。从个人爱情上的悲欢开始，他在人民的欢乐和祖国的解放中找到自己的幸福，《青的花》的作者终于找到了共产党，他的精神越来越饱满，情绪越来越热烈，到处都听见他那响亮的、充满生命和信心的声音："你跑吧，你跑得再快再远，我也要跟着你转，我们谁也不能落在谁的后边。"

二十年过去了。他的声音还是那样响亮，那样充满生命和信心。我闭上眼，他那愉快的笑脸就在我的面前。"怎么样?"好像他又在发问。"写吧"，我不加思索地回答。这就是说，他的声音、他的笑容、他的语言今天还在给我鼓励。

靳以逝世的时候刚刚年过五十，有人说："他死得太早了。"我想，要是他再活三十年那有多好。我们常常感到惋惜。后来在"文化大革命"期间，我和其他几位老作家在"牛棚"里也常常谈起他，我们却是这样说："靳以幸亏早死，否则他一定受不了。"我每次挨斗受辱之后回到"牛棚"里，必然想到靳以。"他即使在一九五九年不病死，现在也会给折磨死的"，我有时这样想。然而他还是"在劫难逃"，他的坟给挖掉了。幸而骨灰给保存了下来，存放在龙华革命公墓里。可是我哥哥李林的墓给铲平以后，什么都没有了。①

1959 年靳以逝世后，中国作家协会派人到上海慰问他的家属，问起有什么要求，家属希望早日看到死者的选集或者文集。协会同意了，出版社也答应了，不过把编辑的事务委托给作家协会上海分会办理。最初听说要编四册，后来决定编成上下两集。《靳以文集》上集已经在"文化大革命"以前出版，印数少，没有人注意，而且"大写十三年"的风越刮越猛，即使还没有点名批判，出这样的书已经构成了右倾的罪名，再没有人敢于提起下集的事。于是石沉大海，过了十几年还不见下集的影子。死者的家属问原来的编辑人，说是早在"文化大革命"以前就交出了原稿。出版社呢，还没有人到出版社去交涉，但回答是料想得到的："现在纸张缺乏"，或者"不在计划以内。"不过我想，倘使靳以忽然走运，只要风往这边一吹，下集马上就会出来。否则……谁知道靳以是

---

① 墓是我给他修建的。墓上有一本大理石的书。书上刻着这样三行字："我的心在这里找到了永久的家。"这是从他翻译的小说《悬崖》（俄国冈查罗夫著）中摘录下来的，字还是请钱君匋同志写的。运动一来，连书、连碑、连死者的遗骨都不知弄到哪里去了。

什么人？已经十几年没有印过他的一本书了。

要是靳以死而有知，他会有什么感想呢？

1979 年 8 月 11 日

我在悼念中岛健藏先生的文章里提到 1977 年 9 月 2 日虹桥机场送别的事。那天上午离沪返国的，除了中岛夫妇外，还有井上靖先生和其他几位日本朋友。前一天晚上我拿到中岛、井上两位赠送的书，回到家里，11 点半上床，睡不着，翻了翻井上先生的集子《桃李记》，里面有一篇《壶》，讲到中日两位作家（老舍和广津和郎）的事情，我躺在床上读了一遍，眼前老是出现那两位熟人的面影，都是那么善良的人，尤其是老舍，他那极不公道的遭遇，他那极其悲惨的结局，我一个晚上都梦见他，他不停地说："告诉朋友们，我没有问题。"总之，我睡得不好。第二天一早我到了宾馆陪中岛先生和夫人去机场。在机场贵宾室里我拉着一位年轻译员找井上先生谈了几句，我告诉他读了他的《壶》。文章里转述了老舍先生讲过的《壶》的故事，① 我

---

① 下面抄一段井上的原文（吴树文译）

"老舍讲的故事，内容是这样的：

很久以前，中国有一个富翁，他收藏有许多古董珍品。后来他在事业上失败了，于是把收藏的古董一件件变卖，最后富翁终于落魄成为讨饭的乞丐，然而即使成了乞丐，有一只壶，他是怎么也不肯割爱的，他带着这只壶到处流浪。当时，另外有一个富翁知道了这件事，他千方百计想要获得这只壶。富翁出了很高的价钱想把壶买到手，虽经几次交涉，乞丐却坚决不脱手。就这样过了好几年，乞丐已经老态龙钟，连走路都十分困难了。富翁便给乞丐房子住，给乞丐饭吃，暗中等着乞丐死去。没多久，乞丐衰老之极，病死了。富翁高兴极了，觉得盼望已久的这一天终于来临。可是谁知道，乞丐在咽气之前，把这只壶掷到院子里，摔得粉身碎骨。"

说这样的故事我也听人讲过，只是我听到的故事结尾不同。别人对我讲的《壶》是福建人沏茶用的小茶壶。乞丐并没有摔破它，他和富翁共同占有这只壶，每天一起用它沏茶，一直到死。我说，老舍富于幽默感，所以他讲了另外一种结尾。我不知道老舍是怎样死的，但是我不相信他会抱着壶跳楼。他也不会把壶摔碎，他要把美好的珍品留在人间。

那天我们在贵宾室停留的时间很短，年轻的中国译员没有读过《壶》，不了解井上先生文章里讲些什么，无法传达我的心意。井上先生这样地回答我："我是说老舍先生抱着壶跳楼的。"意思可能是老舍无意摔破壶。可是原文的最后一句明明是"壶碎人亡"，壶还是给摔破了。

有人来通知客人上飞机，我们的交谈无法继续下去，但井上先生的激动表情给我留下深刻的印象，他告诉同行的佐藤女士："巴金先生读过《壶》了。"我当时并不理解为什么井上先生如此郑重地对佐藤女士讲话，把我读他的文章看作一件大事。然而后来我明白了，我读了水上勉先生的散文《蟋蟀罐》（1967 年）和开高健先生的得奖小说《玉碎》（1979 年）。日本朋友和日本作家似乎比我们更重视老舍同志的悲剧的死亡，他们似乎比我们更痛惜这个巨大的损失。在国内看到怀念老舍的文章还是近两年的事。井上先生的散文写于 1970 年 12 月，那个时候老舍同志的亡灵还作为反动权威受到批斗。为老舍同志雪冤平反的骨灰安放仪式一直拖到 1978 年 6 月才举行，而且骨灰盒里也没有骨灰。甚至在 1977 年上半年还不见谁出来公开替死者鸣冤叫屈。我最初听到老舍同志的噩耗是在 1966 年年底，那是造反派为了威胁我们讲出来的，当时他们含糊其辞，也只能算作"小道消息"吧。以后还听见两三次，都是通过"小道"传来的，内容互相冲突，传话人自己讲不清楚，而且也不敢负责。只有在虹桥机场送别的前一两天，在衡山宾馆里，从中岛健藏先生的口中，我才第一次正式听见老舍同志的死讯，他说是中日友协的一位负责人在坦率的交谈中讲出来的。但这一次也只是解决了"死"的问题，至于怎样死法和当时的情况中岛先生并不知道。我想我将来去北京开会，总可以问个明白。听见中

我四五岁的光景，跟着母亲从成都到了川北的广元县，父亲在那里做县官。

——《最初的回忆》

岛先生提到老舍同志名字的时候，我想起了 1966 年 7 月 10 日在人民大会堂同老舍见面的情景，那个上午北京市人民在人民大会堂举行支援越南人民抗美斗争的大会，我和老舍，还有中岛，都参加了大会的主席团，有些细节我已在散文《最后的时刻》中描写过了，例如老舍同志用敬爱的眼光望着周总理和陈老总、充满感情地谈起他们。那天我到达人民大会堂（不是四川厅就是湖南厅），老舍已经坐在那里同当时的北京市副市长王昆仑在谈话。看见老舍我感到意外，我到京出席亚非作家紧急会议一个多月，没有听见人提到老舍的名字，我猜想他可能出了什么事，很替他担心，现在坐在他的身旁，听他说："请告诉朋友们，我没有问题……"我真是万分高兴。过一会中岛先生也来了，看见老舍便亲切地握手，寒暄。中岛先生的眼睛突然发亮，那种意外的喜悦连在旁边的我也能体会到。我的确看到了一种衷心愉快的表情。这是中岛先生最后一次看见老舍，也是我最后一次同老舍见面，我哪里想得到一个多月以后将在北京发生的惨剧！否则我一定拉着老舍谈一个整天，劝他避开，让他在精神上有所准备。但有什么办法使他不会受骗呢？我自己后来不也是老老实实地走进"牛棚"去吗？这一切中岛先生是比较清楚的。我在 1966 年六月同他接触，就知道他有所预感，他看见我健康地活着感到意外的高兴，他意外地看见老舍活得健康，更加高兴。他的确比许多人更关心我们。我当时就感觉到他在替我们担心：什么时候会大难临头。他比我们更清醒。

可惜我没有机会同日本朋友继续谈论老舍同志的事情。他们是热爱老舍的，他们尊重这位有才华、有良心的正直、善良的作家。在他们的心上、在他们的笔下他至今仍然活着。四个多月前我第二次在虹桥机场送别井上先生，我没有再提"壶碎"的问题。我上次说老舍同志一定会把壶留下，因为他热爱祖国、热爱人民，他虽然含恨死去，却留下许多美好的东西在人间，那就是他那些不朽的作品，我单单提两三个名字就够了：《月牙儿》《骆驼祥子》和《茶馆》。在这一点上，井上先生同我大概是一致的。

今年上半年我又看了一次《茶馆》的演出，太好了！作者那样熟悉旧社会，那样熟悉旧北京人。这是真实的生活。短短两三个钟头里，我重温了五十年的旧梦。在戏快要闭幕的时候，那三个老头儿（王老板、常四爷和秦二爷）在一起最后一次话旧，含着眼泪打哈哈，"给自己预备下点纸钱"，"祭奠祭奠自己"。我一直流着泪水，好些年没有看到这样的好戏了。这难道仅仅是在为旧社会唱挽歌吗？我觉得有人拿着扫帚在清除我心灵中的垃圾。坦率地说，我们谁的心灵中没有封建的尘埃呢？

我出了剧场脑子里还印着常四爷的一句话："我爱咱们的国呀，可是谁爱我呢？"完全没有想到，一个熟悉的声音在追逐我。我听见了老舍同志的声音，是他在发问。这是他的遗言。我怎样回答呢？我曾经对方殷同志讲过："老舍死去，使我们活着的人惭愧……"这是我的真心话。我们不能保护一个老舍，怎样向后人交代呢？没有把老舍的死弄清楚，我们怎样向后人交代呢？1977 年 9 月 2 日井上先生在机场上告诉同行的人我读过他的《壶》，他是在向我表示他的期望：对老舍的死不能无动于衷！但是两年过去了，我究竟做了什么事情呢？我不能不感到惭愧。重读井上靖先生的文章、水上勉先生的回忆、开高健先生的短篇小说，我也不能不责备自己。老舍是我三十年代结识的老友。他在临死前一个多月对我讲过："请告诉朋友们，我没有问题……"我做过什么事情，写过什么文章来洗刷涂在这个光辉的（是的，真正是光辉的）名字上的浊水污泥呢？

看过《茶馆》半年了，我仍然忘不了那句台词："我爱咱们的国呀，可是谁爱我呢？"老舍同志是伟大的爱国者。新中国成立后，他从海外回来参加祖国社会主义建设事业，他是写作最勤奋的劳动模范，他是热烈歌颂新中国的最大的"歌德派"，1957 年他写出他最好的作品《茶馆》。他是用艺术为政治服务最有成绩的作家。他参加各项社会活动和外事活动，可以说是把整个生命和全部精力都贡献给了祖国。他没有一点私心。甚至在红卫兵上了街，危机四伏、杀气腾腾的时候，他还拿着事先准备好的发言稿，到北京市文联开会，想以市文联主席的身份发动大家积极参加文化大革命，但是就在那里他受到拳打脚踢，加上人身侮辱，自己成了文化大革命专政的对象。老舍夫人回忆说："我永远忘不了我自己怎样在深夜用棉花蘸着清水一点一点地替自己的亲人洗清头上、身上的斑斑血迹，不明白是哪里出了问题，不明白为什么会闹成这个样子……"

我仿佛看见满头血污包着一块白绸子的老人一声不响地躺在那里。他有多少思想在翻腾，有多少话要倾吐，他不能就这样撒手而去，他还有多少美好的东西要留下来啊！但是过了一天他就躺在太平湖的西岸，身上盖了一床破席。没有能把自己心灵中的宝贝完全贡献出来，老舍同志带着多大的遗憾闭上眼睛，这是我们想象得到的。

"为什么会闹成这个样子？"去年六月三日我在北京八宝山公墓礼堂参加老舍同志的骨灰安放仪式，低头默哀的时候，我想起了胡絜青同志的那句问话。为什么呢……？从主持骨灰安放仪式的人起一直到我，大家都知道，当然也能够回答。但是已经太迟了。老舍同志离开他所热爱的新社会已经十二年了。

一年又过去了。那天我离开八宝山公墓的时候，我忽然想起一位外籍华人、一位知名的女作家的谈话，她说："中国的知识分子是很了不起的，他们是忠诚的爱国者。西方的知识分子如果受到'四人帮'时代的那些待遇，那些迫害，他们早就跑光了。可是中国的知识分子，不管你给他们准备什么条件，他们能工作时就工作。"这位女士脚迹遍天下，见闻广，她不会信口开河。老舍同志是中国知识分子最好的典型，没有能挽救他，我的确感到惭愧，也替我们那一代人感到惭愧。但我们是不是从这位伟大作家的惨死中找到什么教训呢？他的骨灰虽然不知道给抛撒到了什么地方，可是他的著作流传全世界，通过他的口叫出来的中国知识分子的心声请大家侧耳倾听吧："我爱咱们的国呀，可是谁爱我呢？"

请多一点关心他们吧，请多一点爱他们吧，不要挨到太迟了的时候。

话又说回来，虽然到今天我还没有弄明白，老舍同志的结局是自杀还是被杀，是含恨投湖还是受迫害致死，但有一点是可以肯定的：人亡壶全，他把最美好的东西留下来了。最近我在北京出席第四次全国文代会，没有看见老舍同志我感到十分寂寞。有一位好心人对我说："不要纠缠在过去吧，要向前看，往前跑啊！"我感谢他的劝告，我也愿意听从他的劝告。但是我没有办法使自己赶快变成《未来世界》中的"三百型机器人"，那种机器人除了朝前走外，什么都看不见。很可惜，"四人帮"开动了他们的全部机器改造我十年，却始终不曾把我改造成机器人。过去的事我偏偏记得很牢。

老舍同志在世的时候，我每次到北京开会，总要去看他，谈了一会，他照例说："我们出去吃个小馆吧"，他们夫妇便带我到东安市场里一家他们熟悉的饭馆，边吃边谈，愉快地过一两个钟头。我不相信鬼，我也不相信神，但我却希望真有一个所谓"阴间"，在那里我可以看到许多我所爱的人。倘使我有一天真的见到了老舍，他约我去吃小馆，向我问起一些情况，我怎么回答他呢？……我想起了他那句"遗言"："我爱咱们的国呀，可是谁来爱我呢？"我会紧紧捏住他的手，对他说："我们都爱你，没有人会忘记你，你要在中国人民中间永远地活下去！"

1979 年 12 月 15 日

怀念曹禺

一

　　家宝逝世后，我给李玉茹、万方发了个电报："请不要悲痛，家宝并没有去，他永远活在观众和读者的心中！"话很平常，不能表达我的痛苦，我想多说一点，可颤抖的手捏不住小小的笔，许许多多的话和着眼泪咽进了肚里。

　　躺在病床上，我经常想起家宝。六十几年的往事历历在目。

　　北平三座门大街十四号南屋，故事是从这里开始。靳以把家宝的一部稿子交给我看，那时家宝还是清华大学的一个学生。在南屋客厅旁那间用蓝纸糊壁的阴暗小屋里，我一口气读完了数百页的原稿。一幕人生的大悲剧在我面前展开，我被深深地震动了！就像从前看托尔斯泰的小说《复活》一样，剧本抓住了我的灵魂，我为它落了泪。我曾这样描述过我当时的心情："不错，我流过泪，但是落泪之后我感到一阵舒畅，而且我还感到一种渴望，一种力量在身内产生了，我想做一件事情，一件帮助人的事情，我想找个机会不自私地献出我的精力。《雷雨》是这样的感动过我。"然而，这却是我从靳以手里接过《雷雨》手稿时所未曾料到的。我由衷佩服家宝，他有大的才华，我马上把我的看法告诉靳以，让他分享我的喜悦。《文季月刊》破例一期全文刊载了《雷雨》，引起广大读者的注意。第二年，我旅居日本，在东京看了由中国留学生演出的《雷雨》，那时候，《雷雨》已经轰动，国内也有剧团把它搬上舞台。我连着看了三天戏，我为家宝高兴。

1936 年靳以在上海创刊《文季月刊》，家宝在上面连载四幕剧《日出》，同样引起轰动。1937 年靳以又创办《文丛》，家宝发表了《原野》。我和家宝一起在上海看了《原野》的演出，这时，抗战爆发了。家宝在南京教书，我在上海搞文化生活出版社，这以后，我们失去了联系。但是我仍然有机会把他的一本本新作编入《文学丛刊》介绍给读者。

1940 年，我从上海到昆明，知道家宝的学校已经迁至江安，我可以去看他了。我在江安待了六天，住在家宝家的小楼里。那地方真清静，晚上七点后街上就一片黑暗。我常常和家宝一起聊天，我们隔了一张写字台对面坐着，谈了许多事情，交出了彼此的心。那时他处在创作旺盛时期，接连写出了《蜕变》《北京人》，我们谈起正在上海上演的《家》（由吴天改编、上海剧艺社演出），他表示他也想改编。我鼓励他试一试。他有他的"家"，他有他个人的情感，他完全可以写一部他的《家》。1942 年，在泊在重庆附近的一条江轮上，家宝开始写他的《家》。整整一个夏天，他写出了他所有的爱和痛苦。那些充满激情的优美的台词，是从他心底深处流淌出来的，那里面有他的爱，有他的恨，有他的眼泪，有他的灵魂的呼号。他为自己的真实感情奋斗。我在桂林读完他的手稿，不能不赞叹他的才华，他是一位真正的艺术家！我当时就想写封信给他，希望他把心灵中的宝贝都掏出来，可这封信一拖就是很多年，直到 1978 年，我才把我心里想说的话告诉他。但这时他已经满身创伤，我也伤痕遍体了。

二

1966 年夏天，我们参加了亚非作家北京紧急会议。那时"文革"已经爆发。一连两个多月，我和家宝在一起工作，我们去唐山，去武汉，去杭州，最后大会在上海闭幕。送走了外宾，我们的心情并没有轻松，家宝马上要回北京参加运动，我也得回机关学习，我们都不清楚等待我们的将是什么。分手时，两人心里都有很多话，可是却没有机会说出来。这之后不久，我们便都进了"牛棚"。等到我们再见面，已是十二年后了。我失去了萧珊，他失去了方瑞，两个多么善良的人！

在难熬的痛苦的长夜，我也想念过家宝，不知他怎么挨过这段艰难的日子。听说他靠安眠药度日，我很为他担心。我们终于还是挺过来了。相见时没有大悲大喜，几句简简单单的话说尽了千言万语。我们都想向前看，甚至来不及抚平身上的伤痕，就急着要把失去的时间追回来。我有不少东西准备写，他也有许多创作计划。当时他已完成了《王昭君》，我希望他把《桥》写完。《桥》是他在抗战胜利前不久写的，只写了两幕，后来他去美国讲学就搁下了。他也打算续写《桥》，以后几次来上海收集材料。那段时候，我们谈得很多。他时常抱怨，不能做自己想做的事情。我劝他少些顾虑，少开会，少写表态文章，多给后人留一点东西。我至今怀念那些日子：我们两人一起游豫园，走累了便在湖心亭喝茶，到老饭店吃"糟钵头"，我们在北京逛东风市场，买几根棒冰，边走边吃，随心所欲地闲聊。那时我们头上还没有这么多头衔，身边也少有干扰，脚步似乎还算轻松，我们总以为我们还能做许多事情，那感觉就好像是又回到了30年代北平三座门大街。

但是，我们毕竟老了。被损坏的机体不可能再回复到原貌。眼看着精力一点一点从我们身上消失，病魔又缠住了我们，笔在我们手里一天天重起来，那些美好的计划越来越遥远，最终成了不可触摸的梦。我住进了医院，不久，家宝也离不开医院了。起初我们还有机会住在同一家医院，每天一起在走廊上散步，在病房里倾谈往事，我说话有气无力，他耳朵更加聋了，我用力大声说，他还是听不明白，结果常常是各说各的。但就是这样，我们仍然了解彼此的心。

我的身体越来越差，他的病情也加重了。我去不了北京，他无法来上海，见面成了奢望，我们只能靠通信互相问好。1993年，一些热心的朋友想创造条件让我们在杭州会面，我期待着这次聚会，结果因医生不同意，家宝没能成行。这年的中秋之夜，我在杭州和他通了电话，我清清楚楚地听到他的声音，还是那么响亮，中气十足。我说：

"我们共有一个月亮。"他说:"我们共吃一个月饼。"这是我最后一次听到他的声音。

三

我和家宝都在与疾病斗争。我相信我们还有时间,家宝小我六岁,他会活得比我长久。我太自信了。我心里的一些话,本来都可以讲出来,他不能到杭州,我可以争取去北京,可以和他见一面,和他话别。

消息来得太突然。一屋子严肃的面容,让我透不过气。我无法思索,无法开口,大家说了很多安慰的话,可我脑子里却是一片空白。我不能接受这个事实,前些天北京来的友人还告诉我,家宝健康有好转,他写了发言稿,准备出席第六次文代会的开幕式。仅仅只过了几天!李玉茹在电话里说,家宝走得很安详,是在睡梦中平静地离去的。那么他是真的走了。

十多年前家宝在给我的一封信中,写了这样的话:"我要死在你的前面,让痛苦留给你……"我想,他把痛苦留给了他的朋友,留给了所有爱他的人,带走了他心灵中的宝贝,他真能走得那样安详吗?

《中华读书报》2001 年 9 月 19 日

第四辑　随想录

中国人

我出国之前完全没有想到，在法国十八天中间，我会看见那么多的中国人。各种各样的中国人，他们来自世界各地，过着各样的生活，有着不同的思想，站在不同的立场。他们穿不同的服装，发不同的口音，有不同的职业。我们参加过巴黎三个大学（第三、第七、第八）中文系的座谈会和招待会，会上见到他们；我们出席过在弗纳克书籍超级市场里举行的和读者见面会，会上见到他们；我们出席过法中友协的座谈会，在那里也见到他们。有些人好像真是无处不在，不过我也没有想过避开他们。我过去常说我写小说如同在生活，我的小说里的人物从来不是一好全好，一坏到底。事物永远在变，人也不会不变，我自己也是这样。我的思想也并不是一潭死水。所以我想，即使跟思想不同的人接触，只要经过敞开胸怀的辩论，总可以澄清一些问题。只要不是搞阴谋诡计、别有用心的人，我们就用不着害怕，索性摆出自己的观点，看谁能说服别人。

离开了祖国，我有一个明显的感觉：我是中国人。这感觉并不是这一次才有的。五十二年前我就有过。我们常常把祖国比做母亲。祖国的确是母亲，但是过去这位老母亲贫病交加、朝不保夕，哪里管得了自己儿女的死活！可是今天不同了。出了国境无论在什么地方，我总觉得有一双慈爱的眼睛关心地注视着我。好像丹东讲过类似这样的话：人不能带着祖国到处跑。我不是这么看法。这次出国访问使我懂

219

得更多的事情。不管你跑到天涯地角，你始终摆脱不了祖国，祖国永
远在你的身边。这样一想，对于从四面八方来到巴黎的中国人，我的
看法就不同了。在他们面前我热情地伸出手来，我感觉到祖国近在我
的身旁。祖国关心漂流在世界各地的游子。他们也离不开祖国母亲。
即使你入了外国籍，即使你不承认自己是中国人，即使你在某国某地
有产业，有事业，有工作，有办法，吃得开，甚至为子孙后代做了妥
善的安排，倘使没有祖国母亲的支持，一旦起了风暴，意想不到的灾
祸从天而降，一切都会给龙卷风卷走，留给你的只是家破人亡。这不
是危言耸听，一百年来发生过多少这样的惨剧和暴行。几十万、上百
万的华侨和华裔越南"难民"今天的遭遇不就是最有力的说明吗？过
去华侨被称为海外孤儿。我一九二七年一月在上海搭船去马赛，在西
贡、在新加坡上岸闲步，遇见中国人，他们像看到至亲好友那样的亲
热。这种自然发生的感情是长期遭受歧视的结果。一九三一年我写过
短篇小说《狗》，小说中的我会"在地上爬，汪汪地叫"，会"觉得自
己是一条狗"，难道作者发了神经病？我写过一篇散文《一九三四年
十月十日在上海》，文章里有人说："为什么我的鼻子不高起来，我的
眼睛不落下去……？"难道我缺乏常识，无病呻吟？不！在那些日子
里一般的中国人过的是什么样的生活？我们是不会忘记的。今天重读
我一九三五年在日本写的短篇《人》，我又记起那年四月里的一场噩
梦，那天凌晨，好几个东京的便衣警察把我从中华青年会宿舍带进神
田区警察署拘留到当天傍晚。我当时一直在想：要是他们一辈子不放
我出来。恐怕也没有人追问我的下落，我不过是一个普通的中国人，
一个"孤儿"。

今年四月三十日傍晚我们中国作家代表团在巴黎新安江饭店和当
地侨胞会见，我们感谢华侨俱乐部的盛情招待。出席聚餐会的人有好
几十位，但据说也只是要求参加的人中间的一部分。席上我看见不少
年轻人的脸，我也见到那位从日内瓦赶来的女编辑，她是我一个朋友
的外甥女，她想了解一些祖国的情况，但是我们的法国主人已经无法
为我们安排会谈的时间了。还有不少的年轻人怀着求知心到这里来，
他们需要知道这样或者那样的关于祖国的事情，总之大家都把希望寄

托在这个聚餐会上，反正我们一行五个人，每个人都可以解答一些问题。这个聚会继续了三个多小时，我或者听，或者讲，我感到心情舒畅，毫无拘束。年轻人说："看见你们，好像看见我们朝思暮想的祖国。"他们说得对，我们的衣服上还有北京的尘土，我们的声音里颤动着祖国人民的感情。我对他们说："看见你们我仿佛看见一颗一颗向着祖国的心。"游子的心是永远向着母亲的。我要把它们全带回去。

聚餐以后大家畅谈起来。可是时间有限，问题很多，有些问题显得古怪可笑，但问话人却是一本正经，眼光是那么诚恳。我好像看透了那些年轻的心。有些人一生没有见过母亲；有些人多年远游，不知道家中情况，为老母亲的健康担心；有些人在外面听到不少的流言，无法解除心中的疑惑。他们想知道真相，也需要知道真相。我不清楚我们是否满足了他们的要求，解答了他们的疑问。不过我让他们看见了从祖国来的一颗热烈的心。我紧紧地握了他们的手，我恳切地表示了我的希望：大家在各自的岗位上努力吧。祝我们亲爱的母亲——我们伟大的社会主义祖国万寿无疆。我们为亲爱的祖国举杯祝酒的时候，整个席上响起一片欢腾的笑语，我们互相了解了。

当然不是一次的交谈就可以解决问题。我这里所谓"互相了解"也只是一个开始。过了一个多星期，我们访问了尼斯、马赛、里昂以后回到巴黎，一个下午我们在贝热隆先生主持的凤凰书店里待了一个小时。气氛和在新安江饭店里差不多，好些年轻的中国人拿着书来找我们签字。我望着他们，他们孩子似的脸上露出微笑。他们的眼光是那么友好，那么单纯，他们好像是来向我们要求祝福。我起初一愣，接着我就明白了：我们刚从祖国来，马上就要回到她身边去，他们向我要求的是祖国母亲的祝福。

我还见到一位从国内出来的年轻人，他有一个法国妻子，说是几年后学业结束仍要回国。他对我女儿说：华侨同胞和法国朋友在一些会上向我提问题十分客气，有些尖锐的问题都没有提出来。这个我知道，不过我并不害怕，既然参加考试，就不怕遇到难题。我不擅长辞令，又缺乏随机应变的才能。我唯一的武器是"讲老实话"，知道什么讲什么。我们的祖国并不是人间乐园，但是每个中国人都有责任把它建设成为人间乐园。对那位从中国出来的大学生，我很想做这样的回答："你袖手旁观？难道你就没有责任？"还有人无中生有在文章里编造我的谈话，给自己乔装打扮，这只能说明他的处境困难，他也在变。他大概已经明白了这样一个真理：人无论如何甩不掉自己的祖国。

最后，我应当感谢《家》的法译者李治华先生。4月25日早晨我在戴高乐机场第一次看见他，5月13日上午他在同一个机场跟我握手告别，在我们访问的两个多星期中，除了在马赛和里昂的两天外，他几乎天天和我在一起，自愿地担任繁难的口译工作。要是没有他的帮忙，我一定会遇到很多困难。他为我花费了不少的时间和精力，我没有讲一句感谢的话。我知道这只是出于他对祖国母亲爱慕的感情。他远离祖国三十多年，已经在海外成家立业，他在大学教书，刚刚完成了《红楼梦》的法文全译本，这部小说明年出版，将在法国读书界产生影响。但是同他在一起活动的十几天中间，我始终感觉到有一位老母亲的形象牵系着他的心，每一个游子念念不忘的就是慈母的健康，他也不是例外……

我的工作室里相当热，夜间11点我坐在写字桌前还在流汗。这里比巴黎的旅馆里静，我仿佛听见夜在窗外不停地跑过去。我的生命中两个月又过去了。我没有给那些人中间任何一个写过一封信，可是我并没有忘记他们。我每想到祖国人民在困难中怎样挺胸前进的时候，我的脑子里就浮现出散居在世界各地的中国人。一滴一滴的水流入海洋才不会干涸。母亲的召唤永远牵引游子的心。还需要我讲什么呢？还需要我写什么呢？难道你们没有听见母亲的慈祥的呼唤声音？我已经把你们的心带到了她的身边。

　　　　　　　　　　　　　　　　　　　　　　　　7月22日

文学的作用

现在我直截了当地谈点有关文学的事情。我讲的只是我个人的看法。

我常常这样想：文学有宣传的作用，但宣传不能代替文学；文学有教育的作用，但教育不能代替文学。文学作品能产生潜移默化、塑造灵魂的效果，当然也会做出腐蚀心灵的坏事，但这二者都离不开读者的生活经历和他们所受的教育。经历、环境、教育等等都是读者身上、心上的积累，它们能抵抗作品的影响，也能充当开门揖"盗"的内应。读者对每一本书都是"各取所需"。塑造灵魂也好，腐蚀心灵也好，都不是一本书就办得到的。只有日积月累、不断接触，才能在不知不觉间受到影响，发生变化。

我从小就爱读小说，第一部是《说岳全传》，接下去读的是《施公案》，后来是《彭公案》。《彭公案》我只读了半部，像《杨香武三盗九龙杯》之类的故事当时十分吸引我，可是我只借到半部，后面的找不到了。我记得两三年中间几次梦见我借到全本《彭公案》，高兴得不得了，正要翻看，就醒了。照有些人说，我一定会大中其毒，做了封建社会地主阶级的孝子贤孙了。十多年前人们批斗我的时候的确这样说过，但那是"童言无忌"。倘使我一生就只读这一部书，而且反复地读，可能大中其毒。"不幸"我有见书就读的毛病，而且习惯了为消遣而读各种各样的书，各种人物、各种思想在我的脑子里打架，大家放毒、彼此消毒。我既然活到七十五岁，不曾中毒死去，那么今天也不妨吹一吹牛说：我身上有了防毒性、抗毒性，用不着躲在温室里度余年了。

　　我正是读多了小说才开始写小说的。我的小说不像《说岳全传》或者《彭公案》，只是因为我读得最多的还是外国小说。一九二七年四月的夜晚我在巴黎拉丁区一家公寓的五层楼上开始写《灭亡》的一些章节。我说过："我有感情必须发泄，有爱憎必须倾吐，否则我这颗年轻的心就会枯死。所以我拿起笔，在一个练习本上写下一些东西来发泄我的感情、倾吐我的爱憎。每天晚上我感到寂寞时，就摊开练习本，一面听巴黎圣母院的钟声，一面挥笔，一直写到我觉得脑筋迟钝，才上床睡去。"

　　那么"我的感情"和"我的爱憎"又是从哪里来的呢？不用说，它们都是从我的生活里来的，从我的见闻里来的。生活的确是艺术创作的源泉，而且是唯一的源泉。古今中外任何一个严肃的作家都是从这唯一的源泉里吸取养料，找寻材料的。文学作品是作者对生活理解的反映。尽管作者对生活的理解和分析有对有错，但是离开了生活总不会有好作品。作家经常把自己的亲身见闻写进作品里面，不一定每个人物都是他自己，但也不能说作品里就没有作者自己。法国作家福楼拜说爱玛·包瓦利（今通译包法利。编者注）是他自己；郭老说蔡文姬是他。这种说法是值得深思的。《激流》里也有我自己，有时在觉慧身上，有时在觉民身上，有时在剑云身上，或者其他的人身上。去年或前年有一位朋友要我谈谈对《红楼梦》的看法。他是红学家，我却什么也不是，谈不出来，我只给他写了两三句话寄去。我没有留底稿，不过大意我可能不曾忘记。我说："《红楼梦》虽然不是作者的自传，但总有自传的成分。倘使曹雪芹不是生活在这样的家庭里，接触过小说中的那些人物，他怎么写得出这样的小说？他到哪里去体验生活，怎样深入生活？"

　　说到深入生活，我又想起了一些事情。我缺乏写自己所不熟悉的生活的本领。解放后我想歌颂新的时代，写新人新事，我想熟悉新的生活，自己也作了一些努力。但是努力不够，经常浮在面上，也谈不到熟悉，就像蜻蜓点水一样，不能深入，因此也写不出多少作品，更谈不上好作品了。前年暑假前复旦大学中文系，有一些外国留学生找我去参加座谈会，有人就问我："为什么不写你自己熟悉的生活？"我回答："问题就在于我想写新的人。"结果由于自己不能充分做到"深入"与"熟悉"，虽然有真挚的感情，也只能写些短短的散文。我现在准备写的长篇就是关于十多年来像我这样的知识分子的遭遇。我熟悉这种生活，用不着再去"深入"。我只从侧面写，用不着出去调查研究。

去年五月下旬我在一个会上的发言中说过："创作要上去，作家要下去。"这句话并不是我的"创作"，这是好些人的意见。作家下去生活，是极其寻常的事。不过去什么地方，就不简单了。我建议让作家自己去选择生活基地。一个地方不适当，可以换一个。据我看倘使基地不适合本人，再"待"多少年，也写不出什么来。替作家指定和安排去什么地方，这种做法不一定妥当。至于根据题材的需要而要求创作人员去这里那里，这也值得慎重考虑。

话说回来，文学著作并不等于宣传品。文学著作也并不是像"四人帮"炮制的那种朝生暮死的东西。几百年、千把年以前的作品我们有的是。我们这一代也得有雄心壮志，让我们自己的作品一代一代地流传下去。

1 月 27 日

小人、大人、长官

　　有一个时期，在我们的小孩中间养成了一种习惯：看电影，看戏，或者听人讲故事，只要出来一个人，孩子就要问：好人？坏人？得到了回答，他们就放心了。反正好人做好事，坏人做坏事，善有善报，恶有恶报。这样就用不着他们操心了。

　　当时我们这些所谓大人常常笑孩子们"头脑太简单"，认为自己很知道"天下事本来太复杂"。其实不见得，"大人"简单化起来，也会只是在"好人""坏人"这两个称呼上面转来转去。因此林彪谈"好人打坏人""坏人打好人"那一套，就很有市场。明明是胡说八道，却有人把它们当做"指示"。不知道是真相信，还是假相信，甚至是不相信，更可能是没有考虑过真假和信与不信，总之长官说了就算数，用不着自己动脑筋。张春桥、姚文元说："巴金是坏人"，他当然就是坏人。有一个时期，好几年吧，我就是坏人。大家都把我当做坏人，不但全上海，甚至全国都把我当做坏人。只有我的爱人有时候还说我不是坏人，有一回我看见她给一个朋友的孩子写信说："我不相信李伯伯是坏人。"熟人中也有人不把我当坏人看，但他们自己也给当做坏人关进"牛棚"了。我记得萧珊对我讲过一个笑话：朋友的儿子问他妈妈怎么坏人都是老头子，因为他妈妈带孩子到机关来，看到我们这些作家受批斗或者站在草地上"示众"，自报罪行，我们或则满头白发，或则头发花白，或则秃头，在孩子的眼里都是老朽。这个笑话萧珊当时是带着痛苦的表情讲出来的。为什么我们一下子都变了坏人呢？就拿我来说，我还是选出来的这个作家协会分会的主席呢！说穿了，理由也很简单：

小孩相信大人，大人相信长官。长官当然正确。

多少年来就是这样。长官说你是坏人，你敢说你不是坏人？

对长官的信仰由来已久。多少人把希望寄托在包青天的身上，创造出种种离奇的传说。还有人把希望寄托在海青天的身上，结果吴晗和周信芳都"含恨而亡"。一九六一年底或一九六二年初我在海南岛海口市也曾访过海瑞墓，幸而我没有写文章发议论，不然我早就跟吴、周两位一起走了，轮不到我在这里饶舌。

说实话，对包青天、海青天我都暗暗钦佩。不过我始终有个疑问：青天一个人就能解决问题？我常常想：倘使我自己不争气，是个扶不起的阿斗，事事都靠包青天、海青天，一个青天，两个青天，能解决多少问题呢？即使真有那么一个"青天"，他要是没有一批实干、苦干的得力干部，要是没有真心支持他的广大群众，单单靠一个好人、一番好意，会有什么样的结果呢？

相信好人也罢，相信长官也罢，二者其实一样。总之，把自己的命运交给别人，甚至交给某一个两个人，自己一点也不动脑筋，只是相信别人，那太危险了。碰巧这一两个人是林彪、江青之类，那就更糟了。好人做好事，不错；好人做错事，怎么办？至于坏人呢？坏人做起坏事来，不只是一件、两件啊！

1970 年或者 1971 年我在文化系统的五七干校里参加过一个批判会。挨斗的是两个音乐界的"反革命分子"。其中一个人的反革命罪行是，他用越剧的曲调歌颂江青。据说江青反对越剧，认为越剧的曲调是"靡靡之音"，这个人用江青反对的曲调歌颂江青，就是侮辱江青，就是"攻击无产阶级司令部"。理由实在古怪、滑稽，但事实确是这样。在这次批判会上并不见江青出席讲话，也没有人代念她的"书面发言"。讲话的还是在干校里常见的那些人，他们今天可能还活跃。这是可以理解的，谁能说自己一贯正确呢？既然我们相信长官，长官把我们带到哪里，我们就只好跟到哪里。长官是江青，就跟着江青跑，长官是林彪，就"誓死保卫"，甚至跳忠字舞，剪忠字花。难道这是一场大梦吗？

现在总算醒过来了。这十多年并不是白白过去的。经过这样的锻炼和考验之后，我们大概比较成熟了吧，我们不再是小孩了。总得多动脑筋，多思考吧。

3 月 28 日

探索

在最近的《大公报》上看到白杰明先生的一篇文章，里面有一句话我非常欣赏："要是想真正搞出一些尖端性的或有创新意义的东西来，非得让人家探索不可。"①

在我的周围，有些人听见"探索"二字就怀疑，甚至担心。有一份受到批判的地下刊物不是叫做《探索》吗？我还是那句老话：我没有读过这类刊物，没有发言权。我讲的是另一回事。但是有人警告说：

"你要探索，要创新，就是不满现状，'不满现状'可要当心啊！"

不满现状，说对了。不满现状（也就是不安于现状）有多种多样。有的人不满意自己的现状，有的人不满意别人的现状；有的人不满意小范围的现状，有的人不满意大范围的现状。

谈到别人的现状，谈到大范围的现状，问题就大了，因为别人会觉得他的现状很好，会觉得大范围的现状很好，你不满意，当然容易引起争论。例如我们每天早晨要自己去取牛奶；领取几块、十几块钱稿费也得自己到邮局排队；一个几本书的邮包也要自己去拿；什么事都要自己去办，我还有儿子和女婿可以帮忙，我一个朋友年过古稀，老伴又有病，走路不便，处理这些事，就感到困难了。又如我还有一个朋友在大学里教书，她说她有时得自己去搬运讲义、教材。……对

---

① 见 1 月 25 日《大公报·大公园》特约稿《异样也是常态》。

这类事情，各人有不同的看法，有人认为"各人为自己服务"是对知识分子改造的成绩，我过去也是这样想的。可是我想来想去，现在却有了另一种想法：一个人为自己服务的时间越多，他为人民服务的时间就越少。这样的话近两年来我到处讲反复讲（"四人帮"横行时期我没有发言权），并不起作用。我不满意这些现状，别人却不是这样看。再如有人说我们社会里已经有了"道不拾遗，夜不闭户"的现象，在电视机荧光屏上我却看见了审判盗窃杀人犯的场面，别人说这不是主流，他说得对，但他说的"美妙"里总不能包括盗窃杀人吧。争论起来是很麻烦的事，何况我缺乏辩才！

所以我只谈我自己的事。首先回顾我的过去，我隐隐约约记得的是在广元县知县衙门里的事情，这是最早的回忆！那个时候我不过四五岁，人们叫我"四公爷"（即四少爷），我父亲在二堂审案，我常常站在左侧偏后旁听。这说明我是个官僚地主的少爷。我从小就不满意这个现状，觉得做少爷没有意思，但当时我并没有认为生在大户人家是"出身不好"，更谈不到立志背叛自己的阶级。我只是讨厌那些繁重的礼节，而且也不习惯那种把人分为上等人与下等人的"分类法"。关于礼节，有一次我祖父在成都过生日，我的父母在广元庆祝，要我叩头，我不肯，就挨了一顿打。幸而我的父母当时不懂得"无限上纲"，打过就算了事，还允许我一生保留着对礼节和各种形式主义的厌恶。

至于说到"分类法"，我对它的不习惯（或者可以说不满意）表现在我喜欢生活在所谓"下等人"中间，同他们交朋友，听他们讲故事，我觉得他们比较所谓"上等人"像老爷、少爷、老太爷之类心地单纯得多，善良得多。当时我绝没有想到什么"深入生活"，"改造思想"，我喜欢到听差们住的门房里去，到轿夫们住的马房里去，只是因为我热爱这些人，这时我已经是十岁以上的孩子了。在我们家里人看来这是"不求上进""有失身份"的举动。可是没有人向上面打小报告，我祖父、父亲、叔父们都不知道，因此也不曾横加干涉，我照旧在门房和马房里出入，一直到我祖父死后，我发现了大门以外的广阔的世界，我待在家里的时间就少了，不久我考进了外国语专门学校的补习班。

以上的话只是说明：一，我不曾受过正规的教育；二，我从来不安于现状，总想改变自己的现状。我家里"上面的人"从我祖父到我大哥（我大哥对我已经没有任何权威了）都希望我做一个"扬名显亲""有钱有势"的人，可是我不会走那条现成的路，我不会让他们牵着鼻子走。

从我生下来起，并没有人命令我写小说。我到法国是为了学一门学问。我自己也没有想到我会在巴黎开始写什么小说，结果两年中什么也没有学会，回国后却找到了一样职业：写作。家里的人又再三叮嘱要我走他们安排的路，可是我偏偏走了没有人给我安排的那一条。尽管我的原稿里还有错别字，而且常常写出冗长的欧化句子，但是我边写、边学、边改，几十年的经验使我懂得一个道理：人从没有路的地方走出一条路来。

这几年来我常常想，要是我当初听从我家里人的吩咐，不动脑筋地走他们指引的道路，今天我会变成什么样子。我的结局我自己也想得到，我在《寒夜》里写过一个小知识分子（一个肺病患者）的死亡，这就是我可能有的结局，因为我单纯、坦白、不懂人情世故，不会讨好别人，耍不来花招，玩不来手法，走不了"光宗耀祖，青云直上"的大道。倘使唯唯诺诺地依顺别人，我祖父要我安于现状，我父亲（他死得早，我十二岁就失去了父亲）要我安于现状，我大哥也要我安于现状，我就只好装聋作哑地混日子，我祖父在我十五岁时神经失常地患病死去，我大哥在我二十七岁时破产自杀，那么我怎样活下去呢？

但是我从小就不安于现状，我总是在想改变我的现状，因为我不愿意白吃干饭混日子。今天我想多写些文章，多完成两三部作品，也仍然是想改变我的现状。想多做事情，想把事情做好，想多动脑筋思考，我过去是这样，现在也是这样。虽然我的成绩很小，虽然我因为是"臭老九"遭受"四人帮"及其爪牙的打击和迫害，可是我仍然认为选择了文学的道路是我的幸运。我同胞兄弟五人，连嫡堂弟兄一共二十三个，活到今天的不到一半，我年纪最大，还能够奋笔写作，是莫大的幸福。这幸福就是从不安于现状来的。年轻时我喜欢引用法国资产阶级革命家乔治·丹东的话："大胆，大胆，永远大胆。"现在我又想起了它。这十几年中间我看见的胆小怕事的人太多了！有一个时期我也诚心诚意地想让自己"脱胎换骨、重新做人"，改造成为没有自己意志的机器人。我为什么对《未来世界》影片中的机器人感到兴趣，几次在文章里谈起"它"呢？只是因为我在"牛棚"里当过地地道道的机器人，而且不以为耻地、卖力气地做着机器人。后来我发现了这是一场大骗局，我的心死了（古话说"哀莫大于心死！"），我走进"牛棚"的时候，就想起意大利诗人但丁的《神曲》：

> 经过我这里走进苦痛的城，
> 经过我这里走进永恒的痛苦——

这说明过去有一个时期的确有人用"地狱"来惩罚那些不安于现状的人。我相信会有新的但丁写出新的《神曲》来。

白杰明先生说，"想真正搞出……有创新意义的东西"，就要"让人家探索"。对，要"探索"，才能"创新"，才能"搞出一些尖端性的"东西。他的意思很明显：要实现四个现代化，就应该让人家探索。但是据我看，一个"让"字还不够，还需要一个字，一个更重要的字——就是敢字，敢不敢的"敢"字。不久前在上海举行了瞿白音同志的追悼会。白音同志，不是因为写了一篇《创新独白》就受尽地狱般的磨炼吗？最初也是有人"让"他"创新"的。可是后来不知从哪里钻出来一批巨灵神，于是一切都改变了。在这方面我也有丰富的经验，我也付出了可怕的代价。但是我比白音同志幸运，今天我还能探索，还能思考，还能活下去，也还能不混日子。不过也只是这么一点点，没有什么值得自我吹嘘的东西，连《创新独白》也没有。1962年我"遵命"发扬民主，在上海二次文代会上发言中讲了几句自己的话，不久运动一来，连自己也感觉到犯了大罪，"文革"时期我在"牛棚"里给揪出来示众、自报罪行的时候，我从未忘记"报"这件"发扬民主"的"反党罪行"。这就是刘郎同志在《除夕·续旧句》诗注中所说的"折磨自己"①。这种折磨当然是十分痛苦的，现在我还忘记不了（不是不想忘记）。

我讲这些话只是说明一个问题：你就是让人家探索，人家也不敢探索，不肯探索；不敢创新，不肯创新。有人说："根据过去的经验，还是唯唯诺诺地混日子保险，我们不是经常告诉自己的小孩：听话的孩子就是好孩子吗？"

我自己也是在"听话"的教育中长大的，我还是经过"四人帮"的"听话"机器加工改造过的。现在到了给自己做总结的时候了。我可以这样说：我还不是机器人，而且恐怕永远做不了机器人。

所以我还是要探索下去。

2月9日

---

① 见二月四日《大公报·大公园》。原话是："在政治运动中，自己受到冲击，受尽了别人的折磨，但自己千万不要折磨自己。"

『创作自由』

今天收到一位朋友从纽约寄来的信，信上有这样一段话："这次北京'作协'大会，海外反应很强烈，虽然大家说话有些不好听，但几乎都感到兴奋与欣慰。我们只盼望能真正地实行下去。您那颗一直年轻的心，也许能分外地理解我们。"她是《美洲华侨日报》副刊的编辑，还附寄了两期副刊的剪报。副刊的大标题是：《海外的回响，对中国作协第四次代表大会的观感》，执笔的有二十四位海外作家。

这次大会的确是一次盛会，我虽然因病没有能出席，只是托人在会上念了我的开幕词，但是会后常有人来找我谈开会的情况，我还读过大会的一部分文件和简报。我对这次大会怀有大的期望，我有一个想法：这次大会一定和以前的任何一次会议不同。根据什么作出这样的判断，我自己也说不清楚。大会结束了。反应的确很强烈，我指的并不是"海外"，是国内，反应来自跟这次大会有切身关系的全国作家。反应强烈，说明这次大会开得不寻常；会后听说在这里好些单位都主动地请人传达，可见这次大会受到普遍的注意。对于大会可能各人有各人的看法，但有一点则是共同的：大家都欢迎它。当然也有例外，有人不满意这样的会，不过即使有，为数也极少，这些人只好躲在角落里发出一些噪音。

大会开幕后新华社记者从北京来电话要我发表意见，我正在病中，没有能讲什么，只说："会开得好。我同意王蒙那句话：'中国文学的黄金时代真的到来了'。"今天我读了海外华人作家对大会的"观感"，意外地发现他们的想法和我的相差并不远，他们的话我听起来并非"不好听"，而是很入耳。这里不存在理解不理解的问题。说实话我的心已经很不年轻了，但是我和他们同样地热爱我们伟大的中华民族，同样地热爱我们善良的中国人民，所以我们走到一起了。我随便举一个例子。一位海外同行说这次大会"最值得注意的有两件事：第一是胡启立代表中共中央提出给作家以创作自由的保证；第二件是刘宾雁、王蒙等革新派作家的高票当选。"第一件事在所有海外同行的观感中都曾经谈到，或深或浅，或明或暗，大家一致认为"创作自由"是创作繁荣不可少的条件。第二件事提到的人不多，不过刘宾雁、王蒙的作品在海外受到普遍的重视，有人甚至认为他们的当选是"革新派的凯歌"。这样的意见有什么"不好听"呢？我们自己不是也有类似的意见吗？

最近我还在家养病。晚上，咳得厉害，在硬板床上不停地向左右两面翻身，总觉得不舒服，有时睡了一个多小时，又会在梦中被自己的叫声惊醒。睡不着我就东想西想。我常常想起刚刚开过的第四次作家代表大会。于是对大会我也有了自己的"观感"了。可是很奇怪，我想到的恰恰也就是那两样事情：祝词和选举。这是大会的两大"收获"，也是两大"突破"。代表们出席大会，并不是"为开会而开会"，而是为了解决繁荣创作的问题。作家们用自己的脑子思考问题，对他们"创作自由"和"艺术民主"不再是空话了。不用说党中央对"创作自由"的保证受到热烈的欢迎，这是对作家们很大的鼓舞。说到选举，有人说，这次不是照别人的意思画圈圈，我们可以根据自己的想法挑选"领导人"。

这两件事都只是一个开端。但是一开了头就会有人接着朝前走。走了第一步就容易走第二步。有人带了头，跟上来的人不会少。有了路，走的人会更多。全国的眼睛都在注视这次大会上发生的事情，大家都在想：你们走出了路，我们为什么不可以跟着走上去？你们可以按照自己的主张挑选人，哪怕只有一个两个，也总算给我们树立了榜样。我们也可以用打叉叉代替画圈圈，表示自己的意见。既然好不容易向前迈出了一大步，谁还肯退回原地或者更往后退?!

关于选举，我不想多说了。只要大家不讲空话，在创作实践中踏着坚定的步子，即使走得再慢，也不会陷在泥坑里拔不起脚。从"创作自由"起步，会走到百花盛开的园林。"创作自由"不是空洞的口号，只有在创作实践中人们才懂得什么是"创作自由"。也只有出现更多、更好的作品，才能说明什么是"创作自由"。我还记得一个故事，十九世纪著名的俄罗斯诗人涅克拉索夫临死前在病床上诉苦，说他开始发表作品就让检查官任意删削，现在他躺在床上快要死了，他的诗文仍然遭受刀斧，他很不甘心……原话我记不清楚了，但《俄罗斯女人》的作者抱怨没有"创作自由"这事实给我留下极其深刻的印象。在沙皇统治下的俄罗斯，是没有自由的，更不用说"创作自由"了。但十九世纪的俄罗斯文学至今还是世界文学的一个高峰。包括涅克拉索夫在内的许许多多光辉的名字都是从荆棘丛中、羊肠小道升上天空的明星。托尔斯泰的三大长篇的最后一部（《复活》）就是在没有自由的条件下写作、发表和出版的。托尔斯泰活着的时候在他的国家里就没有出过一种未经删节的本子。他和涅克拉索夫一样，都是为"创作自由"奋斗了一生。作家们用自己的脑子考虑问题，根据自己的生活感受，写出自己想说的话，这就是争取"创作自由"。前辈们的经验告诉我们，"创作自由"不是天赐的，是争取来的。严肃认真的作家即使得不到自由也能写出垂光百世的杰作，虽然事后遭受迫害，他们的作品却长久活在人民的心中。"创作自由"的保证不过是对作家们的一种鼓励，对文学事业发展的一种推动力量。保证代替不了创作，真正的黄金时代的到来还得依靠大量的好作品引路。黄金时代，就是出人、出作品的时代。这样的时代决不是用盼望、用等待可以迎接来的。关于作协大会的新闻报道说，"许多作家特别是一些老同志眼圈红了，哭了，说他们盼了一辈子才盼到这一天"。我没有亲眼看见作家们的泪水，不能凭猜想做任何解释；但是我可以说，倘使我出席了大会，倘使我也流了眼泪，那一定是在悲惜白白浪费掉的二三十年的大好时光。我常说自己写了五六十年的文章，可是有位朋友笑我写字不如小学生。他讲的是真话。我从小就很少花工夫练字，不喜欢在红格纸上填字，也不喜欢老师手把手地教我写，因此毫无成绩，这是咎由自取。后来走上文学道路，我也不习惯讨好编辑、迎合读者，更不习惯顺着别人的思路动自己的笔，我写过不少不成样子的废品，但是我并不为它们感到遗憾。我感到可悲的倒是像流水一样逝去的那些日子。那么多的议论！那么多的空谈！离开了创作实践，怎么会多出作品?！若说"老作家盼了一辈子才盼到"使他们流泪的这一天，那么读者们盼了一辈子的难道也是作家们的眼泪？当然不是。读者们盼的是作家们的创作实践和辛勤劳动，是作品，是大量的好作品。没有它们，一切都是空话，连"中国文学的黄金时代"也是空话。应当把希望放在作家们的身上，特别是中青年作家的身上——我一直是这样想的。

1985 年 2 月 8 日

写真话

　　朋友王西彦最近在《花城》① 上发表了一篇文章，讲我们一起在"牛棚"里的一些事。文章的标题是《炼狱中的圣火》，这说明我们两个人在"牛棚"里都不曾忘记但丁的诗篇。不同的是，我还在背诵"你们进来的人，丢开一切的希望吧"②，我还在地狱里徘徊的时候，他已经走向炼狱了。"牛棚"里的日子，这种荒唐而又残酷、可笑而又可怕的生活是值得一再回忆的。读了西彦的文章，我仿佛又回到了但丁的世界。正如西彦所说，1966 年 8 月我刚在机场送走了亚非各国的作家，"就被当做专政对象，关进了'牛棚'。"他却是第一个给关进上海作家协会的"牛棚"的，用当时的习惯语，就是头一批给"抛出来的"。他自己常说，他在家里一觉醒来，听见广播中有本人的名字，才知道在前一天的大会上上海市长点了他的名，头衔是"反党、反革命分子"。他就这样一下子变成了"牛"。这个"牛"字是从当时（大概是一九六六年六月吧）《人民日报》的一篇社论《横扫一切牛鬼蛇神》来的。"牛鬼蛇神"译成外文就用"妖怪"（Monster）这个字眼。我被称做"妖怪"，起初我也想不通，甚至痛苦，我明明是人，又从未搞过"反党""反革命"的活动。但是看到"兴无灭资"的大

---

①　见《花城》第六集，1980 年 8 月。
②　见《神曲》第三曲。

字报,人们说我是"精神贵族",是"反动权威";人们批判我"要求创作自由";人们主张:"无产阶级对资产阶级实行全面专政",我就逐渐认罪服罪了。

我是真心"认罪服罪"的,我和西彦不同,他一直想不通,也一直在顶。他的罪名本来不大,因为"顶",他多吃了好些苦头,倘使"四人帮"迟垮两三个月,他很有可能给戴上"反革命"的帽子。一九六七年在巨鹿路作家协会的"牛棚"里,我同西彦是有分歧的,我们不便争吵,但是我对他暗中有些不满意。当时我认为我有理,过两年我才明白,现在我更清楚:他并不错。我们的分歧在于我迷信神,他并不那么相信。举一个例子,我们在"牛棚"里劳动、学习、写交代,每天从大清早忙到晚上十点前后,有时中饭后坐着打个盹,监督组也不准。西彦对这件事很不满,认为这是有意折磨人,很难办到。而且不应照办。我说既然认真进行"改造",就不怕吃苦,应当服从监督组的任何规定。我始终有这样的想法:通过苦行赎罪。而据我看西彦并不承认自己有罪,现在应当说他比我清醒。读他的近作,我觉得他对我十分宽容,当时我的言行比他笔下描写的更愚蠢、更可笑。我不会忘记自己的丑态,我也记得别人的嘴脸。我不赞成记账,也不赞成报复。但是我决不让自己再犯错误。

十年浩劫决不是黄粱一梦。这个大灾难同全世界人民都有很大的关系,我们要是不搞得一清二楚,作一个能说服人的总结,如何向别国人民交代!可惜我们没有但丁,但总有一天会有人写出新的《神曲》。所以我常常鼓励朋友:"应该写!应该多写!"

当然是写真话。

10 月 4 日

『人言可畏』

　　一年来我几次在家里接待来访的外国朋友，谈到我国文学界的现状，我说，这几年发展快，成绩不小，出现了许多好作品，涌现了一批有才华、有见识、有胆量的中青年作家，其中女作家为数不少。

　　外国朋友同意我的看法。最近来的一位瑞典诗人告诉我，他会见了几位女作家，还读过中篇小说《人到中年》。

　　我说的是真话，我真是这样想的。评论一篇小说，各人有各人的尺度。我说一篇作品写得好，因为它真实地反映了我们时代的生活，因为它打动了我的心，使我更深切地感觉到我和同胞们的血肉相连的关系，使我更加热爱我们这个多灾多难的国家和善良、勤劳的人民。我读了好的作品，总觉得身上多了一股暖流和一种力量，渴望为别人多做一点事情。好的作品用作者的纯真的心，把人们引向崇高的理想。所以我谈起那些作品和作者，总是流露出感激之情。

　　一年来我在家养病，偶尔也出外开会，会见过几位有成就的女作家。论成就当然有大有小，而我所谓的成就不过是指她们的作品在我身上产生了感激之情。她们不是几个人一起来找我的，有的还是我意外地遇见的，交谈起来她们都提出一个问题："你过去做作家是不是也遇到这样多的阻力，这样多的困难？"

　　问话人不是在做"作家生活的调查"，也不是在为作家深入生活搜集资料，她们是用痛苦的语调发问的。我觉得她们好像在用尽力气

那一天我从火葬场回到家中，一切都是乱糟糟的，过了两三天我渐渐地安静了下来，一个人坐在书桌前，想写一篇纪念她的文章。——《怀恋萧珊》

要冲出层层的包围圈似的。我知道事情比我想象的更严重，但是我想也不会有什么大不了的事情，我只是简单地安慰她们说："不要紧，我挨了一辈子的骂，还是活到现在。"我就这样地分别回答了两个人。我当时还认为自己答得对，可是过了不多久，我静下来多想一想，就明白我把事情看得太简单了。于是我的眼前出现了沉静的、布满哀愁的女性的面颜。我记起来了，一位作家两次找我谈话，我约定了时间，可是我的房里坐满了不速之客，她什么话也没有讲。我后来才知道她处在困境中，想从我这里得到一点鼓励和支持，我却用几句空话把她打发走了。

我责备自己，我没有给需要帮助的人以助力，没有做任何努力支持她摆脱困境。我太天真了，我以为像她这样一个有才华、有见识、有成就的作家一定会得到社会的爱护。可是几个月中各种各样的流言一次一次地传到我的耳里，像粗糙的石块摩擦着我的神经，我才理解那几位女作家提过的问题。那么多的叽叽喳喳！那么多的哗哩哗啦！连我这个关心文学事业的人都受不了，何况那几位当事人？！

三十年代我只能靠个人奋斗和朋友关心活下去的日子里，一位有才华、有成就的电影女明星因为"人言可畏"自杀了。但是在个人奋斗受到普遍批判的今天，怎么还有那么多的"人言"？而"人言"又是那么"可畏"？

文明社会应当爱惜它的人才，应当爱护它的作家。如果没有丰富的文化积累，如果拿不出优秀的现代文艺作品，单靠大量的出土文物，也不能说明我们的精神文明。建设社会主义的精神文明必须跟一切带封建性的东西划清界限。那么对那些无头无根的"人言"，即使它们来势很猛，也可以采取蔑视的态度，置之不理吧。五六十年来我就是这样应付过去的。甚至在"四人帮"垮台以后，我还成为"人言"的箭靶，起先说我结婚大宴宾客，宣传了将近两年；最近又说我"病危"，害得一位老友到了上海还要先打听我家里有无"异状"。我总是要"病危"的，不过现在还不是时候，我手边还有未完的工作。

我感到遗憾的是我不能说服那位女作家，使她接受我的劝告。她带着沉重的精神负担去南方疗养，听说又在那里病倒了。我不熟悉她的情况，我还错怪她不够坚强。最近读了她的小说《方舟》，我对她的处境才有了较深的理解。有人说："我们的社会竟然是这样的吗?"可是我所生活于其中的复杂的社会里的确有很多封建性的东西，我可以举出许多事实来说明小说结尾的一句话："做一个女人，真难!"

　　但是这种情况决不会长期存在下去。《方舟》作者所期待的真正的男女平等一定会成为现实。我祝愿她早日恢复健康，拿出更大的勇气，为读者写出更好的作品。

5 月 16 日

解剖自己

　　《随想》第七十一则发表好久了，后来北京的报纸又刊载了一次。几天前一位朋友来看我，坐下来闲谈了一会，他忽然提起我那篇短文，说他那次批斗我是出于不得已，发言稿是三个人在一起讨论写成的，另外二人不肯讲，逼着他上台；又说他当时看见我流泪也很难过。这位朋友是书生气很重的老实人，我在干校劳动的时候，经常听见造反派在背后议论他，摹仿他带外国语法的讲话。他在大学里是一位诗人，到欧洲念书后回来，写一些评论文章。在"文化大革命"中他的地位很尴尬，我有时看见他"靠边"，有时他又得到"解放"或者"半解放"，有时我又听说他要给"结合进领导班子"。总之变动很快，叫人搞不清楚。现在事情早已过去，他变得不多，在我眼前他还是那个带书生气的老好人。

　　他的这些话是我完全不曾料到的。我记起来了：我曾在一则《随想》里提过一九六七年十月在上海杂技场里召开的批斗大会，但也只有短短的一句话，并没有描述大会的经过情形，更不曾讲出谁登台发言，谁带头高呼口号。而且不但在过去，就是现在坐在朋友的对面，我也想不起他批判我的事情，一点印象也没有。我就老实地告诉他：用不着为这种事抱歉。我还说，我当时虽然非常狼狈，讲话吞吞吐吐，但是我并没有流过眼泪。

　　他比我年轻，记忆力也比我好，很可能他不相信我的说法，因此他继续解释了一番。我理解他的心情。为了使他安心，我讲了不少的话，尽可能多多回忆当时的情况，我到杂技场参加批斗会的次数不少，其中两次是以我为主的，一次是第一次全市性的批斗大会，另一次是电视大会，各个有关单位同时收看，一些靠边的对象给罚站在每台电视机的两旁。那位朋友究竟在哪一次会上发言，我至今说不出来，这说明我当时就不曾把他的话记在心上。我是一个"身经百斗"的"牛鬼"，谁都有权揪住我批斗，我也无法将每次会、每个人的"训话"一一记牢。但是那两次大会我还不曾轻易忘记，因为对我来说它们都是头一次，我毫无经验，十分紧张。

　　杂技场的舞台是圆形的，人站在那里挨斗，好像四面八方高举的拳头都对着你，你找不到一个藏身的地方，相当可怕。每次我给揪出场之前，主持人宣布大会开始，场内奏起了《东方红》乐曲。这乐曲是我听惯了的，而且是我喜欢的。可是在那些时候我听见它就浑身战栗，乐曲奏完，我总是让几名大汉拖进会场，一连几年都是如此。初次挨斗我既紧张又很小心，带着圆珠笔和笔记本上台，虽然低头弯腰，但是不曾忘记记下每人发言的要点，准备"接受批判改正错误"。那次大会的一位主持人看见我有时停笔不写，他就训话："你为什么不记下去?!"于是我又拿笔续记。我这样摘录批判发言不止一次，可是不到一年，造反派搜查牛棚，没收了这些笔记本，还根据它们在某一次会上批斗我准备"反攻倒算"，那时我已经被提升为"无产阶级专政的死敌"了。

　　我第一次接受全市"革命群众"批斗的时候，两个参加我的专案组的复旦大学学生把我从江湾（当时我给揪到复旦大学去了）押赴斗场，进场前其中一个再三警告我：不准在台上替自己辩护，而且对强加给我的任何罪名都必须承认。我本来就很紧张，现在又背上这样一个包袱，只想做出好的表现，又怕承认了罪名将来洗刷不清。埋着头给拖进斗场，我头昏眼花，思想混乱，一片"打倒巴金"的喊声叫人胆战心惊。我站在那里，心想这两三个小时的确很难过去，但我下定决心要重新做人，按照批判我的论点改造自己。

两次杂技场的大会在我的心上打下了深的烙印。电视大会召开时，为了造舆论、造声势，从作家协会上海分会上海分会到杂技场，沿途贴了不少很大的大字标语，我看见那么多的"打倒"字样，我的心凉了。要不是为了萧珊，为了孩子们，这一次我恐怕不容易支持下去。在那两次会上我都是一直站着受批，我还记得电视大会上批判结束，主持人命令把我押下去时，我一下子提不起脚来，造反派却骂我"装假"。以后参加批斗会，只要台上有板凳，我就争取坐下，我已经渐渐地习惯了，也取得一点经验了。我开始明白我所期待的那种"改造"是并不存在的。

朋友的一番话鼓舞我做了一次长途旅行，我从一个批斗会走到另一个，走完了数不清的不同的会场，我没有看见一张相熟的面孔。不是说没有一位熟人登台发言，我想说那些发言并未给我带来损害，我当时就不曾把它们放在心上，事后也就忘记得一干二净。

回顾过去，我觉得自己这样做也合情合理。我的肚皮究竟有多大？哪里容得下许许多多芝麻大的个人恩怨！在那个时期我不曾登台批判别人，只是因为我没有得到机会，倘使我能够上台亮相，我会看作莫大的幸运。我常常这样想，也常常这样说，万一在"早请示、晚汇报"搞得最起劲的时期，我得到了解放和重用，那么我也会做出不少的蠢事，甚至不少的坏事。当时大家都以"紧跟"为荣，我因为没有"效忠"的资格，参加运动不久就被勒令靠边站，才容易保持了个人的清白。使我感到可怕的是那个时候自己的精神状态和思想情况，没有掉进深渊，确实是万幸，清夜扪心自问，还有点毛骨悚然。

解剖自己的习惯是我多次接受批斗的收获。了解了自己就容易了解别人。要求别人不应当比要求自己更严。听着打着红旗传下来的"一句顶一万句"的"最高指示"，谁能保持清醒的头脑？谁又能经得起考验？做一位事后诸葛亮已经迟了。但幸运的是我找回了失去多年的"独立思考"。有了它我不会再走过去走的老路，也不会再忍受那些年忍受过的一切。十年的噩梦醒了，它带走了说不尽、数不清的个人恩怨，它告诉我们过去的事决不能再来。

　　"该忘记的就忘掉吧，不要拿那些小事折磨自己了，我们的未来还是在自己的手里。"我紧握着客人的手，把他送到门外。

4 月 24 日病中在杭州

知
识
分
子

去年年底我为《寒夜》——挪威文译本写了如下的序言：

我知道我的小说《寒夜》已经被译成挪威文，友人叶君健问我是否愿意为这个新译本写序，我当然愿意。

《寒夜》脱稿于一九四六年的最后一天。一九六〇年冬天在成都校阅自己的《文集》时，我又把全书修改了一遍。一个多月前我新编自己的《选集》（十卷本），又一次读了全文，我仍然像三十五年前那样激动。我不能不想到自己过去常说的一句话："我写文章如同在生活。"我仿佛又回到一九四五年的重庆了。

我当时就住在主人公汪文宣居住的地方——民国路上一座破破烂烂的炸后修复的"大楼"。我四周的建筑物、街道、人同市声就和小说中的一样。那些年我经常兼做校对的工作，不过我靠稿费生活，比汪文宣的情况好一些。汪文宣的身上有我的影子，我写汪文宣的时候也放进了一些自己的东西。最近三四年来我几次对人说，要是我没有走上文学道路（我由于偶然的机会成了作家），我很可能得到汪文宣那样的结局。我的一个哥哥和几个朋友都死于肺结核病，我不少的熟人都过着相当悲惨的生活。在战时的重庆和其他所谓"大后方"，知识分子的生活都是十分艰苦的。小说里的描写并没有一点夸张。我要写真实，而且也只能写真实。我心中充满悲愤。我不想为自己增添荣誉，我要为受难人鸣冤叫屈。我说，我要控诉。的确，对不合理的社会制度我提出了控诉（J' accuse）。我不是在鞭挞这个忠厚老实、逆来顺受的读书人，我是在控诉那个一天天烂下去的使善良人受苦的制度，那个"斯文扫地"的社会。写完了《寒夜》，我有一种轻松的感觉，我把蒋介石国民党的统治彻底地否定了。

关于《寒夜》，过去有两种说法：一说是悲观绝望的书；一说是充满希望的书，我自己以前也拿不定主意，可以说是常常跟着评论家走。现在我头脑清醒多了。我要说它是一本充满希望的书，因为旧的灭亡，新的诞生；黑暗过去，黎明到来。究竟怎样，挪威的读者会作出自己的判断……

我很高兴挪威的读者通过我的小说接触到我国旧知识分子正直善良的心灵，了解他们过去艰苦的生活和所走过的艰难曲折的道路。互相了解是增进人民友谊的最好手段，倘使我的小说能够在这方面起一些作用，那我就十分满意了。

1981 年 2 月 30 日

序言写到这里为止，想说的话本来很多，但在一篇序文里也没有说尽的必要，留点余地让读者自己想想也是好的。

那些年我不止一次地替知识分子讲话。在一九四三年写的《火》第三部里面，我就替大学教授打过抱不平。小说里有这样一段话："现在做个教授也实在太苦了，靠那点薪水养活一家人，连饭也吃不饱，哪里还有精神做学问？我们刚才碰见历史系的高君允提个篮子在买菜，脸黄肌瘦，加上一身破西装，真像上海的小瘪三。"昆明的大学生背后这样地议论他们的老师，这是当时的实际情况。学生看不起老师，因为他们会跑单帮，做生意，囤积居奇，赚大钱，老师都是些书呆子，不会做这种事。在那个社会知识无用，金钱万能，许多人做着发财的美梦，心地善良的人不容易得到温饱。钱可以赚来更多的钱，书却常常给人带来不幸。在《寒夜》中我写了四十年代前半期重庆的一些事情。当时即使是不大不小的文官，只要没有实权，靠正当收入过日子，也谈不到舒适。我有几个朋友在国民党的行政院当参事或者其他机关担任类似的职务或名义，几个人合租了一座危楼（前院炸掉了，剩下后院一座楼房）。我住在郊外，有时进城过夜，就住在他们那里，楼房的底层也受到炸弹的损害，他们全住在楼上。我在那里吃过一顿饭，吃的平价米还是靠他们的"特权"买来的，售价低，可是稗子、沙子不少，吃起来难下咽。这些贩卖知识、给别人用来装饰门面的官僚不能跟握枪杆子的官相比，更不能跟掌握实权的大官相比，他们也只是勉强活下去，不会受冻挨饿罢了。

那几年在抗战的大后方，我见到的、感受到的就是这样：知识分子受苦，知识受到轻视。人越善良，越是受欺负，生活也越苦。人有见识、有是非观念，不肯随波逐流，会处处受歧视。爱说真话常常被认为喜欢发牢骚，更容易受排挤，遭冷落。在那样的社会里我能够活下去，因为（一）我拼命写作，（二）我到四十岁才结婚，没有家庭的拖累。结婚时我们不曾请一桌客，买一件家具，婚后只好在朋友家借住，在出版社吃饭。没有人讥笑我们寒伧，反正社会瞧不起我们，让我们自生自灭，好像它不需要我们一样。幸而我并不看轻自己，我坚持奋斗。我也不看轻知识，我不断地积累知识。我用知识作武器在旧社会进行斗争。有一段长时期汪文宣那样的命运像一团黑影一直在我的头上盘旋。我没有屈服。我写《寒夜》，也是在进行斗争，我为着自己的生存在挣扎。我并没有把握取得胜利，但是我知道要是松一口气放弃了斗争，我就会落进黑暗的深渊。说句心里话，写了这本小说，我首先挽救了自己。轻视文化、轻视知识的旧社会终于结束了，我却活到现在，见到了光明。

在三十年代我也写过一些关于中国知识分子不幸遭遇的短篇，如《爱的十字架》《春雨》等。但是我还写过批判、鞭挞知识分子的小说如《知识阶级》《沉落》，就只这两篇，目标都是对准当时北平的准备做官的少数教授们。我写《沉落》，是在1934年10月，把稿子交给河清（即黄源，他帮助郑振铎和傅东华编辑《文学》月刊）后不久，我就到日本去了。我的一个好朋友读了我的小说很生气，从北平写长信来批评我。他严厉地责问我："写文章难道是为着泄气（发泄气愤)?!"我把他的劝告原封退还,在横滨写了一篇散文答复他,散文的标题也是《沉落》。在文章里我说,我"所攻击的是一种倾向,一种风气:这风气,这倾向正是把我们民族推到深渊里去的努力之一"。但是我不曾说明,小说中的那位教授是有所指的,指一位当时北平知识界的"领袖人物"。我并未揭发他的"隐私",小说中也没有什么"影射"的情节,我只是把他作为"一种倾向、一种风气"的代表人物来批判,进一番劝告。他本人当然听不进我这种劝告。我那位好友也不会被我说服。我记得我们还通过长信进行辩论,谁也不肯认输。不过这辩论并没有损害我们之间的友谊。后来我的小说给编进集子在读者中间继续流传,朋友对我也采取了宽大的态度。至于小说中的主人公,他继续"沉落"下去。不过几年他做了汉奸。再过几年,他被判刑、坐牢。我曾经喜欢过他的散文,搜集了不少他的集子,其中一部分还保存在我的书橱里。但是对于我他只是黑暗深渊里的一个鬼魂。我常常想,人为什么要这样糟蹋自己?!但"沉落"下去的毕竟是极少数的人。

这"沉落"的路当然不会是中国知识分子的道路!经过了八年的抗战,我们可以说中国知识分子是经受得住这血和火的考验的。即使是可怜的小人物汪文宣吧,他受尽了那么难熬的痛苦,也不曾出卖灵魂。

关于中国知识分子,以后有机会我还想谈一谈,现在用不着多讲了。

中国人民永远忘记不了闻一多教授。

6 月 5 日

人道主义

一位在晚报社工作的朋友最近给我寄来邓朴方在中国残疾人福利基金会全体工作人员会议上的讲话。这篇讲话发表在《三月风》杂志上，我看到的是《人民日报》转载的全文。朋友在第二节的小标题上打了两个圈，他在信里写道："您大概不会把人道主义看做洪水猛兽吧。"原来这一节的小标题是《我们的事业是人道主义的事业》。讲话并不长，特别是第二节留给我深刻的印象：讲得好！

关于人道主义，我也有我的经验。1979 年 5 月我访问巴黎回来，在北京作家协会朋友们的一次小型宴会上，闲谈间，我说："讲一点人道主义也有好处，至少不虐待俘虏嘛！在'文化大革命'期间有些人无缘无故把人打死，只是为了'打坏人'。现在知道打死了不少好人，可是已经晚了。"没有想到席上一位同志接口说："资产阶级也不讲人道主义，他们虐待黑人。美国××影片上不是揭露了他们的那种暴行吗？"这虽然不是原话，但大意不会错。影片我没有看过，因此连名字也忘记了，只记得那个时候正在上演这部影片。

这位同志板起面孔这样一说，我不愿意得罪他，就不再谈人道主义了。但他的话并没有动摇我的看法。我已经听惯了这种"官腔"。我知道在"文革"时期什么事都得跟资产阶级"对着干"。资产阶级曾经用"人道主义"反对宗教、封建的统治，用"人权"反对神权和王权，那么是不是我们也要反其道而行之，用兽道主义来反对人道主义呢？不！当然不会！在十载"文革"中我看够了兽性的大发作，我不能不经常思考造反派怎样成为"吃人"的"虎狼"。我身受其害，有权控诉，也有权探索，因为"文革"留下的后遗症今天还在蚕蚀我的生命。我要看清人兽转化的道路，不过是怕见这种超级大马戏的重演，换句话说，我不愿意再进"牛棚"。我一定要弄清楚这个问题，即使口里不说，心里也不会不想，有时半夜从噩梦中惊醒，眼前也会出现人吃人的可怕场面，使我不得不苦苦思索。

　　我终于从那位同志的话中找到一线亮光：问题大概就在于人道主义吧。为什么有的人那样害怕人道主义？……

　　我又想起了一件事情。1966 年我作为审查对象在作家协会上海分会的厨房里劳动，一个从外面来的初中学生拿一根鞭子抽打我，要我把他带到我家里去。我知道要是我听他的话，全家就会大祸临头。他鞭打，我不能反抗（不准反抗！），只有拼命奔逃。他并不知道我是干什么的，只听人说我是"坏人"，就不把我当人看待。他追我逃，进进出出，的确是一场绝望的挣扎！我当时非常狼狈，只是盼望那个孩子对我讲点人道主义。幸而在这紧急关头作协分会的造反派出现了。他们来拉我到大厅去，那里有不少外地串联来的学生等待"牛鬼们"去"自报罪行"。那位拿鞭子的中学生只好另找别的"坏人"去了。我还记得他恶狠狠地对造反派说："对这些坏人就是不能讲人道！"

　　像这样的事我还遇见不少次，像这类的话我也听见不少次。因此在十年"浩劫"中我就保留着这样一个印象：只有拿鞭子的人才有权谈人道主义，对挨鞭子的人是"不能讲人道主义"的。我常常暗暗地问自己：那么对我们这些挨鞭子的人就只能讲兽道主义吗？我很想知道这兽道主义是从哪里来的。……

　　前些时候全国出现了一股"人道主义热"，我抱病跟着大家学习了一阵子，不过我是自学，而且怀着解决实际问题的目的去学。我的问题始终是：那些单纯的十四五岁的中学生和所谓的"革命左派"怎么一下子会变成嗜血的"虎狼"？那股热很快就过去了，可是答案还不知在什么地方。即使有人引经据典也涂抹不掉我耳闻目睹的事实。

杨沫同志在日记里记录的"1966年8月23日"①，明明发生在我们伟大的民族中间，我虽然年迈体弱，记忆力衰退，可是我至今没有忘记那些在"浩劫"中被残害致死的友人的音容笑貌。那些杰出作家的名字将永远活在读者的心中：老舍，赵树理，杨朔，叶以群，海默……和别的许许多多。他们本来还可以为我国人民继续创造精神财富，但是都给不明不白地赶上了死路。多么大的损失！这是因为什么？

究竟是因为什么？……

在邓朴方同志的讲话中我找到了回答：

> 我们一些同志对资产阶级人道主义的批判，往往不是站在马克思列宁主义的立场、观点上，而是站在封建主义的立场上去批判的。即使口头不这样说，实际上也是受封建主义思想影响的。"文化大革命"搞的就是以"大民主"为先导的封建关系，是宗教狂热。大量的非人道的残酷行为就是在那时产生的……

他讲得非常明白，产生大量非人道的残酷行为的是什么？就是披着"左"的外衣的宗教狂热。那么人兽转化的道路也就是披上"革命"外衣的封建主义的道路了。所以时机一到，一声号令，一霎时满街都是"虎狼"，哪里还有人敢讲人道主义？哪里还肯让人讲人道主义？

人兽转化的道路必须堵死！十年"文革"的血腥的回忆也应该使我们的头脑清醒了。

1984年12月20日

---

① 指老舍等人被斗、挨打的真实场面，这次反人道主义的批斗导致了伟大作家老舍的死亡。

把心交给读者

前两天黄裳来访，问起我的《随想录》，他似乎担心我会中途搁笔。我把写好的两节给他看；我还说："我要继续写下去。我把它当做我的遗嘱写。"他听到"遗嘱"二字，觉得不大吉利，以为我有什么悲观思想或者什么古怪的打算，连忙带笑安慰我说："不会的，不会的。"看得出他有点感伤，我便向他解释：我还要争取写到八十，争取写出不是一本，而是几本《随想录》。我要把我的真实的思想，还有我心里的话，遗留给我的读者。我写了五十多年，我的确写过不少不好的书，但也写了一些值得一读或半读的作品吧，它们能够存在下去，应当感谢读者们的宽容。我回顾五十年来所走过的路，今天我对读者仍然充满感激之情。

可以说，我和读者已经有了五十多年的交情。倘使关于我的写作或者文学方面的事情，我有什么最后的话要讲，那就是对读者讲的。早讲迟讲都是一样，那么还是早讲吧。

我的第一篇小说（中篇或长篇小说《灭亡》）发表在1929年出版的《小说月报》上，从一月号起共连载四期。小说的单行本在这年年底出版。我什么时候开始接到读者来信？我现在答不出来。我记得1931年我写过短篇小说《光明》，描写一个青年作家经常接到读者来信，因无法解答读者的问题而感到苦恼。小说里有这样一段话：

桌上那一堆信函默默地躺在那里，它们苦恼地望着他，每一封信都有一段悲痛的故事要告诉他。

　　这难道不就是我自己的苦恼？那个年轻的小说家不就是我？

　　1935年8月我从日本回来，在上海为文化生活出版社编辑了几种丛书，这以后读者的来信又多起来了。这两三年中间我几乎对每一封信都做了答复。有几位读者一直同我保持联系，成为我的老友。我的爱人也是我的一位早期的读者。她读了我的小说对我发生了兴趣，我同她见面多了对她有了感情。我们认识好几年才结婚，一生不曾争吵过一次。我在一九三六年至一九三七年中间写过不少答复读者的公开信，有一封信就是写给她的。这些信后来给编成了一本叫做《短简》的小书。

　　那个时候，我光身一个，生活简单，身体好，时间多，写得不少，也有足够的时间和精力回答读者寄来的每一封信。后来，特别是解放以后，我的事情多起来，而且经常外出，只好委托萧珊代为处理读者的来信和来稿。我虽然深感抱歉，但也无可奈何。

　　我说抱歉，也并非假意。我想起一件事情。那是在1940年年尾，我从重庆到江安，在曹禺家住了一个星期左右。曹禺在戏剧专科学校教书。江安是一个安静的小城，外面有什么人来，住在哪里，一下子大家都知道了。我刚刚住了两天，就接到中学校一部分学生送来的信，请我去讲话。我写了一封回信寄去，说我不善于讲话，而且也不知道讲什么好，因此我不到学校去了。不过我感谢他们对我的信任，我曾经常想到他们，青年是中国的希望，他们的期望就是对我的鞭策。我说，像我这样一个小说家算得了什么，如果我的作品不能给他们带来温暖，不能支持他们前进。我说，我没有资格做他们的老师，我却很愿意做他们的朋友，在他们面前我实在没有什么可以骄傲的地方。当他们在旧社会的荆棘丛中，泥泞路上步履艰难的时候，倘使我的作品能够做一根拐杖或一根竹竿给他们用来加一点力，那我就很满意了。信的原文我记不准确了，但大意是不会错的。

　　信送了出去，听说学生们把信张贴了出来。不到两三天，省里的督学下来视察，在那个学校里看到我的信，他说："什么'青年是中

国的希望！什么'你们的期望就是对我的鞭策'！什么'在你们面前
我没有可以骄傲的地方'！这是瞎捧，是诱惑青年，把它给我撕掉！"
信给撕掉了，不过也就到此为止，很可能他回到省城还打过小报告，
但是并没有制造出大冤案。因此我活了下来，多写了二十多年的文章，
当然已经扣除了徐某某禁止我写作的十年。①

　　话又说回来，我在信里表达的是我的真实的感情。我的确是把读
者的期望当做对我的鞭策。如果不是想对我生活在其中的社会贡献一
点力量，如果不是想对和我同时代的人表示一点友好的感情，如果不
是想尽我作为一个中国人所应尽的一份责任，我为什么要写作？但愿
望是一回事，认识又是一回事；实践是一回事，效果又是一回事。绝
不能由我自己一个人说了算。离开了读者，我能够做什么呢？我怎么
知道我做对了或者做错了呢？我的作品是不是和读者的期望符合呢？
是不是对我们社会的进步有贡献呢？只有读者才有发言权。我自己也
必须尊重他们的意见。倘使我的作品对读者起了毒害的作用，读者就
会把它们扔进垃圾箱，我自己也只好停止写作。所以我想说，没有读
者，就不会有我的今天。我也想说，读者的信就是我的养料。当然我
指的不是个别的读者，是读者的大多数。而且我也不是说我听从读者
的每一句话，回答每一封信。我只是想说，我常常根据读者的来信检
查自己写作的效果，检查自己作品的作用。我常常这样地检查，也常
常这样地责备自己，我过去的写作生活常常是充满痛苦的。

　　新中国成立前，尤其是抗战以前，读者来信谈的总是国家、民族
的前途和个人的苦闷以及为这个前途献身的愿望或决心。没有能给他
们具体的回答，我常常感到痛苦。我只能这样的鼓励他们：旧的要灭
亡，新的要壮大；旧社会要完蛋，新社会要到来；光明要把黑暗驱逐
干净。在回信里我并没有给他们指出明确的路。但是和我的某些小说

---

　　①　徐某某可能表示"抗议"说："我上面还有'长官'，我按照他们的指示
办事。我也只是讲讲话，骂骂人。执行的是别人，是我下面的那些人。他们按照
我的心思办事。"总之，这一伙人中间的任何一个都是四十年代的督学所望尘莫
及的。

不同，在信里我至少指出了方向，并不含糊的方向。对读者我是不会使用花言巧语的。我写给江安中学学生的那封信常常在我的回忆中出现。我至今还想起我在三十年代中会见的那些年轻读者的面貌，那么善良的表情，那么激动的声音，那么恳切的言辞！我在三十年代和四十年代初期见过不少这样的读者，我同他们交谈起来，就好像看到了他们的火热的心。1938 年二月我在小说《春》的序言里说："我常常想念那无数纯洁的年轻的心灵，以后我也不能把他们忘记……"我当时是流着眼泪写这句话的。序言里接下去的一句是"我不配做他们的朋友"，这说明我多么愿意做他们的朋友啊！我后来在江安给中学生写回信时，在我心中激荡的也是这种感情。我是把心交给了读者的。

在三十年代和四十年代中很少有人写信问我什么是写作的秘诀。从五十年代起提出这个问题的读者就多起来了。我答不出来，因为我不知道。但现在我可以回答了：把心交给读者。我最初拿起笔，是这样的想法，今天在五十二年之后我还是这样想。我不是为了做作家才拿起笔写小说的。

我 1927 年春天开始在巴黎写小说，我住在拉丁区，我的住处离先贤祠（国葬院）不远，先贤祠旁边那一段路非常清静。我经常走过先贤祠门前，那里有两座铜像：卢骚（梭）和伏尔泰。在这两个法国启蒙时期的思想家，这两个伟大的作家中，我对"梦想消灭不平等和压迫"的"日内瓦公民"的印象较深，我走过像前常常对着铜像申诉我这个异乡人的寂寞和痛苦；对伏尔泰我所知较少，但是他为卡拉斯老人的冤案、为西尔文的冤案、为拉·巴尔的冤案、为拉里—托伦达尔的冤案奋斗，终于平反了冤狱，使惨死者恢复名誉，幸存者免于刑戮，像这样维护真理、维护正义的行为我是知道的，我是钦佩的。还有两位伟大的作家葬在先贤祠内，他们是雨果和左拉。左拉为德莱斐斯上尉的冤案斗争，冒着生命危险替受害人辩护，终于推倒诬陷不实的判决，让人间地狱中的含冤者重见光明。

这是我当年从法国作家那里受到的教育。虽然我"学而不用"，但是今天回想起来，我还不能不感激老师，在"四害"横行的时候，我没有出卖灵魂，还是靠着我过去受到的教育，这教育来自生活，来自朋友，来自书本，也来自老师，还有来自读者。至于法国作家给我的"教育"是不是"干预生活"呢？"作家干预生活"曾经被批判为右派言论，有少数人因此二十年抬不起头。我不曾提倡过"作家干预生活"，因为那一阵子我还没有时间考虑。但是我给关进"牛棚"以后，看见有些熟人在大字报上揭露"巴金的反革命真面目"，我朝夕盼望有一两位作家出来"干预生活"，替我雪冤。我在梦里好像见到了伏尔泰和左拉，但梦醒以后更加感到空虚，明知伏尔泰和左拉要是生活在 1967 年的上海，他们也只好在"牛棚"里摇头叹气。这样说，原来我也是主张"干预生活"的。

左拉死后改葬在先贤祠，我看主要原因还是在于他对平反德莱斐斯冤狱的贡献，人们说他"挽救了法兰西的荣誉"。至今不见有人把他从先贤祠里搬出来。那么法国读者也是赞成作家"干预生活"的了。

最后我还得在这里说明一件事情，否则我就成了"两面派"了。

这一年多来，特别是近四五个月来，读者的来信越来越多，好像从各条渠道流进一个蓄水池，在我手边汇总。对这么一大堆信，我看也来不及看。我要搞翻译，要写文章，要写长篇，又要整理旧作，还要为一些人办一些事情，还有社会活动，还有外事工作，还要读书看报。总之，杂事多，工作不少。我是"单干户"，无法找人帮忙，反正只有几年时间，对付过去就行了。何况记忆力衰退，读者来信看后一放就忘，有时找起来就很困难。因此对来信能回答的不多。并非我对读者的态度有所改变，只是人衰老，心有余而力不足。倘使健康情况能有好转，我也愿意多为读者做些事情。但是目前我只有向读者们表示歉意。不过有一点读者们可以相信，你们永远在我的想念中。我无时无刻不祝愿我的广大读者有着更加美好、更加广阔的前途，我要为这个前途献出我最后的力量。

可能以后还会有读者来信问起写作的秘诀，以为我藏有万能钥匙。其实我已经在前面交了底。倘使真有所谓秘诀的话，那也只是这样的一句：把心交给读者。

2 月 3 日